江戸人情短編傑作選

端午のとうふ

山本一力　末國善己・編

朝日文庫

本書は文庫オリジナル・セレクションです。

目次

江戸人情短編傑作選　端午のとうふ

騙り御前

一

冬を控えた蔵前に降り続く雨で、空地の奥に建てられた平屋までの道がすっかり泥濘《ぬかるみ》になっていた。

見るからに安普請の玄関格子戸は、雨を吸って左右がちぐはぐに膨れており、雑に打ちこまれた板塀は、でこぼこに波打っている。遠目には、大工がついで仕事で建てた大きな納屋のようにしか見えなかった。

ところが格子戸わきには、分厚い樫板《かしいた》の看板が吊り下げられていた。

『猿屋町貸金会所』

粗末な平屋には似合わない看板だった。表面の磨きも奢ったらしく、こぼれ落ちる雨粒を苦もなく弾き飛ばしている。

蔵前の札差《ふださし》が新築した会所だった。普請にあたっては、板一枚にまで「質素にすべし」と奉行所から指図をされた。看板の仕上げは、わずか二月《ふたつき》まえまで栄華の極みにあった札差連中の、せめてもの意地だった。

「大口屋さん、あんたは御上がこんな企みをしていたとは知らなかったの一点張りだが、あたしと同じなら、なんのために頭取をやってたんだ」

不景気に雨続きが重なって江戸が冷えていた。すでに綿入れを着た瓦町の山田屋から名指しで誹《そし》られて、代々会所頭取に就いてきた大口屋が顔色を変えた。板の間に茣蓙《ござ》を敷いただけの三十畳広間に、百人近い札差が詰め掛けた寄合は、のっけから荒れ模様だった。

「なにが棄捐令《きえんれい》だ、ご政道に名を借りた強盗も同然じゃないか。おかげでうちの金蔵は空になった。ところが借り手の御家人連中は浮かれに浮かれている。なかでも御持筒与《おもちづつ》力の斎藤庄兵衛に至っては、ここだけの話だが、ひとを頼んで闇討ちに仕留めたいほど腹立たしいやつだ」

仲間内だけの気安さに怒りが加わり、山田屋が武家を呼び捨てにした。

札差からの借金で内証が行き詰まった斎藤庄兵衛は、二百両の持参金目当てに女郎茶屋との養子縁組を図ろうとした。話がまとまりかけたその矢先に、公儀が棄捐令を発布した。これで斎藤が山田屋に抱え持った百四十五両三分二朱の借金が帳消しにされた。

女郎茶屋のあるじを呼び付けた斎藤は、ひとことの詫びも言わずに破談にした。

「それだけじゃない。昨日、勝手に奥まで上がり込んできて、あろうことか金を貸せと切り出したんだ。しかも、帳面がきれいになったから、目一杯まで貸せと吐《ぬ》かしやがった」

公儀から株仲間を認められた札差は、江戸市中でわずかに百九人。それに対して蔵前御蔵が一年間に払い出す切米《きりまい》は、およそ四十一万石。一石一両としても、百九人で年に四十一万両もの商いだ。札差が江戸でも桁違《けたちが》いの分限者《ぶげんしゃ》たりえたゆえんである。

ところが公儀は、百十八万七千八百八両という途方もない額の札差貸金を、仕法書一冊で消滅させた。

桁違いの額の貸金帳消しを命じた公儀の仕打ちに、札差は徹底した締め貸し（貸し渋り）で応じた。借金が消えても武家の手元に金はなかった。ところが札差は一文たりとも貸そうとはしない。年の瀬を控えて武家が音《ね》をあげた。

事態を憂えた老中は、一万両の公金を武家への資金として貸し下げる旨を、江戸町年寄を通じ貸金会所に伝えてきた。猿屋町貸金会所は、棄捐令で金詰りを起こした札差への、公儀貸下げ金貸付けを取り扱う会所である。この日の寄合は、その貸下げ金取扱いについての談合だった。

座の札差連中はだれもが千両、万両の貸金棒引きを公儀から言い渡されていた。山田屋の腹立ちは、わが身のことでもある。座の気配がさらに険しくなった。

「みんな少し気を落ち着けてくれないかね。言いたいことは山ほどあるだろうが、今夜の寄合は御上を罵《ののし》るためじゃない」

キセルを突き出す形で伊勢屋が場を鎮めた。広間の上手《かみて》には、奉行所の指図で新設された猿屋町貸金会所の肝煎役《きもいり》、大口屋八兵衛、伊勢屋四郎左衛門、上総屋《かずさや》五郎衛門、笠倉屋平十郎、米屋《よねや》政八の五人が座っていた。

声を発した伊勢屋は、このたびの棄捐令で八万三千両もの棒引きを強いられた。この額は仲間内でも群を抜いている。ことのいきさつを知り尽くしている一座の面々は、伊勢屋には素直に従った。

「師走が目の前の物入りなときに、わずか一万両ばかりでは焼け石に水だ。それはだれもが分かっている」

会所の札差連中が、伊勢屋の言葉に聞き耳を立てていた。

「御上はこの先、都合五万両までを何度かに分けて貸し下げるというが、まるごと受け取ったとしても仲間内で分ければ五百両にも満たない。こんな端金《はしたがね》で帳尻が合うのは、ここにいる米屋さんぐらいのものだ」

いきなり引合いに出された上座末席の米屋が、居心地わるそうに顔を俯《うつむ》けた。米屋はわずか四十二両を棒引きされただけだった。

「御上は御家人連中の餅代の心積もりで貸し下げるというが、冗談じゃない。ここで申し合わせておきたいのは、鐚銭《びたせん》一文、客には貸し出さないということだ。よろしいか」

「その通りだ」

間《ま》をおかず、雄叫《おたけ》びのような返事が返った。

「ぎゅうぎゅうと締め貸しを続ければ、連中が先に干上がる。どれほど客が騒ごうが、ないものはないと突き放す。ここの後見人の樽屋が、貸下げ金をどう使ったんだと四の五の言っても、それは米屋さんが食い止める」

「ちょっと待ってくれ、伊勢屋さん」

細縞の結城紬を着流した増田屋が、座の中ほどで立ち上がった。

「伊勢屋さんに楯突くわけじゃないが、御番所の息のかかった樽屋との掛合いを、米屋さんに預けるのは承知できない。言ってはわるいがこの大事な折りの会所肝煎に、なにゆえ米屋さんが名を連ねているのかが分からない。たしか米屋さんは去年の月見の寄合で、番頭さんの口から店仕舞いを言わせたはずだ。生き死ににかかわる大事を奉公人に言わせるようなひとに、肝煎役が務まるのかね」

大方の札差が増田屋の言い分にうなずいた。

会所の新設を指図した北町奉行初鹿野《はじかの》河内守は、後見人に江戸町年寄樽屋与左衛門を任じた。しかし貸付け実務は、札差の中から選り抜いた肝煎役に委ねた。それが上手に座った伊勢屋、笠倉屋、大口屋、上総屋、米屋の五人である。

他の四人に比べて米屋政八は、身代《しんだい》の大きさも札差としての力量も大きく劣っていた。

「増田屋さん、いいから座りなさい」

伊勢屋に睨《にら》み付けられた増田屋が、渋々ながら腰をおろした。

「米屋さんを肝煎に加えろとの指図は、たしかに御番所から下りてきた。聞かされたあたしも笠倉屋さんも、もちろん頭取の大口屋さんもだが、面食らったのは間違いない。だが、やりもしないうちから、悪しざまに言うこともないだろう」

言葉はほどよく米屋を庇《かば》い立てしていた。が、話す伊勢屋の口元は明らかに歪んでいた。

「いいかね増田屋さん、米屋さんはこう見えても、さきの騒動をわずか四十二両の帳消しで切り抜けたひとだ。わきは喜八郎《きはちろう》さんという、しっかり者の番頭さんが固めている。お役人は、あたしら下々のものには見えないなにかを、米屋さんに見出したんだろう。万にひとつ、しくじるようなことがあったとしても、そのときは手付かずの身代をなげうって尽くしてくれるに決まっている。そうだな、米屋さん」

満座の目に射られて、米屋政八は身の置き所をなくしていた。

二

師走朔日《ついたち》は氷雨になった。

「どうしたというんだ笠倉屋さん、背中を丸めて言いにくそうだが」

身代が傾くほどの貸金帳消しを申渡されるまでは、金の力で相手を見下すばかりだった笠倉屋の三白眼が、いまは上目遣いに伊勢屋を見ていた。

浅草橋を北に渡り、左手の路地を突き当たると板塀囲いの仕舞屋《しもたや》がある。おもてからは屋根の高い平屋に見えるが、二階建てだ。ふたりは奥まった一階十畳間で向き合っていた。

「十五日のことかね」

話を切り出そうとしない相手を見据えて、伊勢屋四郎左衛門が短い言葉で質した。

笠倉屋はぎくっとして背を伸ばしたものの、まだ言い出せずにうつむき気味だった。

あの棄捐令の直撃を受けるまで、笠倉屋は、ことあるごとに伊勢屋と張り合ってきていた。いまの笠倉屋は物言いも所作も、みずから伊勢屋の下手《したて》に甘んじていた。

そんな笠倉屋の卑屈さに、四郎左衛門は強い腹立ちを覚えた。

札差の大半が死に体となったいま。

せめて笠倉屋には、もっと堂々と振舞って、互角に渡り合ってもらいたかったのだ。

「返してもらう金のことか」

四郎左衛門はさらに強い語調で問うた。

「まさに、そのことです」

上目遣いで笠倉屋が答えた。

「全額はきついのかね」

笠倉屋の形が気に障り、伊勢屋は言葉を吐き捨てた。まともに尖《とが》りを浴びせられても、まだ笠倉屋は返答せずでいた。

「元金二千に利息六十だが、どれだけ足りないんだ、笠倉屋さん」

あえてさんづけで呼ぶことに、四郎左衛門の怒りの強さが出ていた。

「まことに面目ない……」

笠倉屋の語尾が消えそうだった。

「あんたも笠倉屋当主なら、返せる金高をはっきり口にしたらどうだ」

詰め寄られた笠倉屋は、三白眼で四郎左衛門を見詰め返した。

「なにとぞ今回は、利息だけでご容赦願いたいと……」

「あんた、正気か！」

笠倉屋の言いわけを、四郎左衛門の怒声が弾き飛ばした。

「その場限りの借り手の言いわけを、真に受ける金貸しがどこにいるんだ、笠倉屋さん」

四郎左衛門に見据えられた笠倉屋は、なんとか相手から目を逸らさずにいた。

そんな四郎左衛門に目で促された笠倉屋は、きつい内証の子細を口にし始めた。

「このままでは、奉公人への年越し餅代も渡してやれない始末で……」

「あんたの、その情けない物言いを、この上は一言も聞きたくない」

また怒声が飛んだ。しかし今夜の笠倉屋は、四郎左衛門から罵声を浴びせられても、もはや苦痛ではなさそうだった。

四郎左衛門はそんな笠倉屋など、これ以上は見たくなかった。

「貧すれば鈍するとは、いまのあんただ」

研ぎ澄まされた言葉の匕首《あいくち》で、四郎左衛門は相手の見栄を切り裂いた。

さすがに笠倉屋も顔色を動かした。

「なにもそこまで言わなくても」

笠倉屋は三白眼を尖らせた。四郎左衛門はさらに冷えた声で応じた。

「そんな目をするのはお門違いだろう」

静かに言い返されたことが、笠倉屋には怒声以上に効いた。目の尖りを消して、居住まいを正した。

丹田に力を込めて、伊勢屋の目を正面から受け止めた。相手の言い分の正しさを呑み込めるまでに、笠倉屋もいつもの気合いを取り戻していた。

「わたしと伊勢屋さんとは、算盤《そろばん》を離れた付き合いだと思い込んでいたが……」

これを聞いた四郎左衛門は、相手を憐れむような光を目に宿していた。

「今夜のあんたは、口を開けば開くほど、あたしを寒がらせるだけだ」

伊勢屋の手焙《てあぶり》だけの、寒い部屋である。笠倉屋には茶も出ていない。

炭火にかざした手を揉《も》む四郎左衛門を、笠倉屋は唇を閉じ合わせて見詰めていた。

伊勢屋へのへつらいが失せて、四郎左衛門への向こうっ気がにじみ出ていた。

それを見て、四郎左衛門の語調が変わった。

「金に詰まる前のあんたとなら、まさに算盤を離れた付き合いをした」

四郎左衛門と笠倉屋の目が、ここで初めて絡まりあった。四郎左衛門は相手を見詰めて、先を続けた。

「金が返済されると読んでいたなら、うちの座敷に来てもらっただろう」

四郎左衛門の眼光が光を強めた。

「江戸中が金詰りだ。十五日には返ってこないと読めないようでは、あの米屋にも劣る」

あの米屋以下とまで言われた笠倉屋は、荒い鼻息を噴き出した。

「腹を立てるのは勝手だが」

四郎左衛門は静かな声を続けた。

「そうしたいなら、あんたが漂わせている貧乏ったらしいにおいを消してからだ」

言われた笠倉屋は憮然とした顔で、羽織の袖口を鼻に近づけた。

四郎左衛門はさらに続けた。

「こんなご時世だからこそ、あんたには昔通りに振舞ってもらわないと、札差衆がさらに気落ちする」

　銀の龍細工キセルを手にした四郎左衛門は、手焙の炭火で煙草《たばこ》に火をつけた。存分に吸った煙が、笠倉屋のほうに流れた。

「あと二千両、あんたに用立てよう」

　四郎左衛門が言うと、笠倉屋の三白眼がいきなり黒目を太らせた。

「それだけあれば、給金も節季の払いも片付くはずだ」

　残りは商いに回せばいいと結んだ。

　ひと息をおいて、笠倉屋はまた居住まいを正し、上目遣いで四郎左衛門を見た。

「ありがとうございます」

　畳にひたいを押しつけたのを見て、四郎左衛門は顔を歪めた。

「そんなことをせず、胸を反り返らせてくれたら、あたしも安心できる」

「助かります」

　こうべを上げた笠倉屋は、伊勢屋を見詰めて短く答えた。

　四郎左衛門は、ここで口調を変えた。

「期限は一年。利息は前の分と合わせて、八百両だ。半分の四百は前利息で、貸金から差し引く」

　きつい条件だが、異を唱えられる口など笠倉屋にはなかった。

「次は待たない」

貸金約定を、乾いた口調で告げた。抑揚のない四郎左衛門の物言いは、怒声以上に凄みを増していた。

「今回は証文も入れてもらうぞ」

きつい約定だが、笠倉屋はうなずくしかなかった。

腕力に貫禄、そして金力で笠倉屋をねじ伏せたあと、四郎左衛門は両手を打った。間をおかず、陰に控えていた女がふたり、ふすまを開いて入ってきた。

その女たちを、笠倉屋の三白眼が追い始めた。落ちていた肩が上がり、唇が生唾《なまつば》で濡れていた。

「それでこそ、あんたらしいというもんだ」

伊勢屋の軽口にも応えず、笠倉屋は女から目を離さなかった。

女ふたりは緋色《ひいろ》の襦袢《じゅばん》を細紐で締めただけだった。洗い髪が腰の上で揺れている。前に回った女は乳房が透けており、立膝になると襦袢の合わせ目が割れて、淡い茂みがちらちら見えた。笠倉屋に膳を据える段には、胸元が覗けるように大きく前かがみになった。

ふたりの膳を調《とと》えたあと、女たちは薄い襦袢越しに、尻の丸みをたっぷり見せ付けてから部屋を出た。

「気に入ったようだな」

「金繰りに追われて、このところは吉原《なか》どころじゃなかったもので。ここはいったい……」

「糯袢茶屋だ。うるさい客も、ここでもてなせばかならず落ちる」

「こんな隠れ家があるとは知らなかった」

「あたしがひっそりやらせているんだ、知らなくて当たり前だ。あれが敵娼《あいかた》でよければ二階で好きにすればいいが、まだ宵の口だ」

伊勢屋が徳利《とっくり》を差し出した。何杯かは気もそぞろな顔で受けていた笠倉屋だが、二本目の徳利を空けるころには腰が据わっていた。

「御上の仕打ちさえなければ、あたしから借金することもなかっただろう」

「よしましょう、その話は。酒がまずくなる」

「あんたのいう通りだが……御番所の秋山だけは許せない。あたしに札を扱わせておきながら、あの男はまんまとあたしに一杯食わせた」

乱暴な手付きで伊勢屋が盃を干した。

「一度、ゆっくりと伊勢屋さんにうかがいたかったが、米屋の株はどうなりました。秋には譲り受けるという話だったでしょう」

「……………」

「それなのに、店仕舞いどころか会所肝煎に連なっている。一体、どうなっているんです」

「やめてくれ。思い出したくもない話だ」

伊勢屋の目付きに刺《とげ》が浮いた。慌てた笠倉屋がううん、と取り繕うような咳払いをした。

「都では御上も大変だそうですな」

おもねるような口調で話を変えていた。

「なにが大変なんだ」

「都から戻ってきた呉服屋手代の受け売りだが、御上と御門《みかど》とが揉めているらしい」

「御上と御門とが？」

「手代はそう言っていました」

「面白そうな話だ。詳しく聞かせてくれ」

伊勢屋の黒目が大きくなった。笠倉屋は相手の機嫌が直ったことに安堵《あんど》したのか、この夜初めて脇息《きょうそく》に寄りかかった。

「御門の頼みをご公儀が蹴ったという話だが、そっち向きのことはさっぱりでね。分かったのは、都の公家連中がご公儀をうらんでいるということだけだった」

御門との諍《いさか》いごととは、朝廷と公儀が対立している『尊号一件』のことである。

京の光格天皇は、実父の閑院宮典仁《かんいんのみやすけひと》親王に太上《だいじょう》天皇の尊号を贈ろうとした。先例を調べさせた後、この年寛政元（一七八九）年に京都所司代を通じて尊号宣下《せんげ》の承認を幕府に求めた。

しかし筆頭老中松平定信は、皇位につかない私親への尊号宣下は、名誉を私するとして反対した。が、定信の真意は別にあった。現将軍家斉《いえなり》の実父、治済《はるさだ》への牽制である。家斉は実父の一橋《ひとつばし》治済を江戸城西の丸に迎え入れ、将軍経験者ではないにもかかわらず、大御所の称号を授けようとしていた。定信は朝廷の頼みを却下することで、将軍家の抑え込みも図ったのである。

「いまのところは、松平様のお沙汰を呑んだふりをしているそうです。しかし伊勢屋さん、手代の話だと、公家というのはのっぺり顔をしながら相当に強《したた》からしい。ご公儀が何かへまをやらかすのを、爪を研ぎつつ待ち構えているんでしょうな」

手代からの受け売りを笠倉屋がしゃべっていたが、天井のあたりに目を向けた伊勢屋は、まともに聞いていない様子だった。笠倉屋が口を閉じたあと、しばらく間を置いてから伊勢屋が相手に目を合わせた。

「笠倉屋さん、その手代を連れてぜひとも明日、顔を出してくれないか」

「お安いご用だ」

いつもの横柄な口調で笠倉屋が引き受けた。

三

両国橋西詰の芝居小屋から、天王町の伊勢屋までは十町（約一キロ）もない。しかし小芝居の座頭《ざがしら》、尾上菊乃丞が店先に立ったときには、自慢の羅紗合羽《ラシャかっぱ》がすっかり氷雨に濡れそぼっていた。

「伊勢屋さんに、両国の菊乃丞が来たと通してくんなさい」

ゆるくなった土間に砂を振り撒く小僧に、気取った声で呼びかけた。

札差の店先には似合わない身なりの客だった。合羽を脱いだ菊乃丞は紋付の黒羽二重を着流していた。帯は赤地に黒の縞模様が織られた献上博多で、足駄《あしだ》は五寸（約十五センチ）の高さがあった。

ほどよく長い瓜実顔で、眉は薄く目は一重の切れ長、唇は薄くて小さい。大きくはない顔に鼻筋がぴしっと通った、文字通りの役者顔だ。背丈五尺六寸（約百七十センチ）の菊乃丞だが、足駄で底上げされて六尺を上回っていた。

広い土間には明かりが回り切らず薄暗い。見慣れぬ客に暗がりで見下ろされて、小僧が竦《すく》み上がった。

「お足元のわるいなかをご苦労様でございました。あるじから言い付かっております、どうぞお履物と合羽はそこに残してお上がりください」

　結界の奥から急ぎ足で出てきた番頭が、菊乃丞を招き上げた。帳場を過ぎて奥に入ると、いきなり明るくなった。二間《けん》おきに百目蠟燭《ろうそく》が吊り下げられた廊下は、菊乃丞の芝居舞台よりも明るい。磨き上げられた床が百目の灯を照り返していた。

「廊下の板から、いい香りがするようだが」

「檜《ひのき》の誂《あつら》えでございます」

「それはまた豪気なことだ」

「よそさまは存じませんが、うちは五代続く札差ですから」

（札差の息の根が止まりそうだと、江戸中で評判じゃないか。贅沢《ぜいたく》もこれまでだろうが）

　番頭の驕《おご》った口調に、菊乃丞が胸の内で毒づいた。が、もとより気づかぬ番頭は菊乃丞を従えるようにして先を歩き、奥の座敷へと案内した。

「あいさつなんかいい、はやく座ってくれ」

　機嫌のわるそうな伊勢屋の声を耳にして、番頭はそそくさと部屋から出た。招き入れられた客間には膳が調えられており、先客が伊勢屋に並んで座っている。菊乃丞を品定めするような顔つきの男は、黒目が大きく上にかたよっていた。

　庭に面した客間は、氷雨降りのなかで障子が一枚開かれている。泉水四隅の石灯籠は、雨を透《とお》して明かりを放っていた。

「昼間は役者さんを使いに寄越したそうじゃないか」

「このところ無沙汰をつづけておりましたもので、ごあいさつにうかがいたいと」

先客の目つきが気になる菊乃丞は、当たり障りのない返事を始めた。それを、聞くのも煩《わずら》わしいとばかりに伊勢屋が遮った。

「客が入らなくて祝儀のおねだりか」

「えっ……そんなわけでは……」

「あたしに見栄を張ってどうするんだ」

伊勢屋は先客の顔つなぎもせず、ぞんざいな手付きで徳利を差し出した。

「歌舞伎遊びの客には、まだ金がある。あの連中は一年や二年、商いが細くなっても芝居見物まで始末はしない」

「……」

「ところがあんたの客は、職人やら日傭《ひようと》取りばかりだ。このさき何年かは、江戸中が金詰りになる。気の毒だが小芝居には客の足が向かないな」

菊乃丞は、右手で盃を塞いで断った。

「なんだ、いらないのか」

「今夜の酒は、いささか苦そうですから」

「あとの喧嘩《けんか》はさきに買えだな」

膳に音を立てて伊勢屋が徳利を置いた。

「なんのことで」

「いやなことは先に済ませるということだ。あんた、うちが傾いたと思ってるだろう」

「またいきなり、なにを言われますやら」

「まだ師走の中日《なかび》だというのに、使いが来たのは今日で五度目だ。これまでの年は、言われなくても師走興行の初日、中日、楽日の三度、うちから祝儀がとどいたはずだ」

菊乃丞がうなずいた。

「一献受けろ」

伊勢屋の勢いに押されて、菊乃丞は盃を両手持ちにして受けた。

「今年なにもしなかったのは考えあってのことだ。それなのに借金を返せといわんばかりに、三日にあげず使いが来る。随分うちも見くびられたもんだと、笠倉屋さんと話していたところだ。あんたも笠倉屋さんの名前ぐらいは、聞いたことがあるだろう」

あるどころではなかった。笠倉屋といえば、屋号を極印した小判を色町にばら撒くことで知れ渡った大尽だ。もっともさきの棄捐令では、伊勢屋に次いで五万両に届くほどの大金を帳消しにされている。いまでは笠倉屋も危ないと、江戸のあちこちで取り沙汰されていた。

「催促がましい使いに苛立ってたあたしを、鎮めてくれたのが笠倉屋さんだ。このひとがいなければ、今夜の場もなかった。話に入るまえに、きちんと礼を済ませてくれ」

あたまから決め付けられて腹も立ったが、図星だった。座り直した菊乃丞は両手を膝に戻して頭を下げた。

「あたしのも一献受けてもらおう」

笠倉屋が徳利を手にした。伊勢屋の酒を干してから、菊乃丞は押し戴くように盃を差し出した。

「客の入らない小屋の切り回しで、さぞかし頭が痛いだろう」

「はい」

「だがねえ、菊乃丞さんよ。伊勢屋さんが大きな儲け話を用意してくれている。あとはあんた次第だ」

傾きかけた札差ふたりに儲け話を持ちかけられても、にわかには喜べない。しかしそこは小芝居の座頭だ、如才のない顔を作った。

「あたしから話そう」

わきから話を引き取った伊勢屋の口調が、仕切は自分だと言っていた。

「あたしに擦り寄ってくる役者はいまでも数多くいるが、これをやれるのはあんたしかいないと思っている」

「役者冥利に尽きるお誉めです」

「札はあとだ。ひとたびこの話を聞いたら、断ると命の遣《や》り取りになる。あんた、それだけの肚《はら》がくれるか」

菊乃丞は黙り込んだ。虚仮威《こけおど》しには思えなかった。庭から師走の凍えた風が流れてくる。札差ふたりの目に射られた菊乃丞は、手酌で呷《あお》った。まだ気持ちは定まらない。

「どれほどの稼ぎになるか、それだけでも聞かせていただければ」

「箱詰めの小判だ」

「どんな箱です？」

「鋲《びょう》打ちした樫の箱に決まっている」

「それを幾ついただけますか」

「図に乗るんじゃない」

笠倉屋が声を荒らげた。

「笠倉屋さん、声が大きい」

開かれた障子から見える庭に人影はないし、外に漏れるほどの声でもなかった。それなのに窘《たしな》めた伊勢屋の顔が、張り詰めている。そのピリピリした気配が、菊乃丞の迷いを深くした。もう一度盃を満たそうとした手酌の徳利が揺れて、菊乃丞の膳に酒がこぼれた。

手元が震えたことで、札差ふたりの目がさらにきつくなった。とりわけ笠倉屋の三白眼が、迷う菊乃丞を見据えている。盃を置いた菊乃丞は、笠倉屋を見詰め返してから伊勢屋と向き合った。

「うかがいましょう」

答えた菊乃丞は、舞台で見得《みえ》を切るときの顔つきになっていた。

「いま言ったことを承知のうえだな」

「小芝居ではありますが、尾上菊乃丞の名は安くはありません。念押しは無用です」

「しっかり聞かせてもらった。笠倉屋さん、あんたもこれでいいね」

わずかにうなずいた笠倉屋は、返事の代わりに大きく手を叩いた。二度目の手で客間のふすまが開かれた。

「今日《こんち》はまた、みなさんのお顔がぞろりとお揃いで」

桜色のあわせに菜の花色の紋付羽織。目がちかちかしそうな取り合わせを着た幇間《たいこもち》が、扇子を鳴らして入ってきた。

「玉助、始めていいよ」

「いただきました」

ぱちんと扇子でおでこを叩いた玉助は、踊るような足取りでふすまを取り払い始めた。

「おうい、お姐さん……長々お待たせしやしたが、旦那のお許しが出やした。目いっぱいご陽気にいきやしょう」

間をおかず、芸妓衆が座敷になだれ込んできた。三味線が二棹《ふたさお》に鉦《かね》、太鼓が加わり地方《じかた》だけで五人だ。それに芸者が五人、幇間がひとり。二十畳に広げられた座敷が、いきなり華やかになった。

「玉助さん、こっちに来てくれ」

玉助は笠倉屋抱えの幇間だ。伊勢屋は、さんづけで呼び寄せた。

「いっとき話がしたい。忍び音までとは言わないが、ひと調子落としてやってくれ」

伊勢屋が三枚の小判を握らせた。

「姐さん方、伊勢屋さんの旦那にいただきましたから」

芸妓衆が声をそろえて礼を言った。伊勢屋の顔がゆるんだ。それをすぐさま真顔に戻すと、膳をどけて菊乃丞を膝元まで近寄らせた。笠倉屋も伊勢屋に膝を寄せた。

「あたしも笠倉屋さんも金に詰まっているわけじゃないが、御上の手前、いまは派手なことはまずい。あんたへの祝儀を控えたのもそのひとつだ」

玉助に渡された三両を見ていた菊乃丞が軽くうなずいた。

「なぜこんな騒がしい座敷でと、いいたそうな顔だな」

「聞いたら断れない話には、いささか場違いな気がします」

「ところがそれは思い違いだ。あたしは今年の正月、秘め事には騒がしい座敷こそが打って付けだと、骨身で味わっている」

立方《たちかた》の舞いが始まった。玉助も羽織を脱ぎ捨てて、着物の裾《すそ》を端折《はしょ》っていた。

「ところであんた、歳は幾つだ」

「つぎの正月で三十六になります」

煙草盆を引き寄せた伊勢屋は、雁首に龍が細工されたキセルの煙草に火をつけた。

「厄年《やくどし》の男に老けられるか」

「あたしは一座を張る役者です」

むっとして答えた菊乃丞の言葉が、煙草の煙を追い払った。

「いまから話すことは片手間でできる仕事じゃない。今日限り、しばらく小屋を畳んでもらうことになる」

伊勢屋が背をかがめて話し始めた。

端《はな》は調子を落としていた三味線が、三つ目の舞いでは鉦、太鼓と音を競い合っていた。

その騒ぎのなかで、伊勢屋たちの密談は半刻《はんとき》（一時間）近くも続いた。菊乃丞の顔が次第に険しくなっている。締め括りでは、伊勢屋がめずらしく、くどくどと念押しをしていた。

「さあ、これからがお楽しみだ。玉助、しっかり騒いでくれ」

「へえ……」

騒ぎ続けていた玉助が笠倉屋に呼びつけられたときには、桜色の襟元をべったりと汗で濡らしていた。

「なんだ、その声は。久しぶりに投扇興《とうせんきょう》といこうじゃないか。だれでもいいよ、あたしに勝てば小判五枚だ。玉助、場を拵《こしら》えなさい。おまえもあたしに勝てば五枚やるよ」

五両と聞いて、芸妓衆が目の色を変えた。玉助を連れた笠倉屋が、大騒ぎの輪に加わった。ひと呼吸おいたあと、伊勢屋がたもとから二十五両包を取り出した。

「役者衆の餅代もいるだろう、当座のつなぎにしてくれ」

大枚を受け取ったというのに、菊乃丞の顔が強張《こわば》っていた。

四

寛政二（一七九〇）年正月の浅草寺には、薦被《こもかぶ》りが一樽も奉納されていなかった。商いの遣り繰りに追われた蔵前の札差連中は、寄進どころではなかったからだ。初詣客が投げる賽銭《さいせん》も一文銭ばかり。参道の物売りにもひとが寄らず、昼過ぎだというのに甘酒屋が葦簾《よしず》を畳み始める始末だった。

ところが深川門前仲町は様子が大きく違っていた。木場の旦那衆は不景気のなかでも目一杯の威勢を見せ、奉納提灯《ちょうちん》と四斗樽が八幡宮境内にずらりと並んでいた。藪入《やぶい》りの富岡八幡宮は、遊び客に遅まきの初詣が重なり、参道にはひとが溢れていた。

「おうい、喜八郎さん。こども連れだてえのに素通りかい」

担《かつ》ぎの汁粉屋が喜八郎に大声をかけてきた。屋台のまわりには、宿下《やどり》で深川に戻ってきた小僧たちが群がっている。人込みで逸《はぐ》れないように喜八郎の帯をしっかり摑《つか》んだこどもが、物欲しげな目を屋台に向けた。

「一杯もらおう」

まわりが着膨れしたなかで、素肌に紺木綿のあわせを着流した喜八郎が掠《かす》れ声で答えた。あいよっと威勢を返した親爺が、素焼きの碗に手早く汁粉を掬《すく》い入れた。差し出された汁粉は、器から溢れそうなほどに入っている。ほかの小僧たちが目を丸くして碗を見た。

「浩太郎、わきにどいて、ゆっくり食べろ」

素足に雪駄《せった》履きの喜八郎にいわれて、碗を両手持ちにした浩太郎が嬉しそうにうなずいた。屋台前の小僧たちが詰め合って、ひとり分の隙間を作り出した。あらかた食べ終わったひとりが、明らかに盛りの違う碗を羨ましげに覗き込んだ。

「この寒空でも、薄着が様になってるからかなわねえやね」

喜八郎が窪んだ目元をわずかにゆるめた。鍋、釜、布団などの所帯道具を日銭で貸す損料屋は、ほとんどが隠居した年寄の片手間商売だった。ところが喜八郎は、この正月でまだ三十と若かった。

「これからお参りかい」

「この子は八幡宮を知らないんだ」

「だったら江戸屋さんのわきの道から行った方がいい。まだしも歩きやすいだろうから」

「そうさせてもらおう」

喜八郎は一匁《もんめ》の小粒を渡した。汁粉屋は、喜八郎の裏の仕事を手伝っている。一杯十六文の払いに小粒は多過ぎたが、喜八郎は目で釣銭を断り、親爺も目顔で礼を言った。

汁粉屋が言った通り、料亭江戸屋からの堀沿いの道は、いくらか人波が少なかった。それでも細道の片側にはこども相手の物売りが連なっており、三歩とまともには歩けない。それに加えて、喜八郎の帯を握った浩太郎が、細工物に見とれて鈍《のろ》くなる。それでも喜八郎は、こどもの好きに歩かせた。

賽銭を投げ入れ、お参りを済ませたときにはすでに四半刻《しはんとき》（三十分）が過ぎていた。

「浩太郎、めしでも食うか」

並んで歩く連れが嬉しそうに足を止めた。前がいきなり立ち止まったことで、後ろの参詣客が浩太郎の背中を押した。不意のことで備えのなかった浩太郎は石段を踏み外した。

間がわるく、そこだけ人込みが途切れていた。よろけ落ちた身体が、五段下から上ってくる前垂れ姿のお参り客にぶつかった。男には枯茶色の道行《みちゆき》を羽織った連れがいた。

「怪我はなかった？」

恥ずかしさで俯き顔の浩太郎に問い掛けた女の目が、近寄る喜八郎に移った。

「あっ……喜八郎さま……」

「無沙汰をしておりました」

喜八郎が軽くあたまを下げた。

「邪魔で歩けねえや、わきでやんなよ」

喜八郎の後ろから、半纏《はんてん》姿の職人が尖った声をぶつけてきた。

「あい済みませんでした」

連れを促した女は、喜八郎たちと一緒に石段を戻った。狛犬《こまいぬ》横にわずかな隙間を見つけた女は、そこで喜八郎に向き直った。

「うちの板場を任せている清次郎です」

江戸屋の女将《おかみ》、秀弥《ひでや》だった。

「蓬莱橋《ほうらいばし》の喜八郎です。いつぞやは江戸屋さんにはお世話をかけました」

男ふたりが会釈を交わした。

「喜八郎さんのお子さんですの？」

「古い知り合いの息子です」

「そうでしたか」

秀弥の目元が束の間だが明るくゆるんだ。

「それで、これからどちらへ……ごめんなさい、久しぶりにお目にかかれただけですのに、立ち入ったことばかりうかがったりして」

「気遣いは無用です。昼飯を食おうと話していたところですから」

「それならぜひ、うちにお越しくださいな」

「江戸屋さんにこどもはご迷惑でしょう」

「それこそお気遣いはご無用です。お参りを済ませましたら、すぐに清次郎と戻ります」

喜八郎の帯を摑む連れの手に力がこもった。参道を出た先の飴《あめ》屋の前で待っていた喜八郎は、お参りを終えた女将たちと一緒に江戸屋に入った。秀弥は相客のいない小部屋に席を調えた。

「鈴が鳴らなければひとを寄越しません。ごゆっくりお過ごしいただいて結構ですから」

ひと通りの膳が調ったところで秀弥も下がった。甘味をきかせた厚焼き玉子、いわしの味醂《みりん》干し、紅白に切り分けた蒲鉾《かまぼこ》、それに熱々の炊き込み御飯に、そうめん具の味噌汁。秀弥の気配りで、こども好みの品々が並べられていた。

きれいに平らげた浩太郎は、手焙の丸網に載った餅で磯辺巻をこしらえた。

「あのきれいな女将さんと、喜八郎さんは知り合いなんですか」

「余計な気を回さなくていい」

きっぱり言われて、浩太郎が萎《しお》れた。

「腹は膨れたか」

「はい、磯辺が食べ切れなかったら米屋に持ち帰ってもいいですか」

喜八郎の目元がゆるんだ。

「いまは話をしっかり聞かせてくれ。あとで団子も買ってやる」

こどもの顔が生き返った。

十歳の浩太郎は、本所相生町の両替商野市屋《のいちや》福松の長男である。福松と喜八郎との出会いは、剣術道場だった。

当時、喜八郎はすでに師範格だった。商い柄、ごろつき連中から目を付けられやすい福松は、護身の修練として格違いの喜八郎に食らいついた。相手の懸命さを受け止めた喜八郎は、十二歳年上の福松に手加減抜きの稽古をつけた。以来十余年、途切れぬ交誼を続けてきた。

そして昨秋、福松は喜八郎から頼まれて、貸金会所肝煎役に就くことになった米屋に、浩太郎を奉公に出した。

奉行に肝煎として推したものの、秋山も喜八郎も米屋政八の器量を危ぶんでいた。ふたりは見張り役として浩太郎を付けたのである。

小僧であれば、政八に限らずだれもが油断する。六歳から福松に稽古をつけられてきた浩太郎は、いまでは父親を凌ぐ木刀さばきを見せた。しかも武家の子弟に混じって道場通いを続けたことで、言葉遣いも確かだ。お目付け役には最適だった。

「暮れから七草までの間に、四度も旦那様のお供で出かけました」

たもとから取り出した心覚え帳を繰りながら、浩太郎が話し始めた。

「初めて行ったのが師走の十七日です。このときは、伊勢屋さんと笠倉屋さんに呼び出されて出かけました」

「猿屋町の会所ではなかったのか」

「違います、根津権現です。帰り道はみぞれになったのですが、旦那様は随分とご陽気でした。二度目は暮れの二十五日、三度目が二十七日で、いずれも昼間のお供です。ここまでの三度は、どれも根津社地門前わきの、城塚屋さんというお料理屋さんでした」

「米屋さんが会っていたのはだれだ」

「二度目、三度目とも伊勢屋さん、笠倉屋さんの小僧さんたちと一緒に待っていました。きっとその二軒です」

いずれも肝煎連中だった。しかし会所の寄合とは思えなかった。合点のいかぬまま、浩太郎に先を促した。

「最後に出かけたのが七草の夕方からです。場所は柳橋の梅川さんという、大きな料理屋さんでした。小僧さんたちは二人とも同じでしたが、伊勢屋さんの小僧さんが、今夜はお節句の殿様がいるらしいって」

「節句の殿様だと？」

「そう聞きました。その日の伊勢屋さんは、出かけるまえから身なりをすごく気遣っていたそうです」

「……」

「旦那様は、お会いしたお殿様も、ご一緒にいらした御家人様も、とってもいい方だといいながら足元も見ないでふわふわ歩くものですから、何度も小石に躓《つまず》いていました」

心覚え帳を閉じた浩太郎が、固くなった磯辺巻を口にした。

「その場には、御家人様もいたのか」

掠れ声で問い掛けられた浩太郎は、慌てて餅を呑み込んだ。

「旦那様はそうおっしゃっておいででした。二月に入ったら、市ヶ谷神楽坂にある御家人様のお屋敷をおたずねなさるんだそうです」

「それはどちら様のことだ」

「分かりません。なにか分かったら、いつもの通り嘉介《かすけ》さんに伝えます」

喜八郎は目を閉じ腕組みをしたまま、いまの話をなぞり返していた。

五

深川蓬莱橋たもとの損料屋は、どこにでもある二間間口の小さな店構えだった。しかし居抜きでここを喜八郎に買い与えた先代米屋政八は、多くの人数がひと知れず出入りできるように、店に続く空地も一緒に買い求めていた。高さ八尺（約二百四十センチ）の杉板塀で囲まれた百坪の地所内には、小さな蔵がふたつに、二十畳の広間を併せ持つ母屋が造作されていた。

二代目の才覚に危惧を抱いていた先代政八は、さらにもうひとつ、先を読んで手立てを講じていた。探りの費《つい》え捻出である。二代目政八を陰から喜八郎に支えさせるために、先代は五百両を本所の米穀仲買人に預けていた。

いわば仲買商への出資金である。米相場に張るのとは異なり、大きな儲けは生み出さない。それでも年に一割五分の分け前をもたらした。これを喜八郎は下働きへの費えに当てていた。

ひな祭を翌日に控えた三月二日早朝、広間には様々な身なりの手代や職人から、行商人、駕籠《かご》舁《か》きまで九人が集められていた。富岡八幡宮の桃は八分咲きだが、朝夕はまだ冷え込みのきつい日もある。喜八郎は素肌に格子柄の紺絣一枚。わきに座った嘉介は、がのぞいていた。

五十路《いそじ》男には見えない引き締まった身体つきだが、綿入り木綿の襟元から浅葱《あさぎ》色の襦袢

「二月初めから今日まで、寒い中をよく聞き込んでくれた。今朝はまだ眠いのもいるだろうが、朝飯ですっきり目を覚ましてくれ」

喜八郎の言葉でみんなが箸《はし》を手にした。箱膳には鰺の干物と分葱《わけぎ》を散らした味噌汁、それに浅蜊の佃煮、焼き海苔が載っている。朝から豪勢な膳だが、食が太くて早飯食いの連中は、幾らも刻《とき》をかけずに平らげた。

「それでは出入り商人の聞き込み首尾を、平吉からやってもらおうか」

大きな平仮名で書き綴った指図帳を捲《めく》りながら、嘉介が切り出した。言われて、粗い木綿の半纏を着た棒手振《ぼてふり》が立ち上がった。

「神楽坂というのは、先《せん》に嘉介さんにいった通り、高木左京様のお屋敷でやした。あっしは酒屋、炭屋に乾物屋をあたりやした。炭屋は油も納めてやしたんで、そいつも合わせて聞いてきやした」

「御鷹匠支配三番組与力格、家禄は二百五十俵五人扶持……これだな」

手元の御家人武鑑で、嘉介が高木の禄高などを確かめた。

「お屋敷は門構えもきちんとしたもので、下男が門番代わりに立ってやした。炭屋の話だと四代続く御家人さんだそうで、御家来衆が七人に下男が四人、それに賄《まかな》い向きの女

中を三人も抱えているそうです」

「それだけ奉公人を抱えたんじゃあ、内証は相当に苦しいだろう。溜めているのか」

「いっときは大きな借金が帳消しになったと、てえした喜びようだったそうです。ところが札差から銭がへえらなかったとかで、去年暮れの払いは勘定の二割しかもらえなかったてえやした」

「ほかの商人《あきんど》もおなじだったのかい」

「へえ……それが今年の七草明けに呼びつけられて、溜まってたのをそっくり貰えたそうなんで。酒屋も炭屋も、季節はずれの勘定がとれたてえんで、えらく喜んでやした」

喜八郎とうなずき合った嘉介は、ふたたび帳面に目を戻した。

「それじゃあ次は呉服屋だ」

「はい、高木様に出入りの呉服屋は、岩戸町一丁目の藤屋でした」

話し始めたのは、早朝から月代《さかやき》を青々とさせた手代風の男だった。

「この二年ほどは、洗い張りばかりで新しい誂えは戴かなかったそうです。それが正月早々、高木様の結城に帯と、御内儀様の御召《おめし》を立て続けにご注文されています」

「いくらの商いだ」

「おふたり分一式、仕立賃込みで三両二分二朱と聞きました」

「随分と値が張ってるじゃないか」

「急ぎ仕立で、御召は西陣の新柄だったそうですから。しかも高木様は前金でしたので、掛けに比べて一割値引きした商いです」

「前金だと?」

黙って聞いていた喜八郎の問いに、話し手がしっかりとうなずいた。

「そのうえ二月に入ると、お大名の腰元が着るような、正絹のお仕着せを賄い女中に誂えたそうです。これもやはり前金でした」

「途中で口を挟んでわるいが、いまでも勘定がもらえていない商人はいなかったのか」

「こちらにうかがう道々、みんなで話を突き合わせながら来やしたが」

さきほどの平吉が再び口を開いた。

「正月からさき、いきなり金回りがよくなった様子なんでさ」

「おれも話があるんだが、いいかい?」

平吉のうしろから担ぎ汁粉屋の源助が声を出した。

「おれは奉公人の聞き込みをしてきた。平吉が仕入れた話と数は合ってる。下働きが四人に女中が三人、この連中はみんな葭町《よしちょう》の桂庵《けいあん》扱いだった」

源助が湯呑みを口にした。

「ところが給金があんまり安いてえんで、去年の暮れに次の出替《でがわ》りでは、みんなが上がりてえと桂庵に泣きを入れてたそうだ」

年に二回、三月と九月に桂庵（周旋屋）は口入れした奉公人の入替えを行った。それが出替りである。

「高木様の給金じゃあ、替わりたがるのも無理もねえって桂庵でも思案していたところ、藪入りを過ぎたら、がらっと様子が違ったてえんだ」

「給金の積増しでもあったのか」

「あったなんてもんじゃねえんだ、喜八郎さん。高木様は、七人合わせて二十八両の迷惑料と引替えに、そっくり連中を引き抜いたてえのよ。ひとり四両といやあ、年の給金以上だぜ」

額の大きさに広間の連中が目を剝《む》いた。

「これがお店《たな》相手なら、たとえ銭をもらっても七人も抜かれたりしたら、桂庵だって黙っちゃいねえさ。ところが相手は鷹匠組の御家人様だ。それに奉公人連中もころっとあちらに寝返っちまったらしくてね。揉めてもしょうがねえってんで、けりをつけたとさ。世の中、どこも金詰りだてえが、あちらさんは別らしい」

「たしかに親爺さんの言う通りだ」

魚の担ぎ売り屋、勝次が話を引き取った。

「二月半ばから、三度も鯛の誂えを言われたんだよ。あっしと辰とはみんなと違って、高木様のとこは古いお馴染みだ。去年の暮れは鯖が安いと売り込んでも、賄い女中は銭がねえからと断りしか言わなかったのにさ。そうだろ、辰っぺも」

青物売りの辰平が何度もうなずいた。

「それが一昨日《おととい》の夕方には、御家来さんがわざわざ台所に顔を出してさ、明日はでえじな客が来るから何としても見栄えのいい鯛を仕入れてくれてえんだ。しかも前金で二分も渡された。こんなのは初めてだ」

「その鯛はおまえが下ろしたのかい」

座り直した嘉介が話に割って入った。

「それが違うんだよ、嘉介さん。昨日は柳橋から料理人がへえったらしくてね。あっしは日本橋で仕入れた尺ものを届けただけさ」

喜八郎の目くばせを受けた嘉介は、棒手振連中の話を中断させて喜八郎と座を立った。

「さすがは嘉介の指図だ、浩太郎の伝えてきたことを見事に調べ上げている」

喜八郎に礼を言われた嘉介が、面映《おもは》ゆげに膝をずらした。

「ただ、じかに聞くとかえってものが見えにくくなりそうだ。わたしは座を外すから、あとでまとめて聞かせてくれ」

連中の聞き取りを終えた嘉介が、ことのあらましを喜八郎に伝えたのは、昼近くになってのことだった。

「浩太郎が急ぎ知らせてきた通り、昨夜はいずれもお供なしの米屋さんに伊勢屋、笠倉屋と、お節句の殿様が、高木様の屋敷に集まっていました」

「それで節句の殿様の素性は分かったのか」

「聞いた通りに伝えますから、謎解きは喜八郎さんにお願いします」

帳面を繰りながら、嘉介が話し始めた。

場所は牛込御門から神楽坂を登り切った、行元寺わきの高木左京屋敷である。すでに陽が傾き始めた三月一日七ツ（午後四時）、高木邸に四挺《ちょう》の駕籠が着けられた。

「米屋さんのを担いだ寅吉《とらきち》が、ほかの舁き手から仕入れた話ですが、殿様と呼ばれたひとは伊勢屋から一緒です。駕籠宿は柳橋の浜庄で、そこには一挺だけ宝仙寺駕籠があるそうです。伊勢屋は並の駕籠で、殿様が宝仙寺駕籠に乗りました」

「伊勢屋から一緒に出たということか」

「そのようです。ところが帰りは伊勢屋と笠倉屋が先に屋敷を出ました。殿様は半刻（一時間）も遅れて、米屋さんの駕籠と前後して屋敷を出ています」

「どういうことだ」

「ご機嫌顔の米屋さんから寅吉が聞かされたことですが、殿様は米屋さんが大層気に入ったらしくて、伊勢屋と笠倉屋を先に追い返したそうです」

「先に追い返しただと？」

「はい、屋敷から出た伊勢屋と笠倉屋のあとを、町飛脚の俊造が追いました。二挺の駕籠はともに伊勢屋の店先に着けられました」

「それで殿様はどこに帰ったのだ」

「伊勢屋にです」

喜八郎の窪んだ目が嘉介に向けられた。

「自分で追い返しておきながら、伊勢屋に戻って行ったのか」

「その通りです。俊造は笠倉屋が伊勢屋を出るまで見張っていましたが、殿様の宝仙寺駕籠が伊勢屋に戻ってきたんで驚いたと言ってます」

「それで殿様の身なりは？」

「俊造は暗闇から見ただけですが、それでも寅吉と同じようなことを言いました。ふたりが口をそろえて言うには、絵草子の牛若丸に出てくるお公家さんのようだった、と」

喜八郎は目を閉じた。ときどき口を動かしては「節句の殿様」と呟くのがこぼれ出る。嘉介は黙って相手を見詰めていた。が、重たい気配を払い出そうとしたのか、庭に面した障子を開いた。

「明日はお節句ですね」桃が満開だった。

嘉介が呟いた言葉で、喜八郎の窪んだ目が大きく見開かれた。

「そうか、節句ではなかった。浩太郎はお節句の殿様と言ったんだった」

「あたしもそう言いましたが」

「おれは、おの字を抜かして、節句の殿様で考えていた」

めずらしく喜八郎が声を弾ませていた。

「嘉介、謎が解けた」

障子のそばから嘉介が駆け寄ってきた。

「お節句ではない、五摂家だ」

「なんです、ごせっけというのは」

「御門に仕える近衛、九条、二条、一条、鷹司の五門を五摂家と言うんだ。奉行所の祐筆当時、京都の御蔵帳で何度も目にしたことがある」

「それじゃあ米屋さんたちは、ほんとうにお公家さんに会ったということですか」

「それは分からない」

「でもどうしてお公家さんが、大名でもない御家人の屋敷に、それも札差の宿から出向いたりするんでしょうね」

「おそらく伊勢屋が絵図を描いている」

短く言い捨てたあと、喜八郎は黙り込んだ。春風が桃の香りを運んできた。

だ。

六

喜八郎は北町奉行所与力、秋山久蔵に次第を漏らさず話して手形の便宜を頼み、嘉介を京に上らせた。祐筆下役当時の伝手《つて》をたずねさせて、公家の聞き込みにあたらせたのだ。

それと同時に、みずから下働き連中に指図を下し、伊勢屋を見張らせるとともに、神楽坂の御家人高木左京の聞き込みを続けさせた。

京の嘉介から、誂えの飛脚便が届いたのが四月二日。

『こちらのお公家さんで、江戸とかかわりのありそうなのは、近衛家だけでした。年に二度、日本橋通一丁目の呉服卸《おろし》結城屋の手代庄次郎が、西陣仕入れのつど近衛家に出入りしているとのことです』

すぐさま呉服伺いの永吉と、小間物行商の清七が探りに動いた。

「庄次郎さんはお得意先の笠倉屋に連れられて、去年の暮れに伊勢屋をたずねています。そこで公家のことを根掘り葉掘り、一刻《いっとき》（二時間）もの間、訊《き》かれたそうです」

これをもとに、手配りした連中からすべてを聞き終えたのが四月十二日。喜八郎が米屋を訪れたのは、四月も半ばを過ぎてのことになった。

「なんだ、この忙しいさなかに」

「……………」

「店をあければ、五月切米（年に三回、御家人に米で払われる棒給のうちの五月分）を当て込んだ借金を口にする連中しか来やしない。江戸中が金詰りのこんなときに、貸せの貸さないのの掛合いがどれほど難儀か、おまえにだって分かるだろうが」

前触れもなく朝五ツ（午前八時）に顔を出した喜八郎に、米屋政八は不機嫌さを隠そうともしなかった。

「忙しいのは承知です。近衛の殿様の一件も重なっているでしょうから」

「な、なんで知ってるんだ」

喜八郎の読みが当たっていた。

政八の問いには答えず、居住まいを正した喜八郎は相手を見据えた。その気迫に押されて、政八もキセルを煙草盆に戻した。

「米屋さんの会所肝煎は、御番所の秋山さんが強く推されて実ったことです」

「そ、そんなことは、いまさら言われなくても分かっている」

「ここで米屋さんに不始末を起こされたら、秋山さんも無事では済みません」

「いい加減にしろ、喜八郎。あたしだって、秋山様には足を向けては寝られないのは、重々承知だ。うちが軽い棒引きで済むように、おまえもよく働いてくれた。だからといって、あたしになにを言ってもいいわけじゃないだろうが」

政八の丸顔が怒りで真っ赤だった。が、喜八郎は眉ひとつ動かさない。相手が動じないのでさらに昂ぶったらしく、政八がキセルを振り回した。

「金詰りの会所のために、身を粉にして尽くしているのを知りもしないで、料簡違いも甚《はなは》だしい。まるであたしが不始末をしでかしたような言い方が、よくもできたもんだ」

言い終わって煙草を詰めようとしたが、器が空《から》だった。大きな舌打ちをした政八は、蹴るようにして立ち上がり、煙草を取りに出た。

障子越しに朝日が差し込んできた。床の間が明るくなった。見慣れた山水の軸のまえに、朱塗りの三方《さんぽう》が据えられている。喜八郎が立ち上がった。

三方には棗《なつめ》が載っていた。黒漆が朝日の返りを浴びて艶々《つやつや》と光っている。喜八郎は家紋を凝視していた。花弁が重なり合った菊が、金粉でくっきりと描かれていた。

「さわるんじゃない」

戻ってきた政八が甲高い声をあげた。

「それは近衛様が御門から賜った茶器で、世にふたつというほどの品だ」

せかせかと喜八郎に近寄った政八は、袖を引いてもとの座に着かせた。

「あたしはいま、近衛様を通じて御門の御剰余金お貸し下げのお願いに明け暮れている。ありがたいことに、近衛様はあたしを気に入ってくれたらしい」

伊勢屋、笠倉屋、それに御家人高木のまわりをどれほど聞きこんでも摑めなかったことに、政八が踏み込んできた。喜八郎は口を閉じて、相手の喋《しゃべ》りにまかせた。

「市ヶ谷神楽坂に、高木左京様とおっしゃる鷹匠与力の御家人様がいらっしゃる。このお方が、近衛様に引き合わせてくださった……」

落ち着きを取り戻した政八が、長い顚末《てんまつ》を話し始めた。

高木左京は伊勢屋の札旦那（札差に米取扱いを頼む旗本、御家人）だった。棄捐令で巨額の棒引きを強いられた札差連中は、貸金の元手も失った。これで困るのは武家だった。いっときは借金が消えて喜びもしたが、札差以外に金の融通を頼める相手がいないからだ。

高木は以前、京都所司代の同心職に就いていた。所司代は公家目付も任務のひとつである。その折りに高木は近衛家とかかわりを持った。江戸に所用のあった近衛当主は、むかしの誼《よしみ》をたどり、高木屋敷に滞在したという。

夕餉《ゆうげ》の膳を囲んだある夜、札差が干上がってしまい、江戸中が金詰りだと高木がこぼした。それを聞いた近衛は、札差なら素性が確かだから御門の御剰余金を回してもいいと言い出した。

御門の賄いは近衛家が一手に司《つかさど》っているそうで、蔵には四百万両が積まれているらしい。大坂の鴻池、松坂の三井、それに名の通った大名に限って貸付けを行っているが、江戸の札差なら金を回してもいい。どの貸付先も利息は年に一割だが、裏表がなく、隠し事のできない米屋さんの人柄が気に入ったから、米屋さんがすべての差配をすると約定するなら、年利八分で五十万両まで貸してもいい、とまで言われた……。

「近衛様は、高木様に引き合わされた伊勢屋ではなく、あたしが差配するなら貸そうと仰せなんだよ」

政八があごをぐいっと突き出した。

「おまえはなにかといえば、あたしの口が軽いの、商いには向いてないのというが、分かる人にはあたしのよさを、きちんと分かってもらえる。それに引き替え、面目丸潰れの伊勢屋は、真っ赤な顔で高木様の屋敷から出て行った。あたしは命懸けでこの話をまとめてみせる。五月切米を目前に控えたこの時期に、五十万両の金が仕込めたら、どれほど仲間が喜ぶことか」

丸顔の真ん中にちょこんとのった鼻の穴を、政八が大きく膨らませていた。

「さきに高木様から引き合わされていた伊勢屋も、あとにくっついていた笠倉屋も近衛様から遠ざけられて、いまでは目通りも許されなくなった」

「政八さんだけが会っているのですか」

「だからそう言ってるだろうが。近衛様に会えるのはあたしだけだ。このところ何度も、近衛様と高木様から呼び出しを受けている」

小柄な政八が、目一杯に反り返った。

「高木様のお屋敷に、ですか」

「いや、そうじゃない。浅草橋のわきを入った仕舞屋だが……」

言いかけた政八が、慌ててあとの口を閉じた。咳払いをひとつしたあと、顔つきを無理に厳しいものに変えた。

「手柄を独り占めにするつもりは毛頭ないが、たとえひと言でもこの話をわきに漏らしたら、すべてはご破算になると高木様からきつく口止めされている。だからあたしは家内にも話してないんだ」

「しかし、わたしはいま聞きました」

「いやなことを言うんじゃない。おまえをだれよりも信じたからじゃないか。あたしはこれをきちんと仕上げて、秋山様への恩返しにする。おまえに妙な言いがかりをつけられて、あたしが怒り狂ったわけが分かったかね」

喜八郎は鎮まった眼で、政八の睨みを受け止めていた。

七

「都の公家が、三百俵足らずの御家人と交誼を結ぶものかどうか……その前に、公家が町方の札差ごときと会うわけがないぐらいは、前髪のとれない小僧でも分かるだろう。そんな途方もない騙《かた》り話を鵜呑みにするとは、米屋は度し難い呆気者《うつけもの》だな」

宵闇に包まれた鉄砲洲稲荷神社の境内で、秋山久蔵が吐き捨てた。奉行所からも組屋敷からも近いこの稲荷は、日暮れると人気《ひとけ》が絶える。人目を避けて会うには恰好の場所だった。

「しかも御門と御公儀とが諍いごとを抱えているこのときに、よりにもよって公家を騙るとは、伊勢屋め、気でも違ったか」

京の朝廷は、いまのところ表だった動きはしていない。とはいえ、まことに微妙なこの時期に、公家を騙った企みが幕府お膝元で露見すれば、札差の首を刎《は》ねる程度で収まるはずもなかった。

「伊勢屋がどこまで意図して絵図を描いたか知らぬが、御家人まで加担しているとなれば、おれはもとより、奉行も無事では済まぬかも知れんぞ」

「まさにそのことです。伊勢屋の企みは金目当てではありません。米屋さんと秋山さんを潰すことが狙いです」

「なぜそんなことが言い切れる」

「このような騙りを企む連中は、貸金を餌に狙う相手から金を毟《むし》り取るのが、並の遣り口です。秋山さんも奉行所の裁きでご存じでしょう」

「……」

「野市屋の福松さんが調べたところ、伊勢屋はいまでも三万両を上回る蓄えを、二つの本両替に預けています。金に詰まっているとは思えません」

口数の少ない喜八郎が、いまはひとりで喋っていた。秋山から相槌《あいづち》は出ないが、闇を通して喜八郎をしっかりと見詰めていた。

「しかも伊勢屋はこの企みを密かに進めるために、神楽坂の御家人や小芝居の座頭に、相当の金を投じています」

「小芝居の座頭だと？」

「近衛様に成り済ましているのは両国広小路の役者です。これは汁粉屋の源助が突き止めました。公家を騙るなどは、仕置場で首を差し出すようなものです。しかし死ぬまで遊んで暮らせる金をぶら下げれば、小芝居の役者なら転ぶと伊勢屋は読み切ったのでしょう」

「うむ……伊勢屋なら、それぐらいはやる」

「神楽坂の御家人も、七草あたりから急に金回りがよくなっています。武家の矜持《きょうじ》を捨てて、伊勢屋に加担することで得た金に間違いありません」

「利に敏《さと》い伊勢屋が、そこまで金を遣ってでも意趣晴らしがしたい、か」

「八万三千両の恨みは、浅くはありません。あの男のことですから、いずれ算盤もきちんと合わせるでしょう。しかしいまは、常々見下してきた米屋さんが肝煎として横に並んでいるのが、腹に据えかねるのでしょう」

棄捐申渡しの朝、伊勢屋は奉行所差回しの乗物に嬉々として乗り込んだ。そのあとで、身代が傾くほどの貸金棒引きが控えているとは夢にも思わずに、だ。伊勢屋召し出しには、秋山が自ら出向いていた。

「騙りに乗った米屋さんを責め立てて潰し、政八さんを推した秋山さんまでも道連れにさせる肚でしょう。公家がからめば、かならず騒ぎが大きくなります」

「露見すれば伊勢屋も同罪だぞ」

「悪知恵に長《た》けた伊勢屋は、三月に入って一芝居《ひとしばい》打っています。公家に伊勢屋と笠倉屋を追い返させて、あとは米屋さんとだけ進めると言わせたのがそれです」

「米屋ひとりに押し付けようというわけか」

「公家の剰余金云々は、米屋さんの作り話だと言って伊勢屋は言い逃れるでしょう。秋山さんが言われた通り、公家が町人と会うわけがありませんから」

「……」

「米屋さんと一緒に居合わせた笠倉屋は、近衛様など会ったこともないと口裏を合わせるに決まっています。それに神楽坂の高木という御家人は、米屋さんとは札のかかわりがありません。こちらも米屋など知らぬと突き放すはずです」

「……」

「詮議の場で米屋さんが迂闊《うかつ》に公家のことを持ち出したりすれば、まさに微妙なご時世です、公儀に累が及ばぬようにと、米屋乱心を咎《とが》めてすぐさま仕置するでしょう」

「そしておれには、目配り不行届きの沙汰が下されるということだな」

足元の小石を秋山が強く踏みつけた。

「笠倉屋はどんな役回りだ」

「金に詰まっています。去年秋の大切米は、伊勢屋に回してもらって乗り切れたと聞き込みました。笠倉屋は恨みというよりも、伊勢屋に持ちかけられて断り切れなかったのかも知れません」

「まだひとつ分からないことがある」

「なんでしょう」

「米屋にはおまえがついていることを、伊勢屋は知り抜いているはずだ。早晩おまえが出てくると伊勢屋は考えないのか」

「わたしのことは米屋に集る《たか》損料屋だと思い込んでいます。たとえわたしが顔を出しても、儲け話に食らいついてきたと思うのが落ちです」

「そう言い切るには、わけがあるな」

「冬木町のかしらが力を貸してくれました」

「おまえ、鳶《とび》とも付合いがあるのか」

「正月の藪入り過ぎに、蔵前の岡っ引きが深川で煩く《うるさ》わたしのことを探っていました。それを若い衆から聞きつけたかしらは、蔵前の鳶仲間に筋を通したうえで、手荒く脅したそうです。一月の末近くになって、その目明しがたずねてきました」

「おまえの店に、か」

暗闇で喜八郎がうなずいた。

「いまでも米屋さんとはかかわりがあるが、今年は相手が忙しそうでまだ会ってはいない、と聞かせました。間違いなくあの男は、こちらが聞かせた通りのことを、伊勢屋に話しています。かしらの脅しが相当に利いていましたから」

「………」

「わたしと奉行所のかかわりについては、秋山さんが塞いでくれたお陰で知られてはいません。知っていたなら伊勢屋のことです、聞き込みの手間などかけずに、真っ先にわたしに闇討ちを仕掛けてきたでしょう」

宵闇が深くなっていた。ふたりが境内に入ってから、すでに半刻（一時間）が過ぎていた。

「今日は四月十八日、五月切米目前で始末は急を要します。まかせていただけますか」

「言うまでもない。ただし、なににも増して表に出さぬ工夫がいるぞ」

「肝に銘じます」

「なにか手を貸せることがあるか」

「ふたつあります。ひとつは捕物装束を都合してください。捕り縄、提灯、刺股《さすまた》もお願いします」

「いかほど入り用だ」

「同心装束が三人、下役のものが五人。道具も同じ数だけ調えてください」

「奉行所道具はすべて、日本橋正木町の三浦屋雅吉に取り扱わせている。今夜のうちに払出手形を御用便で回しておく」

「嘉介はまだ戻り旅の途中です。汁粉屋の源助にひとをつけて差し向けます」

「それでいい。もうひとつは何だ」

「伊勢屋、笠倉屋を成敗するのは容易《たやす》いでしょうが、あのふたりが潰れて困るのは札旦那衆です」

「それはふたりに限ったことではない。札差なくしては武家の息の根が止まる」

「さりとて秋山さん、このようなはかりごとは二度と起こさせてはなりません」

「……」

「骨の髄まで懲りさせるために、このたびは秋山さんが表に出てください」

暗闇でも分かるほど秋山の顔色が動いた。

「いま少し詳しく話せ」

それから四半刻（三十分）ほど、喜八郎の話が続いた。宿への帰り道、喜八郎は五ツ（午後八時）の鐘を永代橋の橋番小屋わきで聞いた。大きく盛りあがった橋の中ほどから深川を見ると、商人が費えを惜しんで灯を始末した町は暗かった。

闇に溶けた広い道を、喜八郎は提灯も持たずに江戸屋へと急いでいた。

八

寛政二年四月二十三日、深川富岡八幡宮の空には下弦の月があった。おぼろな光が降る江戸屋の裏口に、一杯の大振りな猪牙舟《ちょきぶね》が着けられた。

舟から降りたのは高木左京に伊勢屋、笠倉屋の三人だった。江戸屋の船着場で女将の出迎えを受けた三人は、人目に触れない潜り戸から離れに案内された。泉水に面した障子戸がすべて閉じられた二十畳の座敷の床の間には、秘蔵の雪舟が掛けられていた。

障子を背にする右列の上座に高木がすわり、伊勢屋と笠倉屋がわきに並んだ。軸正面の座にはまだ客が着いていなかったが、時期はずれの冷えを案じたのか、高木、伊勢屋、笠倉屋、そして軸前には、それぞれ熾火《おきび》の埋められた火鉢が用意されていた。

喜八郎を見ても伊勢屋は、目を合わせることもしなかった。

「どうしたというんだ、米屋さん。あたしも笠倉屋さんも、御前様から目通り無用を言い渡されたのは、あんたも承知だろうが」

離れに女将も仲居もいないことを見定めた伊勢屋が、尖った声で切り出した。

「さりとて荷が重過ぎるから降りたいなどと、あんたが言い出したとあっては、放っておくわけにもいかない」

「伊勢屋さんの言う通りだ。米屋さん、一体どういう料簡だね」

伊勢屋にかぶさるようにして、笠倉屋が怒鳴り始めた。

「御前様から目通りを止められたあたしたちには、その後の成り行きは分かってない。だがねえ、五月切米は目と鼻の先だ。話はきちんと煮詰まっているのかね」

「それはもう……しっかりと……」

「だったらなおのこと、この期に及んで降りたりしたら、御前様にも高木様にも、取り返しのつかない不始末をしでかすことになるじゃないか」

「まあ待ちなさい、笠倉屋さん。一方的に畳み込んでは、米屋さんも口が開けない」

ふすまが開かれて女将が顔を出した。腰元ふたりが付き従っていた。

「そうはいうが伊勢屋さん……」

言いかけた笠倉屋が口を閉じた。

「お見えでございます」

髪をすべて引き上げ、頭上に髻《もとどり》を結んだ男が、錦の羽織を着て入ってきた。腰元ふたりが付き従っていた。

羽織の裾をさばき、公家がゆったりと腰をおろした。が、一重の瞳は所作とは不釣合いに尖っていた。

「知らぬ顔がここにあるが、たれぞ麻呂に聞かせおれ」

腰元が竦み上がったほどに、公家の声は怒気を帯びていた。伊勢屋が公家に向き直った。

「米屋の番頭で、喜八郎と申す者です。この男が来るとは手前どもも知りませんでしたが、素性は請け合います」

言い終えた伊勢屋は、細めた目で喜八郎を刺した。動きを封じるような目付きだった。

伊勢屋の取り成しを公家も受け入れたらしく、鷹揚な仕種《しぐさ》で羽織のたもとを直した。

「そ、それでは手早く済ませまして、ご、御前様にもおくつろぎ願えますよう、取り計らいますので」

政八が閊《つか》えながら切り出した。すかさず喜八郎が袱紗《ふくさ》の包を手渡した。政八が手元を震わせつつ袱紗を開くと、黒漆の棗が出てきた。

伊勢屋が咎めるような目で喜八郎を睨《ね》め付けた。また余計なことを、とその目が舌打ちをしていた。

「御前様から頂戴いたしましたが、手前ごときの床の間には、まことに不釣合いでございます。それに加えて、盗まれはしないかと夜も落ち着いて眠ることができません。なにとぞお返しさせていただきとうございます」

おもいもかけなかった話を切り出されて、伊勢屋の顔が大きく歪んだ。

「あんたの話はそれだったのか」

「………」

「あたしらを呼び集めた本筋は、降りる云々ではなく、そんな話をするためだったのか」

公家のまえであることも構わず、伊勢屋が色をなして怒鳴りつけた。

「どこまであんたは間抜けなんだ。御前様がくだされたものを返すことが、どれほどの無作法になるか、わきまえてのことだろうな」

「まさにその通りだ」

伊勢屋に重なって高木が口を開いた。

「拝領物を返すなど、尋常の沙汰ではない。その方がこうして四人を呼び集めたのは、これゆえのことか」

広い狩場で指図を下す与力だけあって、高木の声には張りがあった。

「御前様がお気に召されておるその方が、あろうことか御役御免を願い出ると聞いたがゆえに、深川まで足を運んだ。それがなんだ、御前様がくだされたお品を返したいだと」

ぐいっと高木があごを突き出した。

「拝領物を断るは無礼。わけを謀《たばか》って我ら四人を呼び出すとは、さらなる無礼だ。次第によっては捨て置かぬぞ」

「なにとぞ、なにとぞお聞き届けください」

なにを言われても、政八は退《ひ》かなかった。退こうにも退けなかったのだ。

「てまえどもと古い付合いのございます本所の道具屋が、御門の御紋入りの御品を町人が持つなど、とんでもないことだ、盗まれでもしたら首が飛ぶと申しますもので」

政八が棗を返すように諫《いさ》められた道具屋とは、喜八郎と連れ立って米屋に顔を出した本所の田島屋二代目である。ここは先代の言いつけで政八が商い修業に出された先だった。いわば親も同然の田島屋から、棗を盗まれたら首が飛ぶと言われて政八は震え上がった。

棗を返すために、御役御免を願い出たいとの方便で一同を江戸屋に集めたのは、喜八郎の知恵だった。

「盗まれるのが心配だというが、いま江戸に暮らすものはだれでも札差には金がないと知っている。うちらの宿を狙う間抜けな盗人《ぬすっと》など、いるものか」

伊勢屋は政八ではなく、喜八郎を睨み付けて話していた。

「ありもしないことを案じるよりも、目先に迫った五月切米の金の工面が先だろう」

「伊勢屋さんのいう通りだ。いまは御前様へのお願い事に、命懸けで当たるときだろうが」

笠倉屋、伊勢屋、それに高木の三人は、口では御前様と言うが、口調には畏れが欠片《かけら》もなかった。

「米屋さん、これは押問答することじゃない。戴くものは有難く納めないと、御前様がどう言われようが、高木様に成敗されるよ」

「でもこれだけは」

伊勢屋の駄目押しに逆らおうとする政八の膝を突つき、喜八郎が押し留めた。

「なんだ喜八郎、そもそもおまえが……」

さらに喜八郎に突つかれて、政八が憮然として口を閉じた。

「さすがは番頭さんだ。ものの道理が分かっている」

伊勢屋が見下したような誉め方をした。仏頂面の政八から棗を受け取った喜八郎は、膳のまえに袱紗を敷いて棗を載せた。

「どうやら片付いたようだな」

公家と御家人を前にして、伊勢屋がぞんざいな言葉を口にした。

「気が張っていて気づかなかったが、火鉢が四つもあって何とも息苦しい。笠倉屋さん、障子を少し開けてくれ」

手代に指図するような口調で言われて、笠倉屋の顔色が変わった。それでもすぐに表情を戻すと、障子を開けに立ち上がった。

二十畳間とはいえ、障子まで十歩もない。笠倉屋が障子を開くまでのわずかな間、公家は脇息に寄り掛かっていた。高木は膝に手を置いて政八を見ており、政八は相変わらず目を伏せたままだ。伊勢屋は笠倉屋を気にかけもせず、キセルを手にしていた。

障子を開いた笠倉屋は、片手を桟に残したまま棒立ちになった。

捕物装束に身を固め、道具を手にした捕り方が庭を埋めていた。御用と墨書きされた高張り提灯が三張り、まっすぐ座敷に向けられていた。

「御用の筋だ、そのまま動くな」

凜《りん》と張った声に制された笠倉屋は、膠《にかわ》で固められたように動けなかった。声から間を置かず、土足のまま捕り方が踏み込んできた。

腰元が悲鳴をあげた。伊勢屋の手からキセルが落ちた。米屋は余りのことに事情が呑みこめず、呆気にとられて丸顔の両目が定まっていない。笠倉屋は捕り方に囲まれて座り込んでいた。

「北町奉行所与力、秋山久蔵である」

名乗ってから伊勢屋に目を合わせた。

「伊勢屋ではないか」

「あ、秋山さま……」

「公家を騙り金品をだまし取る一味が、深川に出没しているとの訴えが、番所から上がっておる」

「へっ……」

「見たところ、そこにいるのは紛《まぎ》れもなく公家装束を身につけておる。町方のこのような場所に、まことの公家がいるはずがない。騙りの一味とは伊勢屋、貴様のことか」

秋山が伊勢屋を詰問した。すかさず捕り方が伊勢屋を取り囲んだ。伊勢屋の顔から血の気が失せた。さらに詰め寄ろうとした秋山が、伊勢屋の隣で腕組みをし、口を固く結んだ武家に目を置いた。

「失礼だがそちらは」

高木は憮然と座したまま返事もしなかった。

「そこもと、まことの武家なら姓名の儀をうけたまわりたい」

「まことの武家かとは、なんたる言辞だ」

「町場にいるはずのない公家がおる。ゆえにまことの武家かとおたずねした」

「公儀鷹匠番与力、高木左京だ」

「うけたまわった。しかし高木殿、なにゆえ鷹匠与力のそなたが、公家装束の者やら、札差やらと同席しておられる」

「伊勢屋に招かれて来たまでだ」

「ならば公家は如何に」

「知らぬわ。伊勢屋に訊かれるがよかろう」

高木が隣の伊勢屋を睨め付けた。

「あれは座興に呼んだ役者でございます」

乾いた舌を引きつらせながら伊勢屋が答えた。聞いた政八が飛びあがった。

「役者だと……まことか」

「構えて偽りではございません」

「それなら狂言のひとつも見せてもらおう」

「かしこまりました。おい、菊乃丞、秋山様になにかお見せしなさい」

「麻呂に向かってそのような……」

「それはもういいと言っているだろうが。公家の騙り者ではない証《あかし》を、芝居で立てろと言ってるんだ」

「えっ……なんの備えもないここでですか」

「くどいぞ、菊乃丞。とにかくお見せしろ」

追い詰められた伊勢屋が、なりふり構わず役者を急《せ》き立てた。

肚をくくった顔で立ち上がった菊乃丞は、腰元を邪険に押し退《の》けて座敷の真ん中に出てきた。立ったまま秋山に深い辞儀をしたあと、息を整え顔つきを拵えた。

「いかなればこそ勘平は、三左衛門が嫡子と生まれ、十五の年より御近習《ごきんじゅ》勤め、百五十石を頂戴いたし……」

仮名手本忠臣蔵六段目、勘平切腹の場の声色だった。雑多で騒がしい小芝居客を相手に鍛えた声は、透りがいい。しかし公家のなりで演ずる勘平は、なんとも間抜けに見えた。

「もうよい、分かった」

菊乃丞を座に戻したあと、秋山はふたたび伊勢屋に近寄った。

「さりとて伊勢屋、六段目の勘平をやるのになぜ公家装束が入り用だ」

伊勢屋が言葉に詰まった。秋山がさらに詰め寄ろうとした。それを高木が押し止めた。

「秋山殿にうかがいたい儀がある」

「なにかの」

「北町奉行所は、この月は非番のはずだ。それがなにゆえあって、ここに踏み込まれたか、そこのところを聞かせてもらおう」

詮議を遮るかのように、高木が矛先を秋山に向けてきた。秋山が胡座《あぐら》に座り込んだ。目配せされて、他の捕り方たちも膝をついた。

「高木殿の申される通り、この月の北町は非番である。しかし公家を騙る一味とあっては捨てておけず、奉行の指図で助けておる」

「うけたまわった」

「八幡宮界隈《かいわい》は北町の持ち場での。要所に立てた見張りのひとりが、公家らしき身なりの者が、腰元ふたりを従えて江戸屋に入ったと告げてきた。町方の料亭に公家が姿を現すわけがない。さては一味かと、駆け付け申した」

「……………」

「ところがさすがに料亭の女将は口が固い。番所に引立てると脅しても、頑として客の素性を明かさぬ。仕方なく、離れであろうと見当をつけて庭に潜んでいたところ、そちらが障子を開かれた。その刹那、床の間を背にして座った、見紛《みまが》いようもない公家装束が見え申した。ゆえに踏み込んだわけだが、こんなところでよろしいか」

「委細、得心いたした」

高木が硬い顔のまま答えた。

「互いに御公儀に務める身だ。御役目大事ということでこちらは治める。公家の素性に得心されたなら、秋山殿にもお引取りいただきたい」

高木が引き下がった。秋山は黙ったまま高木から目をはずさなかった。秋山の目を、高木は両手を膝に置いて真正面から受け止めた。武家が眼だけで斬り合う様に息苦しくなったのか、伊勢屋が畳に両手をついて膝をずらした。

「うけたまわった」

秋山が答えた。高木が小さく息を吐いた。

座敷の気配が大きくゆるんだ。伊勢屋と菊乃丞とが畳にひたいを擦り付けて辞儀をした。

立ち上がろうとした秋山が、喜八郎の膳の前で目を止めた。一瞬にして目付きが変わった。

「なんだ、これは」

褎に描かれた金粉の十六重弁菊紋が、百目の明かりに照らされていた。

「伊勢屋、これも座興だと言い張るのか」

奉行所与力の口調に戻った秋山が、伊勢屋のまえで仁王立ちになった。

「公家装束と菊の御紋とで、なにを騙ろうと企んでおる。伊勢屋、有体《ありてい》に申せ」

伊勢屋は伏したまま動かなかった。畳に伏した身体は、秋山ではなく助けを求めるかのように高木に向いていた。が、高木にはまるでその気がなさそうだった。

「わたしが話しましょう」

下座《しもざ》から声が出た。

「だれだ、その方は」

「深川で損料屋を商う喜八郎と申します」

「損料屋が、なにゆえこの場におるのだ」

「すべては伊勢屋さんが、札差仲間を案じて取り計らったことです。断じて騙りなどではありません」

当の伊勢屋がだれよりも驚いた。障子のわきに座り込んでいた笠倉屋も、這うようにして座に戻ってきた。

「五月切米が目前だと言うのに、札差会所には貸し付ける金がありません」

「損料屋が、なぜそのようなことを知っておるのだ」

「伊勢屋さんからうかがいました。もっとも、札差衆が金に詰まっていることは、江戸で知らない者はいないでしょう。俠気《おとこぎ》に富んだ伊勢屋さんは、蓄えのなかから会所に金を貸しつけようと考えました。しかしこの金詰りのご時世のなかで、うっかり金を出すと仲間内のやっかみを買ってしまいます。そこで今夜の一幕になったわけです」

「そのことと公家と、何のかかわりがあるのだ」

「伊勢屋さんは都のお公家さんから融通されたことにして、蓄え金を会所に貸そうとされたのです。なにしろ一万両の大金です、よほどの相手から借りたことにしなければ、まわりが得心しませんから」

「伊勢屋、それはまことの話か」

伊勢屋は返事をせず、燃えるような目で喜八郎を睨み付けていた。それを秋山に見咎められると、慌てて目を伏せた。

「伊勢屋、返事をいたせ。喜八郎とやらの話はまことであるのだな」

渋々ながら伊勢屋がうなずいた。ぎりぎり音を立てる歯軋《はぎし》りが、喜八郎にまで聞こえた。

「それは殊勝である。さりとて損料屋の話だけでは、なぜここに高木殿が招かれておるのか得心がゆかぬ。高木殿、答えられい」

高木は返事もせず、憮然として欄間の透かし彫りを睨んでいた。さらに問い詰めようとしたとき、伊勢屋が両手づきの形で秋山を見上げた。

「高木様には公家話に箔を付けるため、てまえがご無理をお願い申し上げました。一万両はかならず調えますゆえ、なにとぞここまででお収めください」

「そうか……」

秋山がわずかに顔を和らげた。

「その方の奇特なこころがけに免じて、このたびに限り、この上の詮議立ては無用にする」

政八が口を開こうとしたが、秋山に睨み付けられて顔を伏せた。

「ただし棄だけは捨て置くわけにはいかぬ。預かり置いたうえ、この先の次第如何では奉行所にて、あらためて詮議をいたす。高木殿もそれでよろしいな」

高木はうなずきもしなかった。その高木に伊勢屋が手を合わせた。

「伊勢屋」

長虫でも見るような目を向けた高木が、鋭く尖った声を出した。

「はい」

「さっさと一万両を調えろ」

「へっ……」

「金を運ぶ人手がいるなら、出入りの車屋を回してやる」

「……」

「両日のうちに片付けろよ」

伊勢屋は真っ赤な顔で口をつぐみ、返事をしなかった。

菱あられ

一

入谷鬼子母神《いりやきしもじん》の境内で、左義長《さぎちょう》（どんど焼き）が盛大に燃え上がっていた。

火事を恐れる幕府は、市中の焚《た》き火《び》を厳しく取り締まった。しかし一月十五日の左義長は、松飾りを燃やす町行事だ。近所の住人が大きな輪を作って焚き火を囲んでいた。

火のわきには水の入った四斗樽三個と、大きめの手桶が七つ重ねられている。二尺（約六十センチ）の鳶口《とびぐち》を握った刺子半纏《さしこばんてん》姿の男が、火の番に立っていた。

「かしら、駕籠《かご》だ」

通りを見ていた男が鳶の辰蔵に話しかけた。

「ちげえねえ。源次、ここに呼んできな」

火の番が駆け出した。五尺三寸（約百六十センチ）の源次は、刺子を着ていても動きが素早い。駕籠の前に回り込んで押し止めた。

「雑司《ぞうし》が谷《や》まで、かっ飛ばなきゃならねえ客がいるんだ」

源次が引き止めたのは、竹の骨に薄縁《うすべり》をかぶせた四つ手駕籠だった。竹柱は飴《あめ》色に変わっていたが、薄縁は青畳のように真新しい。

「深川の帰り駕籠だ。ほかをあたってくれ」

愛想のない答えが後棒《あとぼう》から返ってきた。駕籠舁《か》きはふたりとも、六尺（約百八十センチ）はありそうな大男だった。長柄《ながえ》は樫《かし》の二寸角一本棒。乱暴に担《かつ》いでも、びくともしないような拵《こしら》えだった。

「ここには流しの駕籠はめったに来ねえし、いなかの手代が難儀してんだ。話だけでも聞いてやってくんねえな」

難儀をしていると聞いて、前棒《まえぼう》が向きを変えた。源次と後棒とが並ぶ形になった。

「聞くだけだぜ」

後棒は源次より七寸（約二十センチ）も高かった。駕籠舁きを見上げるのが腹立たしいのか、源次はさっさと境内に向かった。

「おっ、いい駕籠じゃねえか」

辰蔵が源次の後ろに目を走らせた。

「あの図体なら早駆けしそうだ。八ツ（午後二時）には楽に間に合うぜ」

しょげていた手代が、ふうっと肩の力を抜いた。

「呼び止めてわるかったが、おれは町内鳶の辰蔵だ」

駕籠舁きに話しかける辰蔵は、太い朱色の筋が入った役半纏を着ていた。唇は分厚く首は太くて短い。顔には幾つも火傷痕《やけどあと》が散らばっていた。

「なめえを知らねえと話がやりにくい。おれはいまも言ったが辰蔵だ、すまねえがおめえさんたちもおせえてくれねえか」

「おれは新太郎、前棒は尚平《しょうへい》だ」

「ありがとよ。これでも食いねえな」

辰蔵があられを渡した。

「このにいさんからの戴《いただ》きもんだ」

尖《とが》ったあられは、滅法固そうだった。

「歯が欠けそうだが、噛《か》んでると米の甘味がじんわり広がるぜ。あられは、かてえのが値打ちだそうだ」

誉められた手代が口元をゆるめた。

ガリガリ音を立てて、あられを頰張《ほおば》る新太郎と尚平は、周りから肩先が飛び出すほどに大柄だった。しかも真冬に、ひとえの紺木綿と身体に巻いたさらしだけ。端折《はしょ》った木綿の裾《すそ》からは、真っ白なふんどしが見えていた。

新太郎の月代《さかやき》は青々としている。日がな一日、おもてを走り回る駕籠舁きとも思えない色白な顔のなかで、濃い眉と大きな黒目が際立っていた。

尚平は、肌の黒さが尻の白ふんどしを引き立てていた。潮焼けした漁師のような身体つきだが、月代には剃刀《かみそり》も当てられており、髷《まげ》もきれいに結われていた。

「雑司が谷の鬼子母神まで、この手代さんを乗せてやってくんねえ。なんでも八ツに向こうでひとが待ってるてえんだ」

手代がわずかに頭を下げた。厚手の袖合羽《そでがっぱ》を着込み、右手に風呂敷包みを提《さ》げている。濃紺の袖合羽は、ところどころが泥で茶色く汚れていた。

「草加《そうか》の米とあられ問屋、常盤屋《ときわや》の手代で清吉《せいきち》と申します。千住《せんじゅ》の大木戸で誂《あつら》えました駕籠が、高い酒手をせびったうえに、入谷と雑司が谷を取り違えました。八ツまでには何としても着けていただかないと」

「待ちねえ。いきなり言われても、新太郎さんたちにはわけが分からねえだろう」

辰蔵が新太郎を正面に捉えた。

「清吉さんとわけのあるおしのてえひとが、去年の暮れに飛脚仕立ての文を寄越したそうだ。お店《たな》づとめの奉公人が飛脚を頼むぐれえだ、八ツの用は善《よ》く善くのことだろう」

言葉の区切りで新太郎が辰蔵に近寄った。

「わるいがかしら、知らねえ男の身の上話なんざ聞きたくもねえ」

辰蔵の目が尖った。が、すぐに元に戻した。

「手間はかけねえよ」

尚平の目配せで新太郎が口を閉じた。辰蔵が話に戻った。

「明け六ツ（午前六時）に草加を発った清吉さんは、四ツ（午前十時）には千住に着いたが、江戸は初めてだ。鬼子母神がどこだか分からねえ。仕方なしに飛び込んだのが、大木戸の駕籠宿だったてえわけよ」

千住の大木戸駕籠と聞いて、新太郎の両手がこぶしになった。

「ところが連中は鬼子母神を取り違えてここに着けた。そのうえ真っ黒な駕籠の後棒は、二分も酒手《さかて》をふんだくったそうだ」

辰蔵がキセルに煙草《たばこ》を詰め始めた。源次が燃えている木っ端《こっぱ》を辰蔵に差し出した。

「駕籠が出てったあと、清吉さんが泣きそうなつらで寄ってきた。鬼子母神みやげのすすきみみずく売ってる店はどこだてえんだが、言われたみんなが顔を見合わせた」

「……………」

「おめえさんらの仲間をわるく言うようだが、後棒は緋縮緬《ひぢりめん》の派手なふんどし締めた食えねえやつだったそうだ」

吸い終わった煙草がキセルから吹き飛ばされて、新しいのが詰められた。新太郎を見る辰蔵の目が強くなった。

「可哀相なのが清吉さんよ。寒空のなかを散々に揺られて、やっと着いたら場所違いだ。そのうえ途方もねえ酒手をむしられて、藪《やぶ》入りの小遣いもあらかた消えちまった。そんな難儀話を聞かされてたところに、おめえさんたちが通りかかったてえわけだ」

辰蔵が吹き飛ばした二服目が、新太郎の足元に飛んだ。

「どうでえ、新太郎さん……南鐐《なんりょう》一枚（六百二十五文）てえことで、清吉さんを運んでくれりゃ恩に着るぜ」

煙の立つ刻み煙草を新太郎がわらじで踏みつけた。

「若い衆にも言ったが、深川にけえる駕籠だ。役には立てねえ」

焚き火がバチバチッと爆《は》ぜた。

二

辰蔵の太い首に血筋が浮かび上がった。

「けえり駕籠だというのは分かったが、草加の手代さんが難儀を抱えてるんだ。ちっとは俠気《おとこぎ》を見せてみねえな。もとはと言えば、おめえさんらの仲間がしでかしたことだぜ」

新太郎と尚平が苦笑いを交わした。

バチバチバチッ……。

また大きな爆ぜる音が立ち、火の粉が舞い上がった。だれかが板切れを放り込んだのだ。新太郎の顔色が動いた。

「火に乱暴をするな。火の粉が境内の杉枝に飛んだら、ただじゃあ済まねえ」

「おれは町内鳶だと言ったはずだ」

辰蔵が首の血筋をさらに膨らませた。

「深川ではどうだか知らねえが、ここの火の用心は駕籠舁きじゃねえ、鳶の役回りだ」

辰蔵の嫌味で周りに嘲笑《あざわら》いが起きた。が、新太郎は火の粉から目を放さなかった。ねずみ色の空が朝方よりも低くなっている。風も出てきた。辰蔵が火に近寄った。

「左義長はここまでだ」

「そんな……まだずいぶん焚き残しが転がってるよ」

「これから餅を焼くとこだしさあ」

方々から声があがった。辰蔵は取り合わず、片付けろと源次に目配せをした。

「やっと思い出した。おれはその駕籠舁きを知ってるぜ」

火の向こう側で、職人髷の男が甲高い声をあげた。源次たちの動きが止まった。

「うちの町内の木兵衛《きへえ》さんを、毎月十五日に深川から乗せてくる連中さ。ふたりともやたら背がたけえんだ、間違いねえ」

周りの目が職人に集まった。

「そいつらに頼んでも無駄だよ。日方の軽い年寄りを運ぶのに、深川から歩き通しで来る駕籠だ。雑司が谷まで駆けられっこねえ」

「ほんとうかい？」

わきの男がたずねると、職人は胸を大きく反り返らせた。

「でけえ図体は見かけだけかよ」

ぺっと唾《つば》を吐き捨てると、男は職人を連れて焚き火から離れた。それを潮にひとの輪が崩れ始めた。

風が強くなり、炎の先が揺れている。鳶の若い衆たちが焚き火に水をかけ、境内の玉砂利をかぶせた。火が消えたときには、ひともすでに散っていた。

好き放題に言われても、尚平は黙って空を見詰めていた。漁場の漁師が空模様を見るのとおなじ目付きだった。

「歩く駕籠なんてえものがあるとは、いまのいままで知らなかったぜ」

辰蔵が頬の火傷痕を、キセルでポンポンッと叩いた。

「源次、おもてで駕籠を一挺《ちょう》つかまえろ」

「がってんで」

「見てくれだけのはいらねえ」

山門へ駆け出そうとした源次の腕を、新太郎が摑《つか》まえた。

「なにしやがんでえ」

「尚平、雑司が谷に行くぜ」

「ああ……清吉さんも支度するだ」

「ばか言うんじゃねえ」

辰蔵が怒鳴り声をあげた。源次も摑まれた腕を振りほどくと、腰を落として身構えた。

「てめえが気を変えるのは勝手だが、おれは清吉さんに八ツには間に合うと請け合った。歩きの駕籠なんざ願い下げだ」

「おれも乗せてえわけじゃねえ」

新太郎が軽く蹴った玉砂利が、焚き火の燃え跡に飛び込んだ。

「入谷ではどうだか知らねえが」

口調を真似された辰蔵が舌打ちをした。

「富岡八幡宮の神輿《みこし》を担ぐ男は、言われっぱなしにはしねえんだ。雑司が谷までは三里（約十二キロ）の見当だ、八ツにはきっちり間に合わせるぜ」

「着かなかったらどうする」

「おれは着ける、とそう言ったんだ」

「分からねえ野郎だな。大口叩いて、遅れたときには、どう落とし前をつけるんだ」

互いにひかない。ふたりが睨《にら》み合うわきで源次《じ》が焦れていた。

「新太郎、そんときは髷を切れ」

尚平が重たい口を開いて、とんでもないことを言い放った。

ひとたび髷を切り落とすと、生えそろうまでには四月《よつき》はかかる。武家には命を取られたも同然の不面目だ。

町人でも見栄っ張りな連中は、なによりも髷の手入れを大事にする。三人の男が目を見開いて尚平を見た。

「切る羽目になるわけねえだ」

相肩《あいかた》を見詰めていた新太郎が、大きな伸びをしてから辰蔵に向き直った。

「聞いた通りだ。八ツをしくじったら、おれの髷をすっぱりやってくれ」

「おれのもだ」

尚平の声が重なった。ことの成り行きに怯《おび》えた清吉は、提げた風呂敷を細かに震わせていた。

「そこまで言われちゃあ引っ込めねえ。おれも入谷の辰蔵だ、もしも八ツに間に合ったら、五両……いや、十両の祝儀を出そうじゃねえか。だがよう、着かねえときには、待ったなしで髷をもらうぜ」

「おれの髷が十両とは、ずいぶん安く見てくれたぜ」

「たかが駕籠舁きが、でけえ口をきくんじゃねえ」

新太郎を見上げて源次が毒づいた。

「てめえの髷に十両の値がつきゃあ御の字じゃねえか。どこが安いんでえ」

息巻く源次の肩を辰蔵が押さえつけた。

「幾らなら釣り合うと言いてえんだ」

「銭はいらねえ」

「なんだと」

今度は辰蔵が目を尖らせた。

「あんたがてめえで屋根に登り、纏《まとい》を振って詫びを入れてくれ」

「てめえ、どこまでふざけた口を……」

源次が殴りかかろうとした。が、新太郎も尚平も平然とした顔を変えず、身構えもしない。辰蔵が源次をわきに引き戻した。

風がさらに強くなっている。足元の玉砂利をざざっと踏みつけたあと、辰蔵は大きな息を吐き出した。

「清吉さん、妙な具合になったが聞いての通りだ。だがよう、案ずるこたあねえ」

源次の腕を摑むと自分のわきに引き寄せた。

「雑司が谷まで源次をつけるぜ。こいつは四貫（約十五キロ）纏を抱えて二里を走るやつだ。駕籠がくたばったら、先に鬼子母神まで走って、おしのさんに待っててもらう」

清吉は言葉も出せずに突っ立っていた。

三

「根津権現から行こう」

枯れ枝を拾った新太郎は、玉砂利をどけて地べたに道筋を描き始めた。

「なかが突っ切れりゃあいいが、今日は小正月だ。大回りして、駒込追分まで一気に登るぜ」

「分かった。権現わきで肩を替えるだ」

尚平も小枝を手にすると、新太郎の描いた根津権現のわきに丸印をつけた。

「追分から蓮華寺広小路に入る。あすこもきつい登りだが、それも松平様のお屋敷あたりまでだ。そこを過ぎりゃあ、護国寺までは道が広くて走りやすい」

「新太郎、護国寺の手前がきつい下り坂だ」

「分かってる」

「雪が降り出したら厄介だ」

新太郎が空を見た。雲がさらに低くなっていた。

「八ツまでは持たねえ。いつ雪足袋《たび》に履き替えるかは、おれにまかせろ」

「足袋を持って出てねえだ」

「屋根裏の骨におれが吊したよ」

駕籠に近寄った尚平が足袋を確かめた。

十歩ほど離れたところで、辰蔵がふたりの様子を見詰めていた。初めはキセルをもてあそびながら、見下したような目をしていた。が、新太郎と尚平のやり取りが進むうちに、目付きが変わってきた。

尚平が雪足袋を確かめたところで、辰蔵は常夜灯のわきに源次を呼び寄せた。

「気に入らねえやつらだが、おめえも気を抜くんじゃねえよ」

「気を抜くなって……あいつら、歩きの駕籠ですぜ」

「おめえは見たのか?」

言われた源次が口ごもった。

「あいつら、道のりを確かめ合ってるが素人《しろうと》じゃねえ。いいか、嘗《な》めるなよ」

源次は渋々うなずいた。

「前棒が言ってたとおり、護国寺の富士見坂は晴れでもきついとこだ。ひとっ走り宿にけえって、おめえも替えの足袋を用意しな」

「…………」

「駕籠がもたついたら、構わねえから雑司が谷まで行っちまえ」

「分かりやした。それじゃあ……」

走りかけた源次を辰蔵が呼び止めた。

「これを帯に挟んで持ってきな。走りながらでも食えるだろう」

あられの残りだった。湿らないように油紙に包まれている。

「いただきやす」

源次は刺子半纏とあられとを手に持ったまま駆け出した。指図を終えた辰蔵は、寺男と庫裏《くり》に入って行った。

源次が戻ってきたときも、新太郎はまだ尚平と確かめ合いを続けていた。道筋の絵図が敷石のあたりまで延びている。息を整えながら源次が呆れ顔を見せた。

纏持ちの源次は、日ごろから仲間の鳶と、火消しの手順を念入りに確かめ合っていた。しかし半鐘《はんしょう》が鳴れば、手順よりも飛び出すのが先だった。

新太郎の目に入る場所に立った源次は、煽《あお》り立てるように足踏みを始めた。新太郎は気にも留めず、辻ごとの道順をなぞっていた。

上野の森から九ツ（正午）の鐘が流れてきた。八ツまであと一刻《いっとき》（二時間）しかない。

清吉は駕籠のわきで顔を歪めて焦れていた。

「鷹番《たかばん》屋敷の裏からはゆるい上りだが、法明寺《ほうみようじ》までは一本道だ」

「そこまで行けば、けやき並木まで八町（約九百メートル）もねえだ」

「こんな空模様じゃあ、参道もさほどに人は出ちゃあいねえ。本堂裏の店までは、わけなく走れる」

締めくくった新太郎は、道筋をあたまから念入りに確かめ直し、清吉のそばに戻ってきた。

「半端《はんぱ》じゃなく揺れるし寒いぜ」

「千住から乗ったんです。それぐらいの心得はできていますから」

早く出せと言わんばかりに、手代が口を尖らせた。

「合羽の襟元をしっかり合わせて、長柄の手拭《てぬぐ》いを放すんじゃねえよ」

言い置いた新太郎は、尚平と連れ立って手水舎《ちょうずや》で口をすすいだ。鉢巻きを手水で濡らし、きりっと細く締め直す。縁起かつぎなのか、髷にも手水をつけた。

駕籠に戻ると、清吉がすでに座っていた。

尚平、新太郎の順に肩が入る。清吉の座った四つ手が一尺五寸（約四十五センチ）持ち上がった。

「しっかりついて来い」

初めて新太郎が、源次とまともに目を合わせた。尚平が息杖《いきづえ》を突き立てた。長柄を担ぐ肩が大きく盛り上がった。新太郎がぐいっと押し出す。色白な顔が朱色に変わり、右足が思いっきり玉砂利を踏みつけた。

ぐらりと揺れて、駕籠が飛び出した。清吉は長柄に吊された手拭いを、右手でしっかり握っていた。

四

駕籠が出たあとも源次は動かなかった。

百姓馬との駆け比べで馬を負かしたのが売りの源次は、新太郎たちの速さを見切ったと思ったからだった。

去年の夏、源次はおなじ裏店に住む駕籠舁きから、駆け比べを挑まれた。

「纏抱えて走るのが自慢らしいが、担ぎ駆けはこっちが玄人《くろうと》だ」

酒臭い息で売られて、その場で買った。

勝負の場所は三之輪《みのわ》の原っぱに決まった。空き地の雑草を刈り込み、一町（約百メートル）の真っすぐな走り道が造られた。

鳶仲間が右側、駕籠舁きたちが左を取り囲んだ真ん中を太鼓《たいこ》の合図で駆け出した。

身体ひとつの差もつかない走りだった。が、一町の端を目前にしたとき、駕籠舁きが身体ごと源次にぶつかってきた。思いも寄らない相手の仕掛けで、源次は右に弾き飛ばされた。鳶たちの血相が変わった。

「なんてことしやがんでえ」

「駕籠のわきをチョロチョロ走るやつは、弾かれて当たりめえよ」

立会人の町名主は、源次の負けと裁いた。

「あいつは汚ねえ手を使いやがったんだ。みんなも見てただろうがよ」

仲間たちは、とりあえずうなずいた。しかし相手がどうであれ、あっけなく弾かれたのは鳶の名折れだと陰で笑った。

秋祭りの余興で、源次は百姓馬に走り勝って汚名は濯《そそ》いだ。しかし駕籠舁き連中とは、二度とまともな口をきかないできた。

そんな源次の前に、新太郎たちがあらわれた。しかもかしらを相手に髷を賭けてきた。なにがあっても立会人役をしくじれない源次は、身なりを思いっきり軽くこしらえた。素肌に茶縦縞《たてじま》の木綿一枚、これは新太郎たちとおなじだった。その縞木綿を尻端折りにして、さらにたすきがけだ。帯には足袋が一足挟まっている。足元には薄手の組半纏と、あられを包んだ油紙が置かれていた。

手足をぶらぶらと振り、目一杯の伸びをくれてから、首をぐるぐる回した。身体をほぐし、気合を充たしたところで山門を出た。

そこで源次が立ち止まった。一膳飯屋から出てきた二人連れから、目が動かなかった。赤ふんどしと黒い駕籠は、見間違えようがなかったからだ。

男のひとりは千住大木戸駕籠の後棒を担ぐ寅《とら》だった。背丈は五尺一寸（約百五十五センチ）と小さいが、胸板は分厚く、右肩はこぶで大きく盛り上がっている。雪が降りそうな寒さなのに、ひたいは脂光りしていた。

「ご機嫌がよさそうじゃねえか」

見知らぬ男に無愛想な声をかけられた寅は、険しい目で相手を見た。ところが源次の鳶半纏を見て表情を変えた。

「やあ、かしら」

町鳶といざこざを起こすと、そこの町内が走りにくくなる。わきを抜き去る駕籠には仕返しをする寅だが、町鳶には下手《したて》に出た。若い衆相手でも、かしらと呼んだ。

「ええなりだが、どこかが燃えてんのかい、かしら」

「おれはかしらじゃねえ」

小ばかにしたような口調の寅に、源次が怒鳴り返した。

「てめえっちが鬼子母神ちげえをしやがるから、深川の間抜けな駕籠を呼び込んじまった。おかげで雑司が谷まで、おれがついてく羽目になったのよ」

深川と聞いて寅が真顔に戻った。

「面倒かけたのは、どんな駕籠なんで」

「聞いてどうするよ。でえいちてめえら、途方もねえ酒手をふんだくっただろうが」

「……………」

「ひとの町内で勝手をしといて、面倒かけたのはどんな駕籠もねえもんだ。厄介事のもとはおめえらじゃねえか」

「待ってくれ、あにい」

近寄ってくる寅の酒臭い息をかいで、源次が顔を背けた。

「あの客は、鬼子母神に早く着けろとしか言わなかったんだ。千住で鬼子母神と言われりゃあ、たいがいは入谷に連れてくるさ」

寅の前棒がうなずいた。

「あにいが雑司が谷まで行くんですかい……だったらちょっと待ってくんねえ」

さらしに挟んだ巾着《きんちゃく》から、寅が一分金一枚を取り出した。

「済まねえがこれを、手代にけえしてやってくんなせえ……ところでこいつは余計なお世話だろうが、なんでまた、わざわざあにいが」

一分金を仕舞ってから、源次が駕籠舁きに目を合わせた。

「深川のふたりは大男だが、うちのかしらは走りっぷりを案じなすったのよ。途中であごを出すようなら、おれが雑司が谷まで言伝《ことづて》を運ぶ段取りだ」

「言伝って、あの手代の？」

源次がうなずくのを見た寅は、さらに身体を近づけた。

「あにいのかしらは、なんでそこまで手代に肩入れされるんで……あいつは、まるっきりの他人じゃねえんですかい」

「もうちょいと離れてくんねえ。酒臭くってたまんねえや」

寅が素直に身体をひいた。

「左義長をかこんだ町内の連中が、わいわいやってたさなかだ、難儀を抱えたいなか者を邪険にはできねえ」

「そりゃあそうだ」

「行きがかりで助《す》けたのよ。そのうえ駕籠の野郎が、八ツまでに着かねえときには髷をすっぱり落とすと、かしらに啖呵《たんか》を切りやがった。おれはそれの見届人よ」

寅の目が、ねずみに飛び掛かる猫の目のように鋭くなった。

「それじゃあすまねえが、手代に一分をけえしてやってくだせえ」

寅は前棒を追い立てて駕籠を出した。

駕籠が見えなくなると、源次は油紙をくるみ込んだ半纏を腰に巻きつけた。大きな息を吸い込み、速い足踏みを繰り返してから駆け出した。

粉雪が山門に舞い始めた。

五

源次は金杉村を駆けていた。雲は分厚いが、このあたりは雪はまだだった。鉛色の空に寛永寺の濃い森が溶け込んでいる。

村の坂を登り切ると風が強くなった。こどもたちの奴凧《やつこだこ》が、風に煽られてぐいぐい昇って行く。凍《い》てついた風だが、源次には心地良かった。

谷中《やなか》村の下り坂を過ぎたら、周りが賑やかになった。寛永寺の門前町が始まったのだ。今日が小正月で明日が藪入り。行き交うひとの動きも弾んでいた。

「ごめんよ、ごめんよ」

尻を端折って駆ける源次の声に、人込みが割れた。腰までの風呂敷を背負った扇箱《おうぎばこ》買いが、慌てて飛び退《の》いた。

天眼寺《てんげんじ》の先で、御腰物《おこしもの》奉行の組屋敷町に入った。高い白壁が両側をさえぎり、人通りが急に途絶えた。向かい風も消えて源次の足が速くなった。しかし五町（約五百五十メートル）も走ると、ふたたびひとが増え始めた。尚平が肩を替えると言った根津社地門前に差し掛かったのだ。

寒空を厭《いと》わず、ひとが出ていた。声をあげても前が空《あ》かない。それでも源次は足をゆるめなかった。後ろから突き当たられた職人が、大声で悪態をついた。源次は人込みを散らして走り過ぎていた。

入谷を出る前、源次はここの門前町までには追いつける、と胸算用していた。ところが人出が凄《すご》くて駕籠が見えない。

「なかが走れないから大回りする……」

突然、新太郎の言ったことを思い出した。あのときは聞き流していた。

門前町を避けて大回りするには、根津権現別当院《べっとういん》の角を西に戻り、さらに千駄木《せんだぎ》下町へと走ることになるのだ。

先を急ぐ駕籠が、そんな回り道をするとは考えてもみなかった。

参道の人込みに往生した源次は、胸のうちで新太郎の先読みに舌打ちをした。門前町のなかほどを過ぎても、まだ減らない。両手でひとを掻《か》き分けながら駆けた。

五尺少々の源次は、人波に呑まれて遠くが見えない。果てしなく続く参詣客に、げんなりしながら駆け続けた。

やっとの思いで門前町を抜けたときには、ふんどしまで汗で濡れていた。腰に巻いた半纏がわずらわしい。ほどいた半纏で汗を拭い、ぐるぐる絞りにして腰に巻き直した。邪魔な油紙の包みは、足袋と一緒に腰の帯に挟んだ。

水戸中納言屋敷わきで雪になった。さらさらした粉雪だが、一気に舞い始めた。駒込追分から中山道に入ったころには、うっすらと雪がかぶさり始めていた。小正月の賑わいは町なかだけで、街道の人影はまばらだった。

薄く積もった雪が、源次の足をからめとろうとする。折り合いをつけて巧みに駆けた。

が、駒込片町の角で加減を誤り、尻から転んだ。痛みで源次の眉間に深いしわが刻まれた。帯に挟んだあられが、背骨の窪みに突き当たったのだ。

清吉が自慢していた固いあられは、源次の背中に押されても崩れていない。腹立ちまぎれに叩き捨てようとしたが、かしらからもらったものだと思い直した。

蓮華寺に向けて延びる上り坂は、雪を嫌ってひとが通っていない。白い道が、源次を拒《こば》むように延びていた。

起き上がった源次は、炭屋の軒下《のきした》でわらじを脱いだ。底が真っ白になるほど雪が詰まっている。ぶつけあって底を払った。腰の半纏をほどき、汗と雪とでびしょ濡れになった顔を拭った。両足の指先を揉《も》みほぐし、足袋に履き替えた。

履き物を替えたら気分も替わった。わらじと油紙を帯に挟み、蓮華寺坂も勢いをつけて登り切った。

松平駿河守《するがのかみ》の屋敷わきを駆け抜け、小石川村に入ると、道が平らになった。走る左手は一面の畑。その奥には松平播磨守《はりまのかみ》と松平大学頭《だいがくのかみ》の広大な屋敷が連なっている。平らで走りやすくはなったが、風に押された雪がまともにぶつかってきた。

真っすぐな一本道はざっと八町（約九百メートル）。目を凝らしても、駕籠は見えない。ここまで来ても捉えられないことに、源次は焦りを覚えた。しかも新太郎たちは、源次よりも半里（約二キロ）は遠回りしている勘定だ。

「いいか、嘗めるなよ」

かしらの言葉が思い出された。

そのとき……。

畑の一本道にかぶさった雪に、強く踏みしめた足跡が見えた。

紫色に変わった源次の唇がゆるみ、足運びの勢いが増した。

六

小石川村の辻を西に曲がると、眺めが狭くなった。道の両側を松平大学頭屋敷が挟み、高さ一丈（約三メートル）の白塀が塞《ふさ》ぎ立っていたからだ。道も周りも白一色で明るくなった。壁が風も防いでくれる。源次の足が軽やかになった。

人通りが絶えている。幅二丈もある広い道の真ん中に、真っすぐな足跡が続いていた。歩幅に、いささかの乱れもない。雪に残された足跡が、新太郎たちの走りの確かさを描き出していた。

大塚仲町を過ぎて坂を三つ上り下りしたら、富士見坂の上に出た。わずか三町（約三百三十メートル）で十丈も落ち込む急坂だ。源次は足を止めた。

坂の右手は護国寺の広大な伽藍《がらん》と森、左には音羽町《おとわちよう》門前町の家並が見えた。粉雪が舞い始めてすでに半刻《はんとき》（一時間）、商家の屋根が白黒の市松模様を描いている。見惚《みほ》れるほどの眺めだが、白く急な下り坂は奈落《ならく》につながる一本道に見えた。

右下に目を戻した源次に朱がさした。

富士見坂右手には護国寺の白塀が連なっている。その塀際に新太郎たちの駕籠が見えた。雪の急坂を確かな足取りで下っている。

源次は深い息を吸い込んで調子を整えた。ゆるんだたすきを締め直し、足袋の裏も確かめた。仕上げに腰に巻いた半纏をぎゅっと絞り、坂に一歩を踏み出した。

「どけ、どけ、どきゃあがれっ」

左わきを一挺の駕籠が走り抜けた。真っ黒な薄縁、赤い長柄を担ぐ赤ふんどし。白い坂道で異様に目立つ駕籠が、千住の連中だとすぐに分かった。

寅が力まかせに押す空《から》駕籠は、すぐに深川駕籠に追いついた。

充分な道幅のある富士見坂なのに、寅は新太郎のわきを掠《かす》めるようにして前に出た。振り返って深川駕籠の後棒を確かめた寅は、並び掛けると、いきなり右に幅寄せした。

雪道に気を払って押していた新太郎は、躱《かわ》すに躱せず塀際に押された。駕籠の天井が、ザザザッと護国寺の白壁を引っ掻いた。

将軍家祈禱《きとう》寺を傷つける駕籠にたまげて、参拝客が飛び退いた。寅が幅寄せを繰り返す。新太郎は壁から離れようとして、左に押し返した。しかし勢いに乗った寅に分がある。四つ手駕籠の薄縁が、べりっと千切れ飛んだ。

真っ青な顔で手拭いを握る清吉が剝《む》き出しになった。客の怯え顔を見た寅が、さらに調子付いた。梶棒《かじぼう》を抱え込み、身体ごと新太郎にぶつかった。揺さぶられた清吉が、手拭いを放しそうになった。

新太郎が坂の途中で肩を替えた。駕籠が斜《かたむ》き、清吉が駕籠から食《は》み出した。尚平が肩を替えて駕籠を戻した。すかさず新太郎が息杖《いきづえ》で寅の足を掬《すく》った。

急坂を走る寅の身体が崩れ、駕籠ごと横滑りに引っくり返った。転がる勢いが止まらず、坂を登ってきた野菜の担ぎ売りを巻き込んだ。

天秤棒《てんびん》を担いだまま、棒手振《ぼてふり》が転んだ。白菜と大根が飛び散った。起き上がった野菜売りが寅に飛びかかろうとした。が、雪に足を取られてふたたび転んだ。

素早く駕籠を担ぎ直した寅と前棒は、棒手振に詫びも言わず新太郎を追った。

「そうか……」

源次から短い声が漏れた。千住の大木戸駕籠と聞いて、両手をこぶしにした新太郎の様子を思い出したのだ。新太郎が髷を賭けたことを知った寅が、目に鋭い光を宿したさまも合わせて思い返された。

「見ねえ、あの駕籠を……まだ追ってるぜ」

源次のわきで見ていた職人連れが、寅たちを追い始めた。棒手振も荷を転がしたまま、寅を追っている。富士見坂が大騒ぎになった。

野次馬と化した参拝客の先に出ないと、始終を見届けることができない。源次は足を速めた。

新太郎は、すでに山門前の石段に差し掛かっていた。空駕籠で追いかける寅は、あっという間に追いついた。前棒の尚平がすぐさま応じた。梶棒を左に切り、右をあけた。

石段の端には雪が積もり始めている。そこに誘い込もうとしているように見えた。

寅は誘いに乗らず、新太郎の真後ろに付けた。登りは軽い空駕籠に分がある。先を登る新太郎の背中に、寅の押し出す梶棒がぶつかった。新太郎の足が鈍った。

「てめえ、汚ねえぞ」

野次馬から怒声が飛んだ。しかし寅は構わず、二度、三度と突きを繰り返した。

登り切るまで、あと九段。後棒の遅れを感じ取ったのか、尚平は足元を確かめながら長柄を肩に押し付けた。軽くなった新太郎は、一気に駕籠を押し出した。はずみで右足が外に膨らみすぎて、積もった雪で足が滑った。ガクッと駕籠が崩れた。

上りの石段で前の見えない寅は、構わず駕籠を押し出した。千住の前棒は寅を抑え切れない。新太郎のあたまに梶棒がぶつかりそうになった。

「あぶねえ」

息を詰めて見ていた職人が、源次のわきで怒鳴り声をあげた。

尚平が素早く踏ん張った。思いっきり右に振って寅の突きを躱すと、新太郎もろとも残りの三段を引き上げた。野次馬連中が声をそろえて尚平の腕力に喝采した。

登り切った先は、護国寺の広い参道だ。二挺の駕籠が並んで駆けても道幅は充分にある。小正月の人出が踏みつけた道は、雪が消されて走りも楽だ。足がもつれ気味の新太郎を、寅があっと言う間に抜き去った。

一気に抜き去られるのが一番の恥だと、源次は長屋の駕籠舁きから聞かされていた。

あっけねえケリの着け方だぜ……。

ところが終わってはいなかった。仁王門わきで、千住の駕籠が足を止めて待っていた。

法明寺鬼子母神は、護国寺領地を右に曲がり、田んぼ道を西に走った先だ。角を曲がると、また道が狭くなっていた。新太郎たちを遣《や》り過ごしてから、寅があとについた。

千住駕籠のしつこさと狡《ずる》さに、源次は呆れた。しかし深川駕籠は、追手など相手にしないかのように、おなじ調子で駆けていた。

ひとの途絶えた細道に、粉雪が舞っている。

「はあん」

「ほう」

聞こえるのは、駕籠舁き四人の掛け声だけだった。

七

田畑の真ん中を分ける細い一本道が始まった。水田も稲の切り株も雪で白くなっていた。

寅の駕籠は、新太郎から五間《けん》（約九メートル）後ろを走っている。源次も五間あけて寅に付いた。

振り返りっぱなしの清吉が、大声で新太郎たちに叫んでいる。道がじわじわと上り気味になった。護国寺から先の道を駆けるのは、源次には初めてだった。左手奥の鷹番屋敷から放たれた鷹が、駕籠の真上で輪を描いた。

「屋敷裏からはゆるい上りの一本道で、けやき並木まで八町……」

新太郎たちの言葉を思い出した。坂上に見えている鷹番屋敷までおよそ二町、と源次は見当をつけた。

屋敷からの八町を加えても、都合十町（約一キロ）で鬼子母神だ。いまの走りが変わらなければ、八ツには間に合ってしまうかも知れない。着いたら辰蔵の負けだ。かしらが駕籠舁きに詫びを入れる姿など、源次は見たくもなかった。

しかしその片方で、ひたすら走る新太郎たちに肩入れする気持ちが次第に膨らんでいた。

相肩のために髷が賭けられるか……。走りながら、なんども自分に問い掛けた。答えは分からなかった。

上りがわずかにきつくなった。源次は調子を変えていないが、千住駕籠との間が一間ほど詰まってきた。

深川の駕籠が遅くなっていた。源次はわきに出て新太郎を見た。踏み出す足が上がっていない。地べたを擦《す》るような足運びだった。

千住の後棒は力強い踏み込みだが、前に出る気はなさそうだった。

駕籠の前棒は走り道を見定める。押し加減で、駕籠の速さを決めるのが後棒の役目だ。後棒に勢いがないと、駕籠は立ちどころに遅くなる。

充分に足を残して、逃げる獲物が力尽きると一気に襲い掛かるつもりだ……源次は寅が見せた目の光をまた思い出していた。

入谷からここまで駆けるうちに、源次は新太郎たちを何度か見直していた。

遠回りを承知のうえで、根津権現の参道を避けて走ったこと。

松平屋敷の道で見た、真っすぐな足跡。新太郎たちの気性と生き方が、雪にくっきり描かれているように思えた。

そして富士見坂で突っかけられたあとの、ふたりの呼吸。石段で見せた前棒の働き。野次馬は力持ちだと囃《はや》したが、源次は相肩を気遣う尚平の気持ちだと感じていた。懸命に追って、源次は富士見坂で追いついた。自分で雪道を走ってみて、新太郎たちの足がどれほど達者かよく分かった。

その新太郎の足が落ちている。長柄をぶつけられた痛みが足を奪っている、と源次は察《す》した。なんとかふたりを助けたい……この思いが喉元《のどもと》までせりあがってきた。

しかし源次は立会人だ。千住の連中に手出しはできない。なにより新太郎たちに手を貸すのは、辰蔵に弓を引くことになる。

あれこれ思い巡らしているとき、急に駕籠との間が開いてきた。

道から雪が消えていた。鷹番屋敷の下男たちが、雪を掃《は》き捨てたのだ。新太郎が肩を上下に揺らしながら、目一杯に足を上げている。荒い息が聞こえてくるようだった。

新太郎が追い込みをかけ始めたことで、寅の押し方が変わった。跳ね上げる太股《ふともも》が、肘《ひじ》にくっつくほどの勢いだ。足につれて尻が揺れる。緋縮緬のふんどしが、獲物をいたぶるまむしの舌の色に見えた。

じわっ、じわっと千住駕籠が間合いを詰めた。前棒の吐く息が新太郎の背中にかかるほどに迫ったところで、寅が追い上げを止めた。

新太郎の喘《あえ》ぎが源次にまで聞こえた。それでも新太郎は調子を落とさない。が、足がすでに一杯なのは、はっきり分かった。

寅は新太郎をもてあそぶつもりらしく、抜き去る気配を見せなかった。

「このカス野郎っ！」

源次は声に出して吐き捨てた。しかし怒りが沸き立っても、どうにもできない。道がわずかに右に曲がった。前方に、わめき続ける清吉の真っ青な顔が見えた。

手代を見て源次の表情が動いた。走りながら腰に手を回し、帯に挟んだあられの油紙を摑んだ。乱暴に破り開き、両手一杯にあられを握る。からの包みが風に舞った。

大きく息を吸い込んでから、源次は一気に駆けた。すぐさま千住駕籠の先に出た。前棒の足元に狙いすませて、両手のあられを振りまいた。

「ぎゃあああ……」

前棒が腰から崩れ落ちた。勢いで押す寅が、駕籠ごと相肩に乗り上げる。寅に圧《の》しかかられて、竹の骨がベキッと折れた。

さらに前に出た源次は、新太郎に並んだ。

「先に行ってるぜ」

一声投げて駕籠を抜き去った。

残り四町、まだ鐘は鳴らない。このまま着いたら辰蔵の負けだ。たったいま源次は、立会人の掟《おきて》破りをやった。が、悔いはなかった。

鷹番屋敷を過ぎると、また両側に畑が広がってきた。道にも雪が戻ってきた。足元を取られないように、源次は駆け方を加減した。

左の畑の奥に、ぽつんと一軒、農家が見えた。藁葺《わらぶ》きの母屋と納屋とが軒を連ねている。その納屋の屋根から煙が出ていた。白と黒とが混じり合った煙が、屋根の方々から昇っている。小止《こや》みなく降る粉雪越しにも、煙の勢いが見てとれた。

火事だっ！

息があがるほどに源次が駆け出した。

八

「この梁《はり》を引き倒せば屋根が落とせる。とっつあんは綱か縄をめっけてくれ」

源次に言われて、農家の親爺が母屋に飛び込んだ。納屋と母屋との間には、二間（約三メートル半）幅の路地がある。源次は路地に張り出した差掛け屋根を落とせば、母屋への飛び火が防げると読み取った。

「納屋はあきらめろ」

戻ってきた親爺が、白髪あたまをぺこぺこ下げて、手にした縄を差し出した。

「五丈（約十五メートル）の縄が二本だがよう」

「それだけありゃあ充分だ」

ところが縄を手にした源次の顔が曇った。

「この太さじゃあ持たねえ。ほかにねえか」

「これっきりだ」

「しゃあねえ、水瓶《みずがめ》はどこだ」

「母屋を入った左奥が流しだで」

源次はすぐさま母屋に飛び込み、縄をたっぷり水に浸《つ》けて戻ってきた。

「屋根の横骨になってる陸梁《ろくばり》がめえるか」

「丸太のことけえ」

「そいつに縄を回して、ううを切れ」

「ううってなんだなや」

「縄の結び方だ……いいや、おれのやる通りに真似をしてくれ」

雪の湿り気を帯びた藁屋根が、ぶすぶす音を立て始めた。納屋で暴れ回る火が、軒下から噴き出してきた。強い風が煽ると、二間の路地などひとまたぎにしそうだった。

濡れた縄の親（根元）を左手でしっかり握った源次は、尻手（先端）を梁に放り投げた。慣れた手つきの源次に投げられた縄は、くるっと梁に回り込んで垂れ下がった。

「おれとおなじに縄を回せ」

言われた親爺も縄を投げた。ところが勢いが足らず、届かないまま落ちてきた。繰り返し投げるが、何度やっても届かない。

「おれにかしな」

汗と雪にまみれた新太郎が立っていた。

火を見た鳶は、なにをおいても火消しに走る。立会人の役目が半端になっても、辰蔵は許してくれるだろう。しかし駕籠は別だ。火消しを助《す》けて遅れても、いいわけにはならない。いまにも鐘が鳴りそうだった。

「おめえ、駕籠はどうするんでえ」

「火消しが先だ。梁を落とすんだな」

新太郎は源次とおなじ目の光を帯びている。源次が大きくうなずいた。

「縄は五丈だ。六尺（約二メートル）さがって、ううを切れ」

「分かった」

何を指図されたかを、新太郎は分かっているようだった。

素早く梁に縄を回した新太郎は、源次と一緒に六尺さがった。納屋の火が背中に伝わってくる。雪は降り続いているが、火を消す勢いはない。

縄の親を右手に持ち替えた新太郎は、くるりと小さな輪を作った。その輪に尻手を通し、さらに輪の根元をひと回りさせてから、尻手を二つ折りにして輪に通した。源次も縄に同じ細工をした。

「せいっ、のうで引くぜ」

源次の掛け声で、ふたりが息を合わせて引っ張った。作られた結び目がぐいっと締まり、梁に回された縄がピーンと張った。どれだけ強く引いても、結び目は結んだところから動かず、縄が張ったままだ。

「せいっ、のうっ、おらあっ」

源次の縄を尚平も引いた。たっぷり水を吸い込んだ縄は、男たちが強く引いても切れない。三度目の気合声で、丸太の梁が引き剝《は》がされた。新太郎と源次が結び目の尻手を強く引くと、あれだけ締まっていた結びが、するっとほどけた。差掛け屋根が落ちて、路地の幅が四間（約七メートル）まで広がった。

「あんた素人じゃねえな」

新太郎は答えず、次の指図をたずねた。

風向きを読んだ源次は、炎の動きに先回りして、燃えそうなものを剝がせと言った。大柄な新太郎は、壁の高いところも難なく剝がせる。源次は新太郎が残した低い壁板を破っていった。

水瓶に井戸水を汲《く》み入れ、火事場に運ぶのは尚平が受け持った。三斗の瓶を前抱きにする尚平に、源次は心底からおどろいた。

火が回り切った納屋は、燃えるにまかせるしかなかった。が、母屋への飛び火は防ぎ止めた。

尚平のさらしが、瓶の汚れで茶色の染みを作っていた。水を浴びて背中に張りついた新太郎の木綿から、不動明王の彫物が透《す》けて見えた。源次の目が見開かれた。

「あんた、臥煙《がえん》かよ」

「古い話だ」

新太郎がゆるんだ帯を締め直した。

最初のジャンで飛び起きて、だれより早く火事場に駆けつけるのが臥煙だ。真冬でも白地の木綿一枚にさらしだけ。薄い木綿越しの彫物を見ると、やくざも道を譲った。

深川の臥煙だったのか……。

命よりも男の見栄を大事にする臥煙が髷を賭けた。源次の心ノ臓が破裂しそうになった。

「もう火は消えたでしょうに」

清吉の苦々しげな声で、源次の昂ぶりが一気に醒《さ》めた。

「おれが駕籠の先に立って、ひとをどけて走りやしょう」

源次の言葉遣いが変わっていた。清吉は膨れっ面《つら》で駕籠に戻った。

「ひとりもんの百姓だで、なんもねえがよう。大根、好きなだけ持ってけや。あんちゃん、遠慮すんなって」

両腕に大根を抱えた農家の親爺に、いらないからと手を振った源次は、新太郎たちを駕籠に追い立てた。

「走りやすぜ」

源次が先に駆け出した。駕籠が続く。幾らも走らないうちに、八ツの鐘が鳴り出した。

九

すすきみみずくの店は、お茶屋の隣りに構えていた。三里を走り抜いた駕籠が、店のわきで長柄をおろした。

「おしのさんらしいひとは来てねえよ」

先に飛び込んで様子を聞き出した源次が、半纏で汗を拭いながら清吉に伝えた。

「そんな……ほかにお店はありませんので？」

「ここ一軒だと言われたぜ」

「てまえがじかに聞いて参ります」

血相を変えた清吉は、風呂敷を提げて店に飛び込んだ。

「礼も言わねえで、なんてえやつだ」

源次が吐き捨てた。

「草加からええ思いで出てきたんだ。そこまで気が回らねえさ」

「新太郎さんたちは髷まで賭けて走ったんじゃねえか。なにをおいても礼が先でさあ」

「それは違うぜ」

新太郎の声が厳しくなっていた。

「礼なら相手に会えたあとだ。髷がどうのこうのは、あの手代にはかかわりがねえ」

「……」

「あいつはひとに会うために駕籠を誂えた。もしも会えねえときには、なにをされても文句は言えねえ」

源次が口を閉じた。ほどなくして、肩を落とした清吉が店から出てきた。

「雪のなかで、そこの石垣のあたりに立っていたひとがいたそうです。年格好は少し違いますが、こんな雪の日に人待ちしていたのは、おしのに決まっています」

清吉がきつい目を新太郎に向けた。

「あなたが火消しなんかしなければ、もっと早くに来られたんです。八ツには着けると請け合いながら、ひどいじゃないですか」

溜まっていた不満を一気に吐き出した。

我を忘れて、駕籠舁きに食ってかかるほどに清吉は取り乱していた。

四人の髷に雪が積もっている。

「遅れたと言っても、わずかなもんだ」

源次が清吉の悪口《あっこう》をたしなめた。

「見ねえ、ここを。どこにも下駄の跡がついてねえ。ひとなんざ、待っちゃいねえ」

「待ちな」

源次の口を新太郎がさえぎった。

「済まねえことをした。これからおしのさんのお店《たな》まで、おめえさんを連れてかせてくれ。あんたが言ってた音羽町ならすぐ手前だ」

新太郎の出方に清吉が面食らった。その清吉の肩を尚平が突っついた。

「あのひとでねえか」

黒柄の番傘をさした娘が、急ぎ足で歩いてきた。木賊《とくさ》色の道行《みちゆき》を羽織り、左手には鳶色の風呂敷を抱えている。

四人の男を見て足が止まった。が、清吉を見つけて小さな口元がほころんだ。清吉が駆け寄った。

「ごめんなさい。お店は早くに出たのですが、雪道が歩きづらくて……ずいぶん遅れてしまいました」

残りの三人を気にしながら、おしのが小声で話している。向かい合った清吉は、すっかり笑顔に変わっていた。

長柄に肩を入れた新太郎と尚平が駕籠を出した。けやき並木のあたりで、源次が並びかけてきた。

「あんな手代には、もったいねえ娘だ……あっ、駕籠賃をもらってねえでしょう。ひとっ走り戻って、おれが取ってきやしょうか」

新太郎にきつい睨みをもらった源次は、にやりと笑って一分金を取り出した。

「千住野郎に、半金《はんきん》けえしてもらいやした」

尚平が駕籠を止めた。

「新太郎さんたちとどんなわけがあるのか知りやせんが、千住の連中が差し出したカネだ。これならいいでしょう」

「尚平、南鐐を一枚だしてくれ」

受け取った一分金の釣銭として、源次に南鐐銀一枚を手渡した。南鐐二朱銀は二枚で一分、辰蔵から請け負った通りの駕籠賃だ。

「この稼ぎで髪結い代にはなった」

「待ってくれ、新太郎さん」

源次が慌てて口を挟んだ。

「たしかに八ツには遅れたが、手代の相手も遅れてきたんだ。賭けは勝ち負けなしってことにしやしょうや」

言った源次が、新太郎の目を見て息を呑み込んだ。

「勝ち負けを決めるのは辰蔵さんだ。おめえが口出しできるほど軽くはねえ」

出過ぎた口だったと思い知った源次が、粉雪のなかでしょげ返った。尚平が新太郎の肩をポンッと叩いた。新太郎が尚平を見返し、ふうっと大きな息を吐き出した。

「おめえさんが助《す》けてくれたと、手代が言ってた。礼を言わせてもらうぜ」

新太郎の目付きが柔らかくなっている。尚平もおなじ目で源次を見ていた。

「すまねえが手代に釣銭をけえしてやってくれ。ゆるゆる先に行ってるが、つるんでけえろうじゃねえか」

新太郎が長柄に肩を入れた。尚平が軽く息杖を突き立てて、駕籠が動いた。

後ろ姿に軽くあたまを下げた源次は、すすきみみずくの店に駆け出した。

端午のとうふ

元禄七（一六九四）年七月の江戸は、幅広い日本橋本通りに陽炎《かげろう》が立つほどの残暑だった。七ツ（午後四時）を過ぎ、陽《ひ》が西空に移っても暑さが退かない。十日も雨なしで焦がされた地べたに打ち水をすると、ぶわっと蒸された空気が立ち上った。

通りの大店《おおだな》は、どこも間口一杯に紺地の日除けを垂らしている。白く染め抜かれた屋号が、西日に焼かれて黄ばんで見えた。

御上が発した御触れ「生類憐《しょうるいあわれ》みの令」のせいで、野良犬が何匹もうろついていた。暑さ負けした犬が舌を出して、荒い息を吐き出している。犬がよろけるとひとの方が避けた。

そんな様子を気にもとめない足取りで、朱塗りの小簞笥《こだんす》を振分けに担《かつ》いだ定斎屋《じょうさいや》が歩いてきた。夏負けの特効薬を商う定斎屋は、炎天下でも笠をかぶらず、薬の効能を身体で示した。

総髪で黒染め半纏《はんてん》姿の、見ただけで汗が浮きそうな身なりの男だ。しかしひたいには、ひと粒の汗もなかった。

背丈は五尺四寸（約百六十センチ）と並だが、小簞笥を担ぐ足運びは確かだ。腰の使い方がうまいのか、前後の箪笥が小気味よく揺れる。鐶《かん》が引出しに当たりガタッガタッと音を発した。この音が売り声代わりだった。

「あれに間違いはないのかね」

「ございません。大倉屋の番頭さんが、総髪を後ろで束ねた黒半纏姿だから、すぐに分かりますと申しておりましたから」

定斎屋から半町（約五十メートル）先の雑穀問屋、丹後屋《たんごや》の店先で、あるじと一番番頭とが声を潜めて語らっていた。

「この暑さのなかで、足運びは大したものだとは思うが」

「確かめましょう……おうい、亀吉」

呼ばれた小僧が駆け寄ってきた。

「手桶に水を入れてきなさい」

「打ち水ならさっきもやりました」

「余計なことを言わなくていい」

店先の天水桶は空《から》だった。水汲《く》みは、店の路地をぐるっと回った勝手口まで行かなければならない。小僧が手桶に水を満たして戻ってきたときには、黒半纏がすぐ近くまで来ていた。

「いいかい、亀吉……あの定斎屋が店のまえまで来たら、構わないから足元に思いっきり水を撒きなさい」

「えっ、いいんですか？」

話している間に定斎屋が店先まで来た。柄杓《ひしやく》を掻《か》き混ぜていた亀吉は、溢れそうなほどの水を満たし、勢い良く撒き散らした。

定斎屋の動きは素早かった。あたかも小僧の企みを見抜いていたかの如く、交互に足を跳ね上げて水を躱《かわ》した。後ろの箪笥は避けきれず、朱塗りに水が飛び散った。鐶がひときわ大きな音を立てた。

「これは粗相をいたしました。申しわけございません」

あたまを下げる番頭を無言で見詰めていた定斎屋が、天秤《てんびん》棒を肩から外した。

「てまえは深川の蔵秀《ぞうしゆう》と申します」

名乗ったあと、番頭を両目で捉えた。

「ご用がおありのようですが」

一

「どうなってるのよ、この暑さは。陽が落ちても退きゃあしない」

ふすまの開け放たれた十畳間に、四万六千日《しまんろくせんにち》のお参りから戻ったおひでの声が流れてきた。車座に座っている蔵秀、雅乃、辰次郎、宗佑《そうすけ》の四人が顔を見合わせた。幾らも間《ま》を置かず、おひでが座敷に顔を見せた。

「あら、みんなの顔が揃ってるじゃないのさ。また新しいお誂《あつら》えをいただいたのかい？」

　蔵秀が母親を見て小さくうなずいた。

「暑いのにご精の出ることだねえ」

「直し酒を桶につけておきましたから」

「ありがと、雅乃ちゃん。おまいさんのような娘《こ》は、いまどき値打ちだよ」

　日焼け顔を赤くしながら、雅乃が井戸端に向かった。

「蔵秀さん、おもしろい話じゃないですか。日本橋の丹後屋なら相手に不足はないし、ぜひ受けてください」

　辰次郎が身体を乗り出した。戻ってきた雅乃も、辰次郎に口を合わせた。

　定斎屋が町々を売り歩くのは、暑い盛りの三カ月だけである。二年前、蔵秀は馴染みの得意先から頼まれて、小さな厄介ごとを片付けた。大喜びした店のあるじは、蔵秀を商売仲間に顔つなぎした。以来、満足した客が蔵秀の知らないところで次の話を振っていた。

　定斎売りは、父親の雄之助が上方の薬種問屋と話をつけて始めた担ぎ売りだ。この夏ですでに七年目、得意先も二百軒を超えた。ゆえに七月末までは定斎屋に掛り切りで、請負い仕事は八月以降……これが蔵秀の決め事だった。しかし丹後屋はすぐにでも取り掛かって欲しいという。蔵秀の迷いはそこにあった。

泉水で鯉が跳ねた。

深川汐見橋たもと、二十間川《にじっけんがわ》を目の前にしたこの家は、雄之助が普請させた平屋風の二階家だ。木場材木商の頼みで諸国の木材買付に歩く雄之助は、一年の半分以上も江戸を留守にしていた。

「宗佑さんはどうですか」

「辰も雅ちゃんもやりたいてえじゃねえか。あんたに異存がなけりゃあ、乗るよ」

「分かりました、担ぎ売りはなんとか算段しましょう。雅乃、ここにも直しと何かあてを出してくれ」

五尺六寸（約百七十センチ）の上背がある、絵師の雅乃が勢い良く立ち上がった。

髪を耳の上までで短く刈った二十二歳の雅乃は、季節を問わず手作りの作務衣《さむえ》を着ている。尾張町の小間物問屋のひとり娘が、それも行き遅れといわれかねない歳の娘が、男のような身なりでいるのを、両親《ふたおや》は嘆いた。が、放蕩《ほうとう》息子に悩むよりはましだと親戚筋から慰められて、仕方なく娘の好きにさせていた。

黄八丈の格子柄を活かした作務衣だ。無造作に着ているが、反物だけで一疋《いっぴき》（二反）二両もする。木綿浴衣なら四十枚は仕立てられる値だ。

夕暮れが迫っていた。長身の雅乃が着こなした黄八丈は、薄闇のなかでも映えていた。

「雅乃ちゃん、おれも手伝うぜ」

文師《ふみし》の辰次郎があとを追った。

二十七歳の辰次郎は、蔵秀同様の総髪である。五尺四寸の背格好も、髪を後ろで束ねた形も蔵秀と同じだ。しかし股引《ももひき》、半纏姿の蔵秀とは異なり、雅乃と同じような作務衣である。もっとも生地《きじ》は粗い木綿ばかりだった。

辰次郎は汐見橋から三町と離れていない富岡八幡宮門前の印形屋《いんぎょうや》、天章の次男坊である。家業柄というのか、辰次郎は七歳で漢詩の幾つかを諳《そら》んじた。

どれほど文字の読み書きができても、天章は長兄が継ぐ定めだ。いまの辰次郎は、絵草子本の作者を目指していた。

「乗るとはいったが、丹後屋の仕掛に、おれの出番はねえだろうよ」

雅乃と辰次郎が支度に立ったあとの薄暗い部屋で、飾り行灯《あんどん》師の宗佑がぼそりといった。

「雅乃の思案次第ですが、細工物の出番がないとは考えられません」

宗佑が団子鼻に手をあてた。まんざらでもないときに示す、宗佑のくせだ。明かりを使った細工ものでは、ひとが溜め息を漏らすほどに奇抜で美しい仕事をする。しかし宗佑の物言いには、どこか拗《す》ねたところがあった。

蔵秀よりは二歳年上の三十三だが、すでに髪が薄くなり始めている。それが何より気がかりらしく、残りの三人は髪の話を宗佑のまえでは一切しなかった。

「丹後屋の話で、もうひとつ呑み込めねえところがあるんだ」

「なんでしょう」

「毎年五十俵の大豆仕入れを、今年はうっかり五百に増やしたてえのが起こりだよな」

「そうです。水戸に送った仕入状を、手代が書き違えたということでした」

「それで過《あやま》ちをおかした手代は、責めを負って暇を出された……それ以上の咎《とが》めはあるじの温情でなしだ、と」

「はい」

「だがよう蔵秀、毎年五十しか仕入れない丹後屋から、いきなり五百欲しいといわれたらよう……商いが増えて嬉しいのは別にして、とりあえず確かめるのが普通じゃねえか」

「さきほどの話では端折《はしょ》りましたが、そのことは、わたしも丹後屋の番頭にたずねました」

「それで？」

「水戸の仲買平田屋がいうには、三つのわけが重なってそのまま受け入れたそうです」

蔵秀が部屋の隅に置いた担ぎの薬箪笥から、黄表紙の掛取り帖を取り出してきた。商いに使う本物の掛取り帖は白表紙で、黄色は蔵秀の心覚えを書き留めるものだ。

「ひとつは仕入状を起した手代の藤七《とうしち》とは、六年の付合いで一度も商いの過ちがなかったことです」

宗佑はうなずきもしない。これもくせのひとつである。蔵秀は構わず続きを読み上げた。

「ふたつ目は平田屋が去年の秋口に蔵を増やし、商いを大きくしようとしていた矢先に舞い込んだ注文だったこと。そして三つ目は去年、一昨年《おととし》と二年続きの豊作で、豆がたっぷりあったことです。平田屋が蔵を増やしたわけも、豊作続きで大豆の仕舞い場所が足りなくなったからだそうですから」

話を聞き終わった宗佑は、ものもいわずに立ち上がると、庭に面した縁側に出た。五尺九寸（約百八十センチ）もある宗佑は、鴨居にあたまがぶつかりそうだった。

「豆が運び込まれるまで数の違いに気づかなかったてえが、大店の手代にしちゃあ、ずいぶん間抜けな話じゃねえか」

「ですが宗佑さん、藤七が店に残した写しにはきちんと五十と書いてあったんです」

「へええ、そうかい……なんとも念のいった間違いをやらかしたもんだ」

縁側にはまだ、明るさが残っていた。庭を見ながら皮肉めいた口調でつぶやいた宗佑は、ひとつ大きな伸びをしてから戻ってきた。

「わけは分かったが、一筋縄じゃあ片付かねえかも知れねえよ」

宗佑お得意の台詞《せりふ》である。蔵秀は真面目くさった顔を拵《こしら》えてうなずいた。

二

雅乃が調《ととの》えたものは、あてというよりも充分に食べ応えがあるものだった。

瓜《うり》と胡瓜《きゅうり》の古漬を薄切りにして水にくぐらせ、生姜《しょうが》と混ぜ合わせたもの。油揚げに、茗荷《みょうが》と、下地（醤油《しょうゆ》）を垂らした削り節を挟み、七輪でひと焙《あぶ》りしたもの。ダシ汁で延ばして甘味を抑えた厚焼き玉子、それと梅干ふた粒を混ぜて炊《た》き上げた梅ご飯の握り飯だ。行灯の薄明かりでも、出された料理の旨味が伝わった。

尾張町の大店の娘が手早く作り上げる料理には、いつもおひでが感心した。いまは奥座敷で稽古をつけているおひでに、雅乃は揚げと卵焼きに古漬、それに梅ご飯ふたつを取り分けた。

「暑いさなかでも、これなら飯がすすむよ」

酒のやれない蔵秀は、塩加減と酸っぱさが釣り合った握り飯を口にした。誉められた雅乃が、真っ黒な瞳で蔵秀を見詰め返した。

宗佑は手酌で直し酒をぐいぐいやっていた。肴《さかな》は古漬だけだ。酒が進むと、口調が一段と皮肉を帯びてくる。しかし酔った宗佑から、思いも寄らない知恵が飛び出すことも三人は知っていた。どこで宗佑から徳利《とっくり》を離すかは、雅乃の役目だ。

皿がきれいに空になったところで、雅乃が片付けに立ち上がった。宗佑の膳には、酒と古漬がまだ残されていた。雅乃が流しから戻ると、すぐさま蔵秀が話を始めた。

「丹後屋には、三日のうちに顔を出すといってきた。まずは辰次郎から聞かせてくれ」

「算盤《そろばん》をかしてください」

「いきなり算盤がいるのか」

「丹後屋の抱えた豆がどれほどのものか、確かめながら話をしたいんです」

辰次郎は理詰めで話を進めるのが得手だった。蔵秀から算盤を受け取った辰次郎は、反故《ほご》紙を綴じ合わせて作った帳面と、矢立《やたて》とを膝元に置き、忙しく珠を弾いた。雅乃が行灯を辰次郎の手元に置いた。

「余計に抱えた豆が四百五十俵」

「その通りだ」

「一俵四斗として、丹後屋には一万八千升もの豆がだぶついている勘定です」

「それで？」

「うちの裏の豆腐屋をご存知ですよね」

蔵秀がわずかにうなずいたが、目が先を促していた。

「そこの親爺から一升の豆で豆腐が十丁と、二升の卯《う》の花ができると聞かされたことがあります。いま豆腐は一丁五十二文ですから、丹後屋の豆で豆腐を作ったとしたら……」

辰次郎が帳面に目を戻した。

「千文が一貫ですから九千三百六十貫文です。豆腐の三割が豆代だといってましたから、銭五貫文一両でも五百六十両を超える豆を抱えています。丹後屋は豆代の話をしましたか？」

蔵秀が厳しい顔で首を振った。

「おれの算盤は相当に荒っぽいかも知れませんが、豆一升の元値が百五十六文というのは、あながち的外れとも思いません」

「値を聞かなかったおれが迂闊《うかつ》だった」

「そんなものは、商人《あきんど》が一番知られたくねえことだろうによ」

徳利を片手持ちにした宗佑が、ぼそぼそ声で喋《しゃべ》り始めた。

「大倉屋の口利きだとはいっても、大店の奴らは、まだあんたを信じちゃあいねえ。たとえ豆の値段を訊《き》いたところで、正直にはおせえねえだろうさ」

商人の家で育った雅乃が、宗佑の言い分にうなずいた。

「丹後屋がどれほど大店だとしても……」

ふたたび辰次郎が口を開いた。

「五百両は痛手のはずです。たとえ相手がまだこちらを信じていないとしても、正味のところは藁《わら》にもすがる気持ちで蔵秀さんの思案を待っているはずです」

「いまの話でひとつ思い付いたんだけど、みんな聞いてくれますか」

もちろん聞くよ、と三人の声が揃った。

「辰次郎さんの算盤だと、一万八千升のお豆が余ってるのよね」

辰次郎がしっかりとうなずいた。

「お豆腐屋さんが幾つあるか知らないけど、江戸でも一、二の丹後屋さんでも一年に卸《おろ》すのは五十俵でしょう。だとすれば、お豆腐屋さんを相手にしたどんな思案を思いついても、とってもさばき切れないと思うの」

「そりゃあそうだ」

空になった徳利を振りながら、宗佑が相槌《あいづち》を打った。

「だからお豆を一升ずつ小袋に分けて、江戸中のひとに売るのはどうかしら」

宗佑の手から徳利が滑り落ちた。蔵秀と辰次郎が啞然《あぜん》とした目で雅乃を見た。

「あたし、なにかいけないこと言った？」

「いけなくはないが、そんな途方もないことをどうやってやるんだ」

まるで相手にしない蔵秀の口ぶりだ。いつもなら雅乃に味方する辰次郎も、目を合わせないように俯《うつむ》いた。

いつの間にか三味線が終わっていた。

「奥にごはんを届けてきます」

頬を膨らませて部屋を出た雅乃だったが、戻ってきたときは弾んでいた。

「やっぱり小分けにして売りましょう」

「まだそんなことを言ってるのか」

「そういわずにちゃんと聞いて。これが何だか知ってるでしょう？」

雅乃が一枚の札を蔵秀に差し出した。

「浅草寺の富札《とみふだ》じゃないか。これがどうかしたのか」

「いま、おかあさんに見せてもらったの。きょうのお参りのついでに、浅草寺さんで買ったんだと言われました。もの凄《すご》いひとが並んでて、やっと買えたって」

「だから、それがどうしたんだ」

「お豆の袋に富札を入れるのよ。当たりくじには、お豆代の何倍ものおまけを付けてあげれば、きっと江戸中で評判になるわ」

「富くじか……そいつはいけるよ」

辰次郎が大乗り気の声をあげた。

「細かな煮詰めはいるが、おもしろい。宗佑さんはどう思いますか」

二度問い掛けられて、宗佑が顔をあげた。

「ばかばかしくて話にならねえ」

「ちょっと宗佑さん、どこが話にならないのか、ちゃんと教えて」

雅乃が、顔がくっつくほどに詰め寄った。

「一昨年、御上から富突講《とみつきこう》は一切ご法度《はっと》のお触れが出たじゃねえか」

雅乃たちが、あっと声を漏らした。元禄に改元されて以来、江戸では凄《すさ》まじい勢いで富くじが流行《はや》った。一番くじ十両ほどの小さなものから千両が当たる寺社くじまで、各所に無数の講が乱立した。

これにかかわるいざこざも毎日のように生じたことで、幕府は元禄五（一六九二）年、一切の富突講を禁じた。おひでが浅草寺で求めた富札は、寺社修復の費《つい》えに充てるということで幕府が黙認した富くじだった。

「忘れてたみてえだが、思い出したかよ」

三人とも声が出なかった。

「根っこがいけねえから他を細々いってもしゃあねえが、大豆一升ずつ小袋でバラ売りするてえのも無理がある」

宗佑が目の前の雅乃と目を合わせた。強い眼に酔いは感じられなかった。

「雅ちゃんは料理が得意だから分かってるだろうが、大豆てえ豆は煮るにしても焼くにしても、旨く食うには骨が折れる代物《しろもの》だ。たっぷり水に浸《つ》けてからじゃねえと、煮ることもできねえ。そうだろうが」

雅乃が力なくうなずいた。

「端《はな》っから下地と一緒に煮ると、豆が固くなってしわしわになっちまう。それがやだてえんで煮てから下地を加えたら、豆はやわらけえが味が染み込まねえ。富くじ目当てで豆を買うような裏店《うらだな》のカミさん連中は、こんな手間のかかる豆は買わねえさ」

「宗佑さん、どうしてそんなにお豆に詳しいの……なんだか自分で煮てるみたいだけど」

「おふくろが近所の煮売り屋を手伝ってたのよ。毎日、いやんなるぐれえ残りものの豆を食わされたよ」

宗佑の話には三人を得心させる強さがあった。おもしろそうに思えた思案があっけなく萎《しぼ》み、雅乃が一番しょげていた。宗佑がまた座り直した。

「だがよう、使い方次第じゃあ雅ちゃんの思案はいけるかも知れねえぜ」

「ほんとうに？　……宗佑さん、お酒をもう一本つけましょう」

運ばれてきた直し酒が、冷えてねえとぶつくさ言ったが、呑み終えた宗佑の顔は満足げに赤くなっていた。

「江戸には何十万てえ数の人間が暮らしてんだ。売り方を間違えなけりゃあ、豆が欲しいてえ連中を群れで集めるのも出来ねえことじゃねえ」

辰次郎から帳面と矢立とを取り上げた宗佑は、器用な筆運びで何枚かの絵を描いた。なかの一枚には、売出しの段取りが順を追って描かれていた。

「宗佑さん、これならおれでも買うよ」

数枚の絵を下敷きにして、四人の話は夜更けまで続いた。

三

七月十三日朝六ツ半（午前七時）、蔵秀は去年架けられたばかりの新大橋を渡っていた。右の手には、宗佑が細竹を編んで作った籠《かご》を提《さ》げている。川面にはすでに夏の名残の陽が注いでおり、投網《とあみ》を打つ漁師が柔らかな照り返しを浴びていた。

橋を渡ると浜町の武家屋敷が続く。丹後屋弥左衛門に聞かせる思案をまとめつつ歩くには、静かな武家町は打って付けだった。

蛎殻町《かきがらちょう》を過ぎると武家屋敷が終わり、空地が広がった。空がいきなり大きくなった。日本橋の左手遠くには富士山《こうじ》が見えた。蔵秀の足取りが軽くなった。

日本橋本通りにつながる小路までくると、狭い道をひとと露店とが埋めていた。今日から盂蘭盆会《うらぼんえ》である。干菓子や野菜、提灯《ちょうちん》、迎え火の麻幹《おがら》、大小の土器《かわらけ》など、お盆の品々を商う草市の屋台が隙間なく並んでいた。

そうだ、これも使える……。

蔵秀が足を速めた。丹後屋の店先まで来ると、打ち水をしていた亀吉が寄ってきた。

「おはようございます」

今朝の蔵秀は薬簞笥を担いでいないのに、亀吉は相手の見定めができた。蔵秀は丹後屋のしつけを感じ取った。

幾らも間をおかず、丹後屋の店先から招じ入れられた。広い土間一杯に大小百近い小箱が並んでおり、小豆《あずき》、黒豆、蕎麦《そば》、胡麻、黍《きび》などの雑穀が山盛りに詰まっている。箱にぶつかると、穀物の山が崩れ落ちそうだ。蔵秀は一歩ずつ気遣いながら進んだ。

店にあがると、結界の向こうから番頭が迎えに出てきた。案内されたのは庭の見える客間だった。築山《つきやま》に朝日が差している。水を浴びた植木の葉が緑に輝いていた。

ほどなく現れた丹後屋弥左衛門は、髪の手入れも済ませていた。

「さっそくお越しいただき、ありがとうございます。それで思案のほどは」

「ここにまとめて参りました」

蔵秀は手提げ籠から絵図を取り出し、弥左衛門に差し出した。絵図は五枚、それに表紙をつけて一冊の綴りに仕上げたものだった。

『初荷縁起　丹後屋招福大豆』

表紙の題字を見て、弥左衛門の表情が変わった。あいさつをしたときの柔和さが退き、威厳が両目にうかがえた。

蔵秀と並んで座っている番頭には、絵図の中身が見えない。番頭はあるじの目の動きを食入るように追っていた。

弥左衛門は二度、あたまから絵図を読み返した。その間、蔵秀に問いかけることはしなかった。読み終えたあと、目を閉じて思いを巡らせていた様子だったが、両目を開いたときには相手を正面から見詰めた。

「このあとなにかご都合がおありですか」

「ありません。今日はこのことだけで参りましたから」

「佐賀町までお付き合いくださるか」

「ご一緒させていただきます」

「それではここで暫時《ざんじ》お待ちください」

弥左衛門は番頭を引き連れて居室に引っ込んだ。入れ替わりに麦湯と干菓子が運ばれてきた。弥左衛門は暫時と言ったが、ふたたび番頭が顔を出したのは四半刻《しはんとき》（三十分）も過ぎてのことだった。

「お待たせしました。参りましょう」

番頭は奥向きの出入り口に蔵秀を案内した。土間に脱いだ履物もこちらに回されていた。

丹後屋の奥口から路地に出て一町（約百メートル）も北に歩くと伊勢町河岸に出た。船着場には一杯の屋根船が舫《もや》ってある。番頭について船に乗ると、すでに弥左衛門がいた。

　この時期の屋根船は障子戸を外して、簾《すだれ》を垂らしている。簾は別誂えのもので、丹後屋の分銅桜紋《ふんどうさくらもん》が描かれていた。

　船には弥左衛門、番頭、蔵秀の三人しかいなかった。幾つもの堀を抜けて霊巌島《れいがんじま》に差しかかったあたりで揺れが収まり、番頭が茶を出した。が、番頭の表情は船に乗るまえから妙に渋かった。

　豊海橋《とよみばし》をくぐり、大川に出たところで弥左衛門が口を開いた。

「お見事な思案だ。心底、感心しました」

　誉められた蔵秀があたまをさげた。

「四百五十俵もの豆を小売りにしようなどとは、考えてもみなかった。なまじこの商いが長いだけに、小売りのことは省いていました。まさに目から鱗《うろこ》が落ちた思いです」

「ありがとうございます」

　声を弾ませた蔵秀を見ながら、あるじは先へと続けた。

「豆の仕入れ値も、遠からず的を射ている」

　あるじは蔵秀の慧眼《けいがん》ぶりを認めていた。

「番頭も口にした覚えはないというが、どこで調べられましたかな」

　あるじと番頭の目が蔵秀に突き刺さっていた。仕入れ値を秘するのは商いの鉄則だった。

「それを言うのはご勘弁ください」

穏やかながら、きっぱりと拒んだ。

あるじも蔵秀の拒みは当然と受け入れて、先へと進めた。

「いずれにしても、あなたの周りには知恵者が揃っているようだ」

あるじの口調は穏やかだった。

「引き合わせてくれた大倉屋さんには、足を向けて寝られません」

脇に座した番頭は何度もうなずいた。

「細かな費えの中身は明日にでも徳兵衛と詰めていただくが、およそ百五十両であることは承知しました」

檜造《ひのきづく》りの平家が普請できる大金である。それが通りそうだったゆえ、蔵秀は思わず吐息を漏らした。

そのさきを見たあるじは、蔵秀に向けた目の光を強くした。蔵秀が手のひらをこぶしに握らせた眼光の強さだった。

「百五十両はうちにとっても大金です」

あるじの抑えた物言いには、いままでになかった固さと凄みが加わっていた。

「今回の思案の吉凶は、一万八千もの数が売れるか否かの一点にかかっている」

聞いている蔵秀は背筋を張った。

「うちは卸問屋で小売りなどは、やったことも考えたこともない」

その通りですと番頭は、肩まで揺れんばかりにうなずいた。

「この徳兵衛が……」

あるじは横を向き、番頭を見てから話を続けた。

「この期に及んでも、いまひとつ乗り気でないのも、途方もない数を売り切らねばということが、深く引っかかっているからです」

番頭が律儀に何度もうなずいた。

蔵秀の肚《はら》は決まっていた。が、すぐには口を開かず、思案をまとめるふりをした。船が大きく左に舵《かじ》を切り、大川の東岸に向かい始めた。佐賀町までは幾らもない。

「大豆には強い呪《まじな》いの力があると信じられています。節分の鬼退治も大豆ですし、漁師は厄除《やくよ》けを願って大豆を携えて海に出ます。厄年のひとが厄逃れに辻でまくのも大豆ですから」

雑穀問屋には釈迦《しやか》に説法かとも思ったが、弥左衛門と徳兵衛は神妙に聞き入っていた。

「話は変わりますが、今日から盂蘭盆会です。日本橋の草市も大層な人出でしたが、番頭さんは行かれましたか」

いきなり名指しされた徳兵衛は、えっ、まあ……と言葉を濁した。

「昨日と今日の二日だけで、江戸では百を超える草市が開かれています。露店の数は、房州、相州などから出てくる農家まで加えれば、一万を下らないといわれています」

弥左衛門が小さくうなずいた。大店のあるじにしかできない仕種《しぐさ》だった。

「市に出かけるひとの数はその数倍でしょう。盂蘭盆会には武家も町人も分け隔てがありませんから、ことによると人出は十万を超しているかもしれません」

丹後屋近くの草市に集まった人込みは、ふたりとも分かっていると蔵秀は読んでいた。勘だけの数を口にしたが、番頭は大いに得心した様子だった。

「江戸の連中は信心深いものです。このたび丹後屋さんと一緒にやらせていただきますことは、大豆に新しい信心のもとを与えることです。いままでだれも言わなかった、初春招福の有難みが大豆にはあると丹後屋さんが触れ回れば、ひとは耳を貸すはずです」

「……………」

「しかも小袋には、金銀でできた大黒様がお年玉として入っているかも知れないのです。草市の人出とまでは申しませんが、一万八千では足りないかも知れません」

話の途中から番頭が膝を乗り出してきた。

「いやはや、大した思案です。これが評判になれば、このたび限りのことではなく、毎年の初売りで行けるに違いありません」

「待ちなさい」

ひとりで舞い上がっている徳兵衛を、弥左衛門が抑えた。

「何度もいうようだが、うちは小売りをやったことがない。それなのにあなたの思案通りに運べば、一万八千もの客を相手にすることになる」

「そうです、できます」

「なぜそこまで言い切れますか」

「江戸中から客が押し寄せてくるでしょうが、要所ごとにひとさばきの手足《てだ》りを立てます。丹後屋さんのご心配も分かりますが、ここはお任せいただくしかありません」

蔵秀が強い口調で請け合った。しばし黙ったあとで、弥左衛門が今度はしっかりとうなずいた。佐賀町の船着場に着くと、大川に面した蔵のひとつに蔵秀を招き入れた。上が見えないほどに俵が積み上げられていた。

「これで四百五十俵です。一升百二十文で一俵およそ一両、締めて四百五十両の豆です」

辰次郎は巧い算盤を弾いていた。

「十倍の豆を引き取らざるを得ないと分かったとき、水戸の平田屋とは何度も値引きの掛合いをさせました。しかし向こうが送り出す手前ならまだしも、蔵に納まったあとではこちらの分がわるかった。いつも通りの値で、すでに支払いも終わっています」

「……」

「うちには小豆や蕎麦の蔵なら幾つもあるが、大豆はない。この蔵ひとつを借りるのに、年に二十両もかかります。そのうえに四百五十両も塩漬けになっている。これぐらいのことで身代《しんだい》がどうこうなるわけでもないが、知らぬ顔でやり過ごせることでもありません」

明かりが届かない蔵の中で、弥左衛門の光る目が蔵秀を見詰めた。

「商いを成し遂げる止《とど》めの鍵は、気合です。あなたが船できっぱりと請け合ってくれたから、あたしも肚を決めた」

「ありがとうございます」

「入費は引き受けます。あなた方も、力を出し惜しむことなく取りかかってください」

蔵秀が深々とあたまをさげた。そうさせる気魄《きはく》が弥左衛門から放たれていた。

四

七月に請け負った仕掛けは、十月に入って形を現した。

十月初めての亥《い》の日は、江戸中が玄猪《げんちょ》の祝儀で大賑わいだ。元禄七年は五日がそれに当たった。この日、亥ノ刻《こく》（午後九時から十一時ごろ）に餅を食べれば、万病除けになるとの言い伝えがあった。

武家の祝い餅は紅白の丸餅、町人は牡丹餅《ぼたもち》である。大川端には、その牡丹餅を商う屋台が集まり、江戸中からひとが押し寄せた。もっとも、集まる連中の目当ては他にあった。

江戸ではこの夜から炬燵《こたつ》を使い始めるのが慣わしだった。いわば冬の幕開けである。川風がめっきり寒くなった大川には、次第にひとが寄り付かなくなる。玄猪の夜の大川端では、桜の春まで商いを閉じる露店がさまざまな品を投売りした。それを目当てに、群れをなしてひとが集まるのだ。

いつもは明かりの乏しい河岸の道に、この夜だけは彩りに富んだ提灯や、趣向を凝らした行灯が途切れなく続いた。

蔵秀はこの人出に仕掛けをぶつけた。

両国橋西詰は見世物小屋や芝居小屋などが、四六時中賑わっていた。しかし大川を渡った東岸は、玄猪の宵もさほどでもなかった。

ところがこの年は様子が違った。ひとが先を争うようにして橋を渡り、東詰に群がってきた。高さ五間《けん》（約九メートル）もある巨大なお多福が、大川に向かって笑いかけていたからだ。

角材と竹とで作り上げた枠組みに、色染めの油紙を張り合わせたお多福行灯は、裏側から二百本の百目蠟燭《ろうそく》で照らされていた。

「そこじゃあ遠いよ。もっと近くまで詰めないと、うしろのひとに聞こえやしない」

闇の中にぽっかり浮かんだ飾り行灯のまえで、踏み台に立った瓦版売りの幸吉が声を張り上げた。幸吉を挟んで、丹後屋お仕着せ姿の小僧五人が並んでいた。

「口上は二度しか言わないから、しっかり聞いてくんなさいよ。うしろのひとにも聞こえたかい」

行灯まえには七重《ななえ》の人垣ができていた。

「よく聞こえねえ。まえの連中はしゃがんでくんねえな」

まえの二列にしゃがむように、幸吉が手を下に振って指図をした。

「聞き届けてくれて、ありがとうよ。そいじゃあ始めるぜ……とうざい、とうざい」

お定まりの口上をきっかけにして、鉦《かね》を打ち鳴らす四人のちゃんちゃんが出てきた。唐人服で鉦を叩き、あめを売り歩くのがちゃんちゃんである。今夜は、あめではなく布袋を背負っていた。

「ここに取り出《いだ》しましたるは、来年正月二日の初荷におきまして、日本橋丹後屋が初めてお目にかけまする、丹後屋謹製招福大豆にございまする」

幸吉が高さ三尺（約九十センチ）、幅二尺（約六十センチ）の飾り行灯を掲げ持った。百目蠟燭を手にした宗佑が近寄り、行灯に火を入れた。宗佑は掲げられた行灯の最上段にも楽々と点火した。

巨大なお多福行灯の手前で、もうひとつ、紙袋を象《かたど》った行灯が浮かび上がった。赤の真ん中に「福」の文字が白く染め抜かれている。あっさりした意匠が、ひときわ目立った。うおうという喚声があがった。

お多福行灯の根元に立っていた蔵秀が、四人のちゃんちゃんに目配せした。すぐさま鉦が止んだ。唐人服の四人が鉦と布袋を置くと、素早く四方に散った。成り行きに見惚《みと》れて、人垣が静まり返った。

その刹那、五棹《さお》の三味線が早い調子で鳴り始めた。散った四人が足踏みを始めた。

「はいようう、はいよう」

行灯を掲げ持った幸吉が、気合を発した。四隅の四人が、お多福行灯のまえで交わるようにとんぼを切った。二度、三度と行きつ戻りつ、とんぼ返りを繰り返す。唐人服が行灯のひかりを浴びて、キラキラと照り返った。

七度目のとんぼ返りを済ませた四人が、お多福行灯のまえに集まった。三味線が一段と激しくなった。

「えいっ」

短い気合を発すると、背中を客に向け逆立ちをした。「招」「福」「大」「豆」の四文字が垂れ下がった。

「いいぞ、丹後屋」

方々から掛け声が出た。ひとしきり騒がせてから、幸吉が紙袋の行灯を小僧に渡した。

「この招福大豆は、ほかの大豆とはわけが違います。江戸一番の八幡宮、深川富岡八幡宮におきまして、念入りに招福祈願を済ませた大豆であります。ひと粒いただけば、家内安泰間違いなし。このありがたい豆を、一升三百文で初売りいたします」

値を聞いて場がしらけた。露骨な舌打まで聞こえてきた。

「なにが初売りでえ。大豆が一升三百文なんざ、高過ぎて笑っちまうぜ」

半纏姿の職人が幸吉に怒鳴った。安売りの店なら一升二百文で買えるのだ。

「高いか安いかは、おしまいまで聞いてから言ってもらいやしょう」

つい、いつもの口調に戻った幸吉が蔵秀に睨《にら》まれて、ぺろりと舌を出した。

「お集まりのみなさんに、いまから取って置きをお目にかけましょう。小僧さんがた、お願いしますよ」

幸吉の指図を受けた小僧たちが、紋入り提灯を掲げて人垣に分け入った。人の目が集まったところで、右手を開いた。金と銀の小さな大黒が握られていた。明かりを受けて金銀が鈍く輝いた。

「いまご覧いただいておりますものが、五百にひとつの割合で、招福大豆の袋に収まっております」

場が騒然となった。幸吉が瓦版売りの鈴を鳴らして黙らせた。

「金の大黒は正味で一両、銀の大黒は二十匁《もんめ》の値打ちがあります。しかも八幡宮でしっかり魂を入れてもらった縁起物です。初春の運試しがわずか三百文。これでもまだ高いなら、ご縁がないと諦めましょう」

幸吉が職人を見ながら声を張り上げた。

「早とちりを言っちまったよ。真っ先に買いに行くから勘弁してくんねえ」

職人と幸吉のやり取りに周りが沸いた。幸吉がにっこり笑ってあたまを下げた。

「初荷の売出しは正月二日、朝五ツ（午前八時）の鐘で始めます。売り出す場所は、日本橋丹後屋と深川門前仲町辻の、やぐら下の二カ所。数に限りがありますので、売り切れたときにはご勘弁ねがいます」

口上が終わったところで、また三味線が鳴り始めた。ちゃんちゃんの四人が刷物を配っている。紙袋の絵の下に、ひらがなで初売りの場所と刻《とき》とが刷られていた。

小僧たちも配り始めた。雅乃、辰次郎も配っている。お多福行灯の明かりを浴びながら、おひでが率いる三味線が鳴り続けた。

五

三の酉《とり》のある年は火事が多いと嫌われたが、香具師《やし》は喜ぶ。酉の市でさばく熊手や焼き芋が多く売れるからだ。今年はあいにく二の酉までだったが、深川三好町で賭場を仕切る猪之吉《いのきち》も、今年の酉の市では大きな稼ぎを得ていた。

「あの行灯は、てえしたご利益《りやく》だ。浅草よりも深川の人出が多かったぜ」

禿頭《はげあたま》で眉が濃く、厚い下唇の猪之吉は大方のことでは驚かない。夜道で天狗に出くわしても、醒《さ》めた掠《かす》れ声は変わらないだろうと手下が噂《うわさ》をしている。ところがいまの猪之吉は、感心したことを隠していなかった。

あの行灯とは、両国で使ったお多福のことだ。蔵秀はそれを仲町の辻、やぐら下に据えつけた。酉の市の人出が、いつもの倍に膨れ上がった。

猪之吉が構えた参道裏のサイコロ博打《ばくち》屋台には、客が群がった。一の酉、二の酉だけで七十両を稼いだ。客ひとりが博打に遣うのは、せいぜい百文だ。七十両なら、ざっと三千五百人の客がいる。いかに人出が多かったか、猪之吉がだれよりも分かっていた。

「猪之吉さんのおかげで、一万五千枚の引札《ひきふだ》（ちらし）が、きれいにさばけました。丹後屋さんも店先で一万枚を配ったそうです」

五ツ（午後八時）を過ぎても人出が絶えない門前仲町の引手茶屋で、猪之吉の盃を蔵秀が満たしていた。

桁違《けたちが》いに大きな行灯据えつけには、町内鳶《とび》の助けがいる。猪之吉は両国でも深川でも顔が利いた。しかも地回りの厄介な連中を抑え込む器量も備わっていた。

蔵秀の父親雄之助は、いまでも猪之吉の賭場の上客である。ゆえに蔵秀には常に柔らかな顔を見せた。しかし渡世人の凄味も見てきた蔵秀は、相場を上回る謝金を支払うことで、うまく隔たりを保ってきた。

「それで蔵秀、本船町《ほんふねちょう》の伝三《でんぞう》にはきちんと仁義を通したのか」

「はい、いわれた通り、三両包んであいさつを済ませました」

「伝三には、八丁堀の腐れ同心がついている。隙を見せると喉元《のどもと》に食らいつかれるぜ」

蔵秀が神妙な顔でうなずいた。

伝三は日本橋の辻駕籠元締めだ。

駕籠《かご》には宿駕籠と辻駕籠のふたつがある。表通りに店を構え、お仕着せ姿で品良く担ぐのが宿駕籠だ。拵えもきちんと整っていた。

一方の辻駕籠は、その名の通り町の辻で客待ちをする流しの駕籠だ。舁《か》き手は下帯丸出しで、竹造りの安物を乱暴に担ぐ。駕籠賃は掛合い次第でどうにでもなったが、酒手を渋る客は途中で放り出されることもあった。

辻駕籠を七十挺《ちょう》も束ねる伝三は、江戸でも図抜けた元締めだ。辻駕籠の客は武家、町人を問わず多彩である。しかも駕籠は江戸市中を走り回る。伝三の耳には、様々なひとの動きが駕籠舁きから伝えられた。

それを当て込んだ南町奉行所定町廻《じょうまちまわり》同心が、伝三を下働きにつけた。十手を得た伝三は、地元日本橋の大店に木戸御免の出入りを始めた。

表通りの大店は、いずれも五十人を超える奉公人を抱えていた。伝三が難癖をつける気になれば、どの店でもだれかが引っ掛けられてしまう。大店は盆暮れ両彼岸に何がしかの付け届けをして、伝三とのいざこざを避けていた。

蔵秀の目論《もくろ》み通りにことが運べば、正月二日の日本橋には凄まじいひとが押しかける。深川は猪之吉の睨みが利いた。しかし大川の向こう側は手出しができなかった。

初売り当日の蔵秀たちは、深川にかかりきりで日本橋の世話を焼けない。人込みの仕切りは、すべて伝三任せとなる。あらかじめ筋を通して穏便に済ませろ、というのが猪之吉の指図だった。

「もうすぐ師走だ。暮れが押し迫れば、かならず伝三から呼び出しがかかる」

「はい」

「半端《はんぱ》じゃあいけねえが、出し過ぎも駄目だ。この掛合いは骨だろうよ」

「……………」

「手に負えねえなら力を貸すぜ」

「ありがたいお申し出ですが、ここはあたしがやります」

断りをいわれて猪之吉の顔に朱《そ》がさした。手下がもっとも恐れる、荒れの前触れだ。が、蔵秀は猪之吉から目を逸らさなかった。

「日本橋のひとたちは何より世間体に気を遣います。伝三さんは十手を持っている分だけ、渡世人よりも始末がわるい男です」

「渡世人よりも始末がわるいとは、おれを前に置いてよく言うぜ」

猪之吉が盃を膳に叩き付けた。それでも蔵秀は怯《ひる》まなかった。

「引き受けたからには命懸けです。知恵は貸していただきますが、猪之吉さんが日本橋でおもてに出るのは勘弁してください」

言葉はていねいだったが、蔵秀はあたまを下げなかった。膝に置いた両手が固いこぶしになっている。ふたりの目がもつれ合った。睨み合いは猪之吉が目を外して終わった。

「しっかりやんな」

手酌の酒をぐいっと呷《あお》ってから猪之吉が手を叩いた。すぐさま仲居が入ってきた。

「部屋はあるかい？」

「ございます」

「ふたり呼んでくれ」

「かしこまりました」

「おれは尻が丸くて大きいのがいい。おめえも好みをはっきり言いな」

いきなり明け透けなことを問われて、蔵秀が真っ赤になった。

「なんでえ、てめえ。さっきの勢いはどうしたよ。そんな調子じゃあ、とっても伝三には歯が立たねえぜ」

猪之吉は真顔だった。

「あたしは乳が……」

「聞こえねえ」

「あたしは乳の大きなひとがいいです」

猪之吉と仲居とが交わした目が笑っていた。

六

いつになく冷え込みの厳しい師走だった。月初めから何度も粉雪が舞った。二十四日夜の雪は夜通しやまず、翌朝の江戸を真っ白に染めた。

蔵秀は、五ツ半（午前九時）に朝帰りした。格子戸を開けると辰次郎が待ち構えていた。

「また猪之吉さんとですか」

辰次郎の目が渋い。蔵秀が照れ笑いを浮かべかけてすぐに消した。部屋から雅乃が出てきたからだ。

「この白粉《おしろい》の匂い、鼻が曲がりそう」

雅乃が宿に顔を出すのは四ツ（午前十時）と決まっていたが、朝帰りの日に限って早出をしていた。蔵秀は取り合わず、雪駄《せった》の雪を払った。

「伝三さんところの若い衆が来ました」

部屋に入るなり辰次郎が小声で伝えた。

「こんな雪の朝にか?」

「脂下《やにさ》がった顔をした誰かさんが、朝のお茶と甘納豆なんか食べてるときに来たのよね、辰次郎さん」

言うだけ言って雅乃が台所に消えた。

「それで用向きは」

「今日のうちに、かならず顔を出して欲しいそうです」

「分かった。宗佑さんはどうしている」

「昨夜《ゆうべ》は佐賀町の袋詰に夜通し付き合うといってましたから、まだ宿で寝てるでしょう」

蔵秀は袋詰の差配を宗佑に委ねた。年の瀬を間近に控えたいまは、寒いなかで夜鍋が続いていた。

「頼んだものはできたのかなあ」

「どんなに忙しくても、宗佑さんに手抜かりはありません」

辰次郎が微妙に尖《とが》った声を残して、仕事場に向かった。朝帰りの蔵秀はなんとも分がわるい。師走に入ってこれで三度目。ひとり座敷に残されて、あたまを掻いた。

ほどなく箱を手にした辰次郎が戻ってきた。四隅をしっかり鋲《びょう》打ちした樫《かし》の箱で、小ぶりな千両箱のような仕上がりだ。受け取った蔵秀の顔が明るくなった。

「小粒を持ってきてくれ」

ずしりと重そうな布袋を持った辰次郎と、茶をいれた雅乃とが一緒に座敷に戻ってきた。尾張町で買ってきた甘納豆の山盛り鉢が、当て付けるように添えられていた。知らぬ顔でひと摘みを口に入れた蔵秀は、布袋の中身を箱にあけた。

「さすがだ、ぴたりと収まった」

一匁の小粒銀が六百個詰まっている。庭の雪で照り返ったひかりを浴びた小粒が、鈍く輝いていた。

「いまから日本橋に行ってくる」

「一緒に行きましょうか?」

「いや、おまえと雅乃は宗佑《す》さんを助けろ。手が足りないようなら、おふくろがあと十人ぐらいは都合がつくと言っていた。宗佑さんの指図で動いてくれ」

風呂敷に包んだ箱を背負い、蔵秀は首のまえで結んだ。重たい樫箱に銀が六百匁。憎まれ口ばかりきいていた雅乃が、雪道を歩く蔵秀を心配顔で送り出した。

佐賀町桟橋は雪まみれでも、渡し舟は動いていた。船端《ふなばた》で凍え風に曝されながら、蔵秀は夏の終わりからのことを思い返した。

弥左衛門と初めて掛け合ったのも大川だった。あのときの蔵秀は気合でぶつかった。それで弥左衛門の肚が決まり、仕掛けが動き始めた。

両国橋の飾り行灯も深川の酉の市も、上首尾に運んだ。いまは宗佑の差配で、豆の袋詰を追い込んでいる。段取りはうまく進んでいた。しかし袋詰の作業場をのぞいた日から、蔵秀の眠りが浅くなった。

蔵に積み重なった豆を、毎日五十人が紙袋に詰めていた。

一升枡で計り、袋に詰めるのが二十人。詰め終わった袋五百にひとつの奥底に、金銀の大黒を埋め込むのが五人。糊《のり》付け役が十人。仕上がりを数え、百ずつ油紙敷きの大籠に移すのが十人。蔵のなかを動き回る下働きが五人。

刷り屋からは毎日、紙袋が山積みで運び込まれる。一斗は入る大瓶《おおがめ》の糊は、四半刻も保《も》たずに空になった。

「糊がねえぞ」

「紙袋はどうしたよ」

蔵では怒鳴り声が飛び交った。仕上るそばから別の蔵に大籠が運び出された。しかし俵も袋詰を待つ紙袋の山も、一向に減らない。

余りを見越して二万の袋を用意した。その数がどれほど凄まじいかを目の当たりに見て、蔵秀はたじろいだ。

二万袋を売り切ると六千貫文の銭が集まる。百文の銭差《ぜにさし》が六万串、気が遠くなる数だ。蔵秀は町場の両替屋から百貫文を買い入れて、四斗樽に詰めた。五百串（五十貫文）で樽が溢れた。

段取りすればするほど、請け負った数の凄さが身に応えた。十五年通う道場で、気合を込めて竹刀《しない》を振り切っても不安は消えなかった。

ひとが集まり過ぎたらどうする、売れなかったらどうしよう……蔵秀は眠れなくなった。仲間の手前、不安顔は見せられない。しかし二万人相手の仕掛けは、三十路《みそじ》そこそこの男には重過ぎた。

みんなにわるいと思いつつも蔵秀は娼妓に逃げた。ひと肌の温《ぬく》もりに抱かれてなんとか眠れたが、夜明けには不安がぶり返した。

初売りまで十日もない。母親までもが夜鍋続きで踏ん張っている。

「おれはやるぞおうう……」

大川の川面が揺れるほどの大声だった。

「あれっきりあいさつがねえからよう。正月の話は萎んだもんだと思ってたぜ」

閉め切った八畳間の火鉢に、炭火が真っ赤に熾《お》きていた。向い合わせに座った伝三は、綿入れを重ね着した小柄な男だ。甲高い声の毒突きを、蔵秀は胸を張って受けとめた。

「袋詰などに手間取りまして、おうかがいするのが遅れました」

障子戸越しの陽が差し込むなかで、風呂敷を解《ほど》いた。蔵秀は樫箱を見せつけるようにして膝元に置いた。

「二日の初売りは朝五ツから始めます。江戸中からひとが押し寄せると思いますので、なにとぞよろしく」

「どんだけの人出を見越してるんでえ」

「日本橋の袋は六千ですが、間違いなく品切れになるでしょう」

「ひとつ三百文てえことだったよな」

「そうです」

「おい、やっこ」

下帯丸出しの駕籠舁きが飛んできた。

「でけえ方の算盤を持ってきな」

すぐさま算盤が持ち込まれた。長さ三尺（約九十センチ）はある、算盤屋の看板のような代物だ。伝三は抱えるようにして弾いた。

「売り値の一割、ひとり三十文てえことで仕切ろうじゃねえか。六千人で都合百八十貫文、三十六両だ」

算盤を置いた伝三が、火鉢を引き寄せると綿入れの裾を広げて跨《また》った。股火鉢《またひばち》は相手を見下した無作法だ。が、蔵秀は顔色も変えなかった。

「高過ぎます」

「なにが高過ぎるんでぇ」

「ひとり三十文も払っては、丹後屋さんの儲けがなくなります」

「しみったれたことを言うじゃねえか。あっちは江戸で名を知られた問屋だ、三十六両ぐれえ、どうてえことはねえだろうによ」

「このたび預かった費えのなかには、ひとり三十文ものカネはありません」

「たかが深川の定斎屋が、丹後屋の番頭みてえな口をきくぜ」

「………」

「もっともあすこの番頭は、もう少し物分かりがいい。ここで話を拗《こじ》らせると、初売りがおじゃんになるぜ」

伝三が身体を反らせた。股のあいだから炭火が見えた。蔵秀がふっと顔を和らげた。

「伝三親分のお力なしでは、なにごとも進まないことは充分にわきまえています」

蔵秀が樫箱のふたを開けた。ぎっしり詰まった小粒が重なり合って光っている。伝三が目を見開いて火鉢から降りた。

「親分も正月の祝儀には何かと物入りでしょう。両替の手間を省けるように、小粒で六百用意しました」

六百匁の小粒だと十両になる。カネに卑しい伝三の性分を猪之吉から聞き出した蔵秀は、小粒の山で賭けに出た。小判十枚よりも、箱一杯の小粒が効くと思えたからだ。案の定、伝三の目が箱から動かなくなった。

「これがあたしにできる限りです。よろしくお願いします、親分」

親分、に力を込めた。伝三がしきりに、火鉢にかざした手を擦《こす》り合わせている。まるで揉《も》み手《で》のようだった。

七

雪が消えないまま、大晦日《おおみそか》を迎えた。富岡八幡宮鐘撞堂《かねつきどう》が、数個の篝火《かがりび》に照らし出されていた。

いつもなら四ツ（午後十時）に閉じられる町木戸も、大晦日だけは夜通し開かれる。禰宜《ねぎ》の合図で鐘が始まった。参道に集まっていた初詣客の群れが動き始めた。

蔵秀、雅乃、辰次郎、宗佑の四人は、参道わきで粕汁を振舞った。魚河岸で仕入れた魚のあらでダシをとり、油揚や大根を具にした粕汁である。器は宗佑がお多福行灯で使った竹を輪切りにしたもので、杉の木っ端《こば》の箸《はし》を添えた。

「丹後屋の招福大豆初売りは、二日の五ツから始めます」

「仲町の辻、やぐら下で売り出します」

宗佑もめずらしく大声を出していた。

「知ってるよ、そんなこたあ」

「売り切れるんじゃねえかって、町内の連中が心配《しんぺえ》してるぜ」

器を受け取る連中が口にする言葉から、蔵秀は強い手応えを感じ取った。迷いの吹っ切れた顔つきだった。二尺（約六十センチ）の大鍋ふたつで煮た粕汁は、四半刻（三十分）も保たずに空になった。


元旦の屠蘇《とそ》を祝ったあと、雅乃、辰次郎、宗佑の三人は袋詰の取りまとめで佐賀町に出向いた。蔵秀は蔵で別れて渡し舟に乗った。ほとんどが八幡宮初詣の帰り客だ。

「明日の初売りに行くかい？」

「あたぼうじゃねえか。かかあに坊主と、おふくろも引っ張り出すつもりよ。四人で買やあ、ひとつは当たるだろうさ」

職人風のふたりが交わす話に、まわりの客がうなずいている。隅に座った蔵秀は、大川を見詰めながらにんまりしていた。

霊巌島で舟をおりた蔵秀は湊橋《みなとばし》を渡り、小網町《こあみちょう》河岸沿いに江戸橋まで歩いた。対岸の南茅場町《かやばちょう》には、奉行所与力や同心の組屋敷が並んでおり、八丁堀の幅は十間（約十八メートル）もある。

丹後屋に向かう蔵秀の耳に、堀の向こう岸から駕籠舁きの掛け声が届いた。駕籠は二挺、いずれも安物の四つ手だ。蔵秀と岸を隔てて擦れ違った辺りで駕籠が止まった。掛け声が消えたので、何気なく対岸を振り返った蔵秀は目を凝らした。駕籠から出たのは伝三だった。元日から着膨れしている小柄な男は、遠目にも見間違えようがなかった。

別の駕籠は見知らぬ顔だった。背丈は伝三とさほど違わないが、目方は倍もありそうなほどに太っていた。男は柿色の派手な羽織を着ている。江戸の正月には見かけない身なりだった。

伝三さんにはお似合いの男だ……。

胸のうちで笑いながら日本橋に急いだ。丹後屋が見える辻まで来たところで、蔵秀の足が止まった。

元日の商家はどこも大戸を閉じている。丹後屋も同じだった。しかし閉じられた大戸のまえには多くのひとが集《たか》っていた。

ほとんどが男だった。だれもが申し合わせたように搔巻《かいまき》を着ている。元日の昼日中、とりどりの色味の搔巻を着た男が店先に群れるさまは尋常ではなかった。

近寄ると男たちが交わす話が聞こえた。

「あんたはどっから来なすった」

「入谷鬼子母神《いりやきしもじん》わきの裏店さ」

「そいつあご苦労なこった。これから夜通しで、搔巻一枚じゃあ辛いよ」

「日暮れめえに、かかあが重ね着を持ってくる段取りになってんだ」

男たちは丹後屋の店先で、初売り待ちの夜明かしをする気のようだ。蔵秀は急ぎ足で勝手口に回った。

案内された客間には、正月の祝い膳が調えられていた。二の膳には形のよい鯛の尾頭付が載っている。椀が出されたとき、弥左衛門が顔を出した。番頭の徳兵衛も一緒だ。

蔵秀が座り直すと、弥左衛門がさきに新年のあいさつを口にした。あるじも番頭も上機嫌だったが、蔵秀は顔を引き締めた。

「店先をご覧になりましたか？」

問われた弥左衛門が怪訝《けげん》な顔をした。

「朝一番に奉公人総出で掃き清めたが、どうかしたのかね」

徳兵衛があるじの代わりに問いかけた。

「明日の初売り目当ての客が、すでに十人ほど並んでいます」

「並んでるって……まだ元日の八ツ半（午後三時）にもなっていないだろうに」

「待ちなさい」

番頭の口を弥左衛門が抑えた。

「蔵秀さん、何人だと言いなされた」

「あたしが数えたときには十人でした」

「徳兵衛、すぐにだれか出して様子を確かめさせなさい」

「みんな酒が入って休んでいるはずですが」

「だったらおまえが行けばいいだろうが」

座を立った徳兵衛が戻ってきたときには、息を切らしていた。

「十五人に増えています。厚着のこどもがふたりいました」

「奉公人を起こそう」

弥左衛門が番頭に指図を始めた。

「半紙を短冊に切って、うちの印形を押した引き替え札を作らせなさい。出来上がったら、店先でお待ちになっているみなさんに、お札をいって札を渡すように」

「かしこまりました」

「こんな寒空の下でお待ちいただいているんだ、なにより早く店を開けて、火鉢のそばにご案内しなさい」

「はい」

「それと賄《まかな》いのものに葛湯を作らせるんだ。このあと何人来られても足りなくなることのないように、全部の大鍋を使わせなさい」

元日の丹後屋が大騒動になった。なかの支度が調ったところで、二十枚の大戸が開かれた。人の群れが店先にできていた。

「どうぞ火のそばにお寄りください」

小僧たちが火鉢の場所に招き入れた。すかさず、湯気の立つ葛湯の湯飲みが出された。

「ありがてえ。小僧さん、ありがとよ」

葛湯をすすっている客ひとりひとりに、短冊が手渡された。

「この札をお持ちいただければ、明日はかならず招福大豆をお求めいただけます。葛湯をお召し上がりのあとは、どうぞおうちで元日をお祝いください」

「粋なことをやってくれるぜ」

「さすが丹後屋だ、気に入ったよ」

日が暮れても、ひっきりなしにひとが集まってきた。

「仲町の方は大丈夫だろうね」

徳兵衛が気のぼせ顔でたずねた。

「あたしもそれを案じていたところです。短冊を千枚ほど用意してください」

蔵秀も印形を押した。引き替え札を手にすると、足もとのわるい雪道を駆けた。霊巌島で飛び乗ったのは、佐賀町河岸への終《しま》い舟だった。

八

正月二日は粉雪で明けた。日の出とともに佐賀町の蔵が開かれた。丹後屋の手代、小僧合わせて二十人が、自前の屋根船に余りを加えた七千袋を積み込んだ。

仲町の一万三千袋は、猪之吉が手配りした車屋が運び出した。大八車一台あたり四百袋、延べ三十三台が車力《しゃりき》に引かれて行き帰りした。堀沿いの雪道には幾筋もの轍《わだち》が残された。

仲町の広い通りを埋め尽くしたひとの群れに、五ツ（午前八時）の鐘が鳴り渡った。最初に撞かれた捨て鐘の音《ね》が、喚声に抑え込まれた。着膨れしたかたまりが、前に前にと押し出されてゆく。あちこちでひとが雪のうえに転び、怒声と泣き声とが行き交った。ひとが何千にも膨らんでいた。怒号が飛び交い、やぐら下が破裂しそうになった。

そのとき。

シュポッと鋭い音が立ったあと、鉛色の空に稲光が走り、轟音が降ってきた。騒ぎが起きるのを見越して、蔵秀が用意した雷《いかずち》という名の花火だった。余りの音の凄まじさに、だれもが口を閉じた。辺りが静まり返った。

「みんな落ち着きな」

声は三丈一尺（約十メートル）高い、やぐら上の猪之吉だった。口元には、宗佑が拵えた大きな漏斗《じょうご》のようなものを当てている。これで四方の隅にまで声が届いた。

「あわてなくても招福大豆はたっぷり用意してある。焦ってひとを押しても怪我するだけだ。行儀良く並んでりゃあ、豆はかならず手にへえる。おれの言う通りにしてりゃあ……見ねえ、毛がねえよ」

猪之吉が禿頭をつるりと撫《な》でた。やぐら下に笑いが起きた。これで殺気立っていた気配がきれいに失せた。

売り子はおひでが集めた辰巳《たつみ》の地方《じかた》見習い十人に、検番の芸者十人。雅乃が仕立てた緋《ひ》色《いろ》半纏を着て売り声を上げた。

押し寄せる人波は、猪之吉一家の若い衆と冬木町や三好町の鳶がさばいた。雅乃と宗佑は四斗樽に銭を集め、辰次郎は紙袋の山を揃えていた。

昼を過ぎたところで、残りが二千を切った。

「とっても足りそうにありません」

蔵秀を見る辰次郎の顔が引き攣《つ》っていた。

「引き替え札の集まり具合はどうだ」

「ゆうべ配った数が六百七十三枚で、ここに集まったのが五百十七枚です。まだ百六十ばかり来ていません」

「分かった。猪之吉さんと話をする」

やぐらの根元で猪之吉をつかまえた蔵秀は、手短に様子を伝えた。

「車二台と車力とを貸してください」

「なにを始める気だ」

「佐賀町の蔵から小豆と小袋を運んできます。話は弥左衛門さんに通してありますから」

猪之吉は余計な問い質《ただ》しをせず、すぐさま車力と車を蔵秀に付けた。蔵の小豆を運んできたときには、紙袋が五百を下回っていた。さすがに人波も減っていたが、途絶えそうにもなかった。

「猪之吉さんはどこですか」

問われた宗佑が、通りのさきにあごをしゃくった。辻の一角に人だかりがしている。見なれた禿頭が、人込みのうしろに立っていた。

「なにをやっているんですか」

「見ての通りだ。豆を買っている」

ひとだかりの真ん中に酒樽が何十も置かれていた。樽のわきに立っているのは、いずれも猪之吉の手下だ。

「ひと袋三十文で、はずれ豆を買うよ」

何人かが、お多福袋と引き替えに三十文を受け取っている。すでに幾つもの酒樽が豆で溢れ返っていた。

「金銀の大黒目当てに豆を買った連中だ、はずれ豆に用はねえさ」

「それで猪之吉さんはどうするんですか」

「豆腐屋と話をつけてある。連中にしても、相場より安く豆がへえりゃあ御の字だろう」

渡世人のしたたかさに、蔵秀は舌を巻いた。

七ツ（午後四時）の鐘の手前で一万三千の袋がすべて売り切れた。ひとはまだ途切れていない。蔵秀はすぐさま売り子たちを集めた。

「このさき豆を買いに来たひとには、小豆を一合、小袋に入れて差し上げてください」

昨夜、弥左衛門とあとの始末について話合いをした。売切れ後は、小豆を一合ずつ振舞うことで、丹後屋の評判を高めよう……蔵秀の思案を弥左衛門は受け入れた。両国橋のお多福行灯以来、弥左衛門は蔵秀を篤く信頼していたからだ。

「あいにく招福大豆は売り切れてしまいました。代わりにこれで、十五日の小豆がゆをお楽しみください」

目論見通り、小豆を受け取った客は売切れに文句もいわずに喜んだ。蔵秀が運び込んだ十俵の小豆が、六ツ（午後六時）にはきれいに空になった。

一俵四百合、売り切れたあとも四千人もの客が来た勘定だ。思惑を大きく上回る仕上がりに、四人の顔がほころびっぱなしだった。

売り台を片付け始めたところに、提灯をさげた大八車が九台着けられた。丹後屋出入りの本両替、大坂屋の車だ。

大坂屋の手代と、付き添ってきた丹後屋の手代たちが八人がかりで樽に蓋をかぶせ、四隅を蠟燭で封印した。銭で三千九百貫文、酒樽は七十六個にもなっていた。

「日本橋の様子はどうでした」

「大層な賑わいでした。朝からひっきりなしにお客様が来られまして、八ツ（午後二時）には売り切れました」

「それなら深川《ここ》と同じです」

「そうですか……あるじがくれぐれも宜しくと申しておりました」

蔵秀たちは、車の提灯が闇に溶け込むまで見送った。

九

最初の躓《つまず》きは七草の昼過ぎ、猪之吉が持ち込んできた。

初売りの後始末は六日夜で片付いた。すべての支払いを終えたあと、蔵秀の手元には五十六両二分二朱の儲けが残った。百五十両で請け負った仕事としては上出来の稼ぎである。

儲けは等分が決めだった。端数は次回への繰越である。おひでを加えた五人で十一両ずつ、余りの一両二分二朱は瓶に入れた。裏店住まいの宗佑なら、月に一斗の酒を呑んでも楽に一年は暮らせる取り分だ。

七日の昼、雅乃が作った七草がゆを食べる場で、蔵秀は銘々に分け前を配った。十一枚の小判を手にして顔をほころばせているさなかに、猪之吉から呼び出しがかかった。

「いますぐ親分とこまで面《つら》あ貸してくれ」

若い衆の声が、いつになく尖っていた。急ぎ足で駆けつけると、猪之吉の顔が真っ赤に膨れていた。

「渡世人を騙《かた》りにかけるてえのは、命知らずの阿呆がやることだ」

いきなり言葉のつぶてが飛んできた。眼が細くなって吊り上がっている。この顔になった猪之吉には、手下も近寄らないと聞かされた覚えがあった。蔵秀は下腹に力をこめた。

「おめえ、あの豆がクズだてえのを知ってただろうが」

「なんのことでしょう」

「此の期に及んで白っぱくれるとは、見上げた度胸だぜ」

「当て擦りをいわれても、わけが分かりません。腹立ちの次第を聞かせてください」

「そうまでいうなら聞かせもするさ」

猪之吉の目配せで、抜き身の匕首《あいくち》を握ったふたりが蔵秀の両脇に座った。腓《こむら》のあたりがピリピリと引き攣ったが、顔色を変えないよう懸命に踏ん張った。

「今日の明け方、豆を買った豆腐屋が血相変えて捻《ね》じ込んできた。このおれに言いてえ放題文句をつけたんだ、よほどてっぺんに血が上ったんだろうよ」

豆腐屋は深川森下町の吉川屋だった。正月三日の朝、吉川屋が猪之吉の宿から百斗の豆を仕入れて帰った。一升三十文で千人の客から買い取った豆を、猪之吉は一升百文で売り渡した。これで猪之吉は十四両の儲けとなった。

吉川屋も相場より安く猪之吉から買えた。それも丹後屋の豆をだ、文句のあるはずがなかった。日に二百五十丁の豆腐を商う吉川屋なら、百斗は四十日で使い切る。二十五個の四斗樽を、職人たちが車で運び出した。

ところが今朝方、吉川屋の店主が職人を引き連れて談判に来た。

「豆の半分が滓《かす》じゃないか。中身がカラで、水に浸けたらぷかぷか浮く始末だ。猪之吉さんは男を売る渡世人だと思ってたが、あたしの眼鏡違いだったのかねえ」

散々に嫌味を言われた。賭場の出入りなら何とでも始末をつけられるが、堅気相手の商いでは旗色がわるかった。二十両を払い戻し、豆をそっくり手下に引き取らせた。

「おめえのおかげで、こいつらあ散々にいわれたぜ。ほんとに丹後屋の豆か、とまでほざかれた」

匕首を手にしたふたりがうなずいた。

「どうでえ蔵秀、これでもまだ知らぬ存ぜぬで通すかよ」

思ってもみなかった話を聞かされて、蔵秀は黙り込んだ。それでもあたまは忙しく思案を続けていた。

「話は分かりました。豆がまことにいけないものなら放ってはおけません」

「まことにいけねえものならとは、どういうことでえ」

「そんなに尖らないでください。このたび売り出した豆がひどいものだったとしたら、ことは猪之吉さんだけでは済みません」

「おめえの言い分だと、丹後屋は豆を調べもせずに売り出したように聞こえるぜ」

「すぐさま丹後屋さんに掛け合ってきます。樽の豆を二升、あたしに預けてください」

「預けてもいいが、どう落とし前をつけるんでえ」

「それも合わせて掛け合います。しかし猪之吉さん、あたしが騙りにかけたなどという言掛りはあんまりじゃないですか」

「なにがあんまりでえ」

「だってそうじゃないですか。あたしは親父と一緒にガキの時分から猪之吉さんところに出入りしています。いまでも親父は、江戸にいる間はここに入り浸りでしょう」

「それがどうしたよ」

「たったひとつ過ちが起きたからといって、根こそぎわるくいうこともないでしょう」

いきなり若い衆に連れ出された挙句、身に覚えのないことで凄まれた。業腹《ごうはら》な気を抑え切れない蔵秀が、尖った口調で切り返した。猪之吉が嘲《あざけ》るような笑いを浮かべた。

「もっと信じて欲しいってか？」

「そうです。昨日今日の付合いではありませんから」

「いいか蔵秀、おめえだから今回限りは目をつぶってやるが、渡世人相手に嘗《な》めた口をきくんじゃねえ」

猪之吉の身体までが、ぶおうっと膨れたように見えた。

「百の付合いで九十九までうまく行っても、次のひとつをしくじりゃあ全部がおじゃんになる。それがおれの稼業よ。このさきおめえと百年付き合おうが、爪のさきほども鵜呑みにはしねえ」

「……」

「そんな面しても無駄だ。おめえこそ、おれとは銭だけの付合いにしておきてえのが丸見えだぜ」

図星を指されて蔵秀が息を呑み込んだ。

「相手の出方ひとつで荒っぽいこともするが、わるさを仕掛けねえやつには穏やかなのがおれの流儀だ。御託はいらねえ、丹後屋ときっちりケリをつけてこい」

手下の尻が浮いたほどに、凄味のある掠れ声だった。

「表通りに所帯を構えてても、ひと皮剝《む》いたら商人《あきんど》の方がよっぽどえげつねえ。丹後屋がどう出るか楽しみだぜ」

二升の豆を布袋に詰めた蔵秀は、その足で丹後屋を訪ねた。小僧に取次ぎを頼むと、すぐさま帳場に招き上げられた。

「厄介ごとが持ち上がりました」

「豆のことだろう」

「えっ……なぜ番頭さんが」

立ち上がった徳兵衛は、蔵秀を帳場裏の小部屋に連れ込んだ。

「ざっと二十人ばかりが豆がわるいと文句を言ってきたが、なんであんたのところに?」

蔵秀は猪之吉との顚末《てんまつ》を漏らさず話した。

「平田屋に一杯食わされた」

聞き終わった徳兵衛が吐き捨てた。

「だがねえ蔵秀さん、今度のことは運び込まれた豆を吟味しなかったうちの落ち度だ。いまさら平田屋と掛け合ったところで、恥の上塗りをするだけだ」

「……」

「幸いあんたの働きで、豆はきれいにさばけたし、大きな儲けも出た。猪之吉とかいうひとの豆は、初売りの一升三百文でうちが買い取る。百斗だと……六十両だ。そのひとにもわるい話じゃないだろう」

「ですが徳兵衛さん、ほかのひとはどうなるんですか」

「豆を買ったほかの連中のことかい？」

「そうです」

「それは放っておけばいい。金銀の大黒欲しさに買った連中が、手間のかかる煮豆などやりはしない。せいぜいが炒り豆にして食べるぐらいだ。豆の善し悪しは、煮てみなければ分からないんだよ」

徳兵衛には、客に迷惑をかけたという気がまるでなさそうだった。

「それが証拠に、うちに文句をいってきたのは、いまもいったが二十人ぐらいのもんだ。このさき増えても高が知れている。いわれたときに取り替えれば済む話だ」

「そんなことでは、丹後屋さんの暖簾《のれん》に傷がつきはしませんか」

「どうしろというんだい」

「ご祈禱《きとう》済みの招福大豆が傷ものでしたでは、世間にも八幡宮さまにも顔向けができません。手違いだったと知らせましょう、その算段は引き受けますから」

「ばかをいいなさんな。それこそ丹後屋の恥を天下にさらすことじゃないか。第一、そんなカネがどこにある」

「弥左衛門さんもご承知ですか」

「くどいよ蔵秀さん。旦那様は豆がさばけたことで大層なお喜びだ。うちぐらいの身代になると、こんな些細《ささい》なことを一々旦那様に知らせたりはしない」

「……」

「渡世人に払うカネはいま渡すから、あんたもこれ以上余計な口は閉じてくれ」

六十両を調えに徳兵衛が部屋を出た。猪之吉の言葉が蔵秀のあたまから離れなかった。

十

「梅が膨らんできたなあ」

「ここ幾日か暖かだったから……」

去年の暮れから馴染みをつけてくれた蔵秀に、娼妓は起き抜けの茶と甘いものを欠かさなかった。茶屋の二階から見る梅のつぼみが、いまにもほころびそうだった。

「朝ごはんを頼みましょうか」

問われた蔵秀が思案顔を拵えたとき、幅の広い茶屋の階段が音を立てた。

「蔵秀さん……いるんでしょう」

辰次郎の声だった。

「構わないから入ってくれ」

ふすまを開いた辰次郎と、掻巻姿で庭を見下ろしていた蔵秀の目が合った。娼妓がそっと豊かな胸元を合わせ直した。

「丹後屋さんから使いがきました」

「そんなことで来るなよ。いまさら会いたくもない相手だ、うまく追い返してくれ」

「おもてで駕籠が待ってますから」

差し向けたのはあるじの弥左衛門だった。蔵秀は渋々ながらも身繕いをした。

「いまになって、どんな用があるんだよ」

ぶつくさこぼしつつ駕籠に乗った。丹後屋に着くと、すぐさま客間に通された。間をおかずにひとりであらわれた弥左衛門は、羽織を着ていた。

「このたびの不始末を昨日まで知らずにきた。まことに面目ない」

いきなり弥左衛門に詫びをいわれて蔵秀は面食らった。が、話を聞くうちに得心した。

弥左衛門があたまを下げた火元は雅乃だった。今月の七日、蔵秀は徳兵衛と話したことを、おひでを含む四人に余さず聞かせた。

「丹精込めてみんなで仕上げた仕事なのに」

雅乃がいきどおった。その場は四人で宥《なだ》めたが、雅乃は収まらなかった。大きな仕事が終わったことで、数日みんなが休みを取った。めずらしく家に居着いている娘に喜んだ父親の順三郎は、雅乃と夕餉《ゆうげ》の膳をともにした。雅乃は丹後屋の後始末のひどさを父親にこぼした。

「あまり誉められたことじゃないね」

穏やかな口とは裏腹に、順三郎は腹立ちを覚えていた。口に出したことはなかったが、江戸で大評判となった招福大豆の紙袋や、お多福行灯が娘の仕事であることを自慢に思っていた。

そんな大仕事を娘に任せた丹後屋にも、一目置いていた。ところが売り出した豆がよくないと分かったあとも、丹後屋は口を拭って知らぬ顔を決め込んでいるという。尾張町の表通りに店を構える商人は、なにより暖簾を大事にした。それを手ずから地に落とす丹後屋の所業が許せなかった。

一月下旬、尾張町旦那衆の寄合が持たれた。その場で丹後屋の初売りが話にのぼった。だれもが首尾のよさを褒め称えた。

ひと区切りついたところで、順三郎は聞こえてきた噂だと断ってから、豆の一件を軽く話した。その場に出ていた尾張町の穀物問屋のあるじが、幾日もおかず弥左衛門に噂を伝えた。

弥左衛門はその日のうちに徳兵衛を詰問した。番頭は丹後屋のためを思ってしたことだと強弁した。

「なんという思慮の浅いことを」

あるじの剣幕で、徳兵衛もやっと事の重大さを思い知ったようだった。

「手遅れかも知れないが、それでも黙っているわけにはいかない。徳兵衛から、蔵秀さんには後始末の思案があると聞いたが」

蔵秀は持ち合わせていなかった。あの日以来、丹後屋のことはあたまから追い出してきたからだ。

「十日のうちにまとめましょう」

「ありがたいが、ことがことです。ぜひとも手早くお願いしたい」

「費えのほどは？」

問われた弥左衛門が考え込んだ。口を開いたときには目に強いひかりがあった。

「このたびのことでは、蔵の豆がさばければ儲けは程々でいいと思っていた。ところが売り切ってみると、五百両近い儲けが出た。この歳になって小売りの旨味に驚いた」

余りに正直な弥左衛門の言葉に、蔵秀の方が驚いた。

「その片方で怖さも分かった。卸《おろし》なら五百俵の豆をしくじっても、十軒足らずのお得意様にあたまをさげれば済む。ところがいまは、二万という途方もないひとが相手だ。正直、どう詫びればいいかが分からない」

昨日からの気疲れが溜まっているのか、目は強いが頬がこけていた。

「売値にしてもそうだ。今年は余り豆をさばいたから三百文でも儲けが出たが、このさきは分からない。もしも日照りが続いたり夏場が寒さで祟《たた》られたりすれば、たちどころに三百文では売れなくなる。番頭は毎年大きな儲けが楽しめると浮かれているが、あたしは違う。問屋が小売りに手を出すことの怖さが先に立つんだ」

「……」

「それはそれとして、二万袋のお代千二百両は、なんとしてもみなさんにお返ししたい。それを知らせるための費えを惜しむつもりはありません」

「分かりました」

「本来なら、番頭がこれを指図すべきことだ。そうならなかったのは、あたしの不徳です」

ふたたび弥左衛門があたまを下げた。それでは急ぎ取り掛かりますから、と立ち上がりかけた蔵秀をあるじが引き止めた。

「恥をさらしついでに……などと言うことがすでに、口にできることではないが」

弥左衛門の表情が引き締まった。

「いまひとつ、蔵秀さんに頼みがあります」

大店当主ならではの強い目で迫られて、蔵秀は座り直した。

「あんたは渡世人にも頼みごとのできる、伝手《つて》があるそうですな」

弥左衛門は到底、とぼけなど通ずる相手ではなかった。

「なぜそんなことを？」

丹田に力を込めた蔵秀は、弥左衛門から目を逸らさずに問うた。

「あんたを見込めばこそです」

答えるなり弥左衛門は、両目の光で蔵秀の胸元を射貫いていた。

「いかにうちが吟味を怠ったとはいえ、平田屋は目に余る。うちからの注文が五百だったというのも、正直なところ腑に落ちない」

「腑に落ちないとは？」

「しくじりをおかした藤七は、小僧からしつけた男です。あたしも徳兵衛も性根のよさを買ってきたゆえ、暇を出しただけできつい詮議はしなかった。今となっては、クズ豆を押し付けてきた平田屋を鵜呑みにはできない」

弥左衛門の目に怒りがあった。

「頼みというのはこのことだが、もしも猪之吉というひとが……おかしな言い方だが頼りにできるひとなら、平田屋を裏から探ってもらいたい」

大店のあるじが渡世人をあてにするという。しかも猪之吉の見定めは、蔵秀に預けられているのだ。

「とりあえず話はつないでみます」

曖昧な答え方しかできなかった。

十一

蔵秀は一刻《いっとき》（二時間）もの間、猪之吉への話し方をあれこれ思案した。が、突き当たった答えは、真正面から話すしかないということだった。猪之吉に小賢《こざか》しい作り事が通じないのは、七草の昼に思い知らされていた。

蔵秀の話を聞き終えた猪之吉は、手下をふたり呼び付けた。

「別の部屋でこいつらに、いまの話をもう一度、あたまから聞かせろ」

話の長さを考えた蔵秀が、顔を歪めた。

「いいか蔵秀、ふたり別々にやれよ」

否《いや》も応もなかった。それぞれに話を聞かせるのに一刻、猪之吉に呼ばれるまでにさらに半刻。すでに二月の陽が西空に移っていた。

「水戸はおれの弟分に探らせる。誂え飛脚でやり取りすりゃあ、五日のうちには摑《つか》めるだろうよ」

「お願いします」

「おれの方は藤七に訊くぜ」

「構いませんが、手荒な真似はしないでください」

猪之吉がにやりと笑った。茶屋で見せる笑いと同じ柔和なものだった。

宿に帰った蔵秀は、辰次郎を走らせて雅乃と宗佑を呼び集めた。顔が揃ったときには五ツ半（午後九時）を過ぎていた。

「丹後屋さんの後始末を引き受けた」

屋号を聞いて雅乃の目が険を帯びた。

「弥左衛門さんにあたまを下げられたんだ。そんな目をするな」

蔵秀は猪之吉のことも含めてすべてを話した。雅乃がいつもの顔に戻っていた。

「入費に限りはつけないといわれたが、丹後屋さんは千二百両をそっくり返すといってるんだ。費えはできる限り安く仕上げよう」

「それはいいが、仕掛けの大事な鍵がふたつある。一筋縄では片付かねえよ」

「宗佑さん、ちょっと待って。いまお酒をつけるから」

雅乃が台所に立った隙に、辰次郎が反故紙の束と矢立とを用意した。雅乃が酌をした燗酒を一本あけてから、宗佑が話に戻った。

「ひとつはどうやって江戸中に知らせるかだ。ま、これはそれほど難儀じゃねえだろう」

それぞれが思案しながらうなずいた。

「厄介なのは、どうやって買った連中を見極めるかだ」

「………」

「今日は二月の二日だ。豆を買った連中のあらかたは、袋なんざ捨てたに決まってる。はええ話が、猪之吉さんに豆を売り飛ばして、袋もその場にうっちゃった奴らが千人もいる。この連中にも銭をけえすつもりかよ」

「丹後屋さんはそうするといってます」

雅乃がさらに二本の燗酒をつけたが、宗佑から妙案は出なかった。その夜から泊り込みが始まった。三日過ぎても思案はまとまらなかった。

どうすれば豆を買った客だと見極めることができるのか……。

これでだれもが行き詰まった。

四日目の昼過ぎ、猪之吉から呼び出しがきた。気晴らしが欲しかった蔵秀は、急ぎ足で猪之吉の賭場を訪ねた。

「平田屋は来月初めまで日本橋にいるぜ」

「日本橋って……丹後屋さんにですか？」

「伝三の宿だ」

蔵秀が目を見開いて身を乗り出した。

「入り組んでたが、水戸の話と藤七から聞いたことを突き合わせたら、あらかた解けた」

ことの起りは藤七だった。

昨年三月のある夜の四ツ（午後十時）まえ、通い手代の藤七は箱崎町の裏店近くで野良犬に襲われた。周りにだれもいなかったので、石を投げて追い払った。ところが長屋の木戸で、八丁堀髷《まげ》の武家と十手持ちに呼び止められた。

「貴様、お犬様に石をぶつけただろうが」

藤七は血の気を失った。番所に連れ込まれてさらに動転した。さきほど石を投げつけた犬が、ぐったりと横たわっていたからだ。

「お犬様が死んだら島送りだぜ」

十手持ちが見知った伝三だと分かった藤七は、両手を合わせて慈悲を乞うた。

「縄付きを出しちゃあ、丹後屋も無事じゃあ済まねえだろうよ、ねえ旦那」

武家がむずかしい顔でうなずいた。

「そうはいっても、おめえの素性を知らねえわけじゃねえ。次第によっちゃあ何とかできねえでもねえが、いう通りにするかよ」

丹後屋に累の及ぶことを恐れた藤七は、なんでもやりますと土間にひたいを擦りつけた。

「おめえは水戸の平田屋を知ってるな」

「はい、よく存じております」

「おれと在所が同じだが、やつは穫れ過ぎた豆を抱えて難儀をしてやがるのよ」

今年の買い付けを増やせと迫られた。あたしの一存ではできませんと、藤七は断った。

「なんでもやるんじゃねえのかよ」

「ですが、これぱかりは」

断りが通じる相手ではなかった。しかも五十を五百に増やせという。聞かなければ島送りだ、弥左衛門も同罪だと散々に脅された藤七に、逃げる手立てはなかった。

「いう通りにすりゃあ、おめえは店から暇を出されるぐれえで済むだろうさ。口をしっかり閉じておくのが丹後屋への奉公だぜ」

藤七はいわれるがままに五百俵の仕入状を平田屋に送り、店の控えには五十と書き入れた。五百の豆が送られてきたあとも、藤七は過ちの詫びをいうに留めた。

「ここまでが藤七の話だ」

「野良犬は伝三が藤七さんに嗾《けしか》けたんでしょうね」

「そんなところだ」

「ことによると平田屋は、でっぷり太っていませんか」

猪之吉が手下のひとりに問い質した。若い衆がしっかりとうなずいた。

「正月に茅場町で見かけました。おそらく同心の宿を訪ねていたんでしょう」

「平田屋はクズ豆を押し付けて丹後屋から掠め取った四百五十両を、伝三と八丁堀とで山分けしてやがる」

「もう平田屋にも訊いたんですか」

「おれじゃねえ、水戸が聞き出したのよ。平田屋みてえな半端者には、奉公人にも碌《ろく》でもねえのがいる。水戸の賭場に入り浸ってやがったひとりが、すっかり唄ったてえわけだ。平田屋はよその問屋とも掛け合ったらしいが、どこも足元を見て話にならなかったそうだ。丹後屋が餌食《えじき》にされたのは、大豆の商いがあめえからじゃねえか」

「……」

「そうはいっても丹後屋は肚が座っている。二万もの連中に、銭をけえすてえのも気に入った。仕事は二十両だったといってくれ」

「分かりました。明日には丹後屋さんから受け取ってきます」

「今度のことでは、おれもクズ豆を摑まされた。水戸とつるんでやがる伝三と同心にも貸しがある。ここからさきは、おれから丹後屋への寸志代わりだ」

猪之吉が終いにいったことが吞み込めないまま、蔵秀は宿を出た。寺の梅が満開だった。

十二

宿に戻ると雅乃が弾んだ声で出迎えた。

「宗佑さんと辰次郎さんが、なにか思い付いたんだって」

「そうか。猪之吉さんも、平田屋の一件を調べ上げてくれた」

ここ数日の重たかったものが、足早に消えて行くようだった。雅乃と連れ立って部屋に入ると、辰次郎が忙しく算盤を弾いていた。

「待ってたぜ」

宗佑の声がいつになく明るい。

「江戸に豆腐屋が何軒あるか知ってるかい」

「いや、宗佑さんは知ってるんですか」

「分からねえ。知ってるやつなんざいねえさ。ところが辰の思案には、こっちを得心させる強さがあるんだ。辰の字、蔵秀に端《はな》っから聞かせてみろよ」

足し算途中の算盤を止めた辰次郎が、帳面を開いた。雅乃が蔵秀と並んで座った。

「猪之吉さんが森下町の吉川屋に売った豆の数を、蔵秀さんは覚えてますか」

「百斗だ。忘れるわけがない」

「吉川屋はその豆を四十日で使い切ると、蔵秀さんから聞きました」

「そうだ。おれは猪之吉さんにそう聞いた」

「数が入り組んでるから、しっかり聞いてください。百斗といえば二十五俵です。それを吉川屋は四十日で使い切ります」

「それで？」

「丹後屋さんが平田屋から仕入れる豆は、並の年で幾らでした」

「五十俵だ」

言ってから蔵秀が怪訝な目を見せた。

「なんだ、たったの五十俵か」

「そうです。江戸で一、二の丹後屋さんが扱う大豆は、吉川屋の八十日分です」

「どういうことだ、それは」

「丹後屋さんは大豆が得手ではないということです。ですから平田屋の豆も、うまく吟味ができなかったのでしょう」

小豆や蕎麦の蔵は幾つもあるが大豆は借りている……弥左衛門が去年いったことを蔵秀は思い返していた。

「ここまでは、いわば下敷きだ。ここから本番だが、まずこいつを見てくれ」

宗佑が厚紙でできた朱色の枡を手渡した。

「豆腐一丁が収まるんだ。これを五万個作って八幡様に招福祈願をしてもらう」

辰次郎と宗佑は、五月十二日に江戸中の豆腐屋で、だれかれ構わずひとり一丁ずつ、豆腐を振舞うことを思い付いていた。

いまさら豆のカネを返すといっても、日本橋か深川まで取りに来てもらうだけでも大変だ。うっかりすれば、三百文は行き帰りの足代で消えるかも知れない。なにより呼び付けるのは、失礼の上塗りになってしまう。

買ってくれた客には申しわけないが、カネは別の活きた形で世の中に返すことにする。

十二日を十二《とうふ》と読ませるのは宗佑の思い付きだった。江戸中の豆腐屋と話をつけて、五月十二日に富岡八幡宮祈禱済み招福枡に入った豆腐を振舞う。そのことをあらかじめ引札で知らせる。配るのは豆腐屋でだ。

『この招福枡に入った豆腐は、正月に初売り豆を買ってくださった方々への御礼です』

引札を通じて、豆を買ってくれた人々に御礼を伝える。いまから誂えれば、四月の中頃までには枡が揃うと宗佑が請け合った。

「この仕掛けで大事なことがふたつある」

ひとつは同業の穀物問屋と豆腐屋を潤すということだった。たとえ仲間内で正月の豆がひどかったとの噂が立っても、稼いだ千二百両を豆腐に変えて江戸中に返すと知れば、わるいことにはならないだろう。

ふたつ目は、この仕掛けで紙屋や刷り屋などが、降って湧いたような稼ぎを得られるということだ。五万個もの枡を作るには数軒の紙屋の手配りが入り用だ。

辰次郎は八百両のカネが動くと弾き出していた。無料《ただ》で振舞う豆腐が五万丁、五百の豆腐屋が百丁ずつである。この費えに四百両。辰次郎は豆腐屋と掛け合って、一丁四十文で作らせる算用をしていた。

一個二十文の枡五万個で二百両、引札二万枚で四十両。その他江戸中の豆腐屋と掛け合う足代やら荷車代などの諸掛を多目に見越して百六十両、都合八百両である。これだけのカネが投じられれば、多くのひとが潤う。丹後屋もしっかり生きた金遣いができる。

「文句なしだ。すぐさま弥左衛門さんに掛け合うから、費えの目論見書を仕上げてくれ」

翌朝早く、蔵秀は丹後屋を訪ねた。思案書を三度読み返した弥左衛門は、すぐには首をたてに振らなかった。

「仕掛けに不満はないが、もっとはっきり詫びて欲しい。それと八百両で留めたりせず、振舞う豆腐を増やすなりはできないか」

詫びについては、書き過ぎると余計な騒ぎを引き起こしかねないと、蔵秀がきっぱりと断った。弥左衛門も終いには折れた。

五万丁という数は、掛け合ってみなければ分からない。四百両は備えに取っておくことで話がついた。番頭を呼び寄せた弥左衛門は、七個の二十五両包を帳場から運ばせた。

「猪之吉さんは二十両といわれたが、五両はあたしの気持ちです。残る百五十両は、当座の払いに充ててください」

「承知しました」

蔵秀はその場で請取りを書いた。

「藤七をここに戻すわけにはいかないが、身の振り方はあたしが請け合います。それも猪之吉さんにお伝えください」

「分かりました」

「ところで蔵秀さん、猪之吉さんがいわれた寸志云々とは、どういうことですか」

「あたしにも分かりません」

弥左衛門が腕組みをして考え込んだ。何か思い当たった様子だったが口には出さなかった。

「この月末《つきずえ》に、茅場町の岡本であたしと酒を付き合ってくださらんか。そのころなら、少しは進み具合もうかがえるだろう」

蔵秀は下戸だと言い出せないまま、十日のちの酒席相伴《しょうばん》を受けた。丹後屋からの帰り道、猪之吉の宿に顔を出した。猪之吉はあっさり二十五両を受け取った。

「今度の仕掛けもおもしれえ。おめえたちは、てえした知恵者ぞろいだぜ」

蔵秀は寸志のことをたずねた。問いには答えず、猪之吉はまるで違うことを訊いてきた。

「いつだか親父から聞いたが、おめえ、やっとうの道場に通ってるそうじゃねえか」

「なんでそんなことを親父が」

「いいから答えろ。いまでも稽古は続けてんのかよ」

「夏場は担ぎ売りがあり、素振りだけです」

「いまは？」

「五日ごとに道場に通っていますが」

猪之吉が、相手を値踏みする渡世人の目付きに変わった。蔵秀も受け止めた。しばらく睨み合っていたが、いきなり猪之吉が目許をゆるめて立ち上がった。

「岡本なら酒だけじゃねえ、うなぎが旨えことで評判だ。おめえ、鰻《のろ》はやれるんだろう？」

めずらしく猪之吉が玄関先まで送りに出た。


二月晦日は朝から冷え込みが厳しかった。

大川につながる八丁堀のとば口には、赤い欄干《らんかん》の稲荷《いなり》橋が架かっている。橋を渡った左手奥には鉄砲洲稲荷神社の杜《もり》があり、右に歩くと奉行所与力や同心の組屋敷が連なっている。

周りにはほとんど商家がないことで、夜更けから早朝は人通りが少ない。が、この日は朝から橋のたもとにひとが群れていた。

堀沿いの大きな松の根元に、男が三人、荒縄できつく縛られていた。何匹もの野良犬が、縛られた男たちに近寄った。なかの一匹が、牙を剝き出して吠え掛かった。三人が足をばたばたさせて追い払おうとした。犬は怯まず、さらに近寄った。

「見てねえで、追い払ってくんねえかよ」

夜通しの寒空で風邪をひいたらしく、男の声が掠れていた。後難を恐れる野次馬連中に、犬に構うものはいなかった。

縄をほどくものもいなかった。

『この者たちのふたりは、十手持ちでありながら、難儀につけこむふらち者なり。ひとから巻き上げし小判、何百両にもおよぶ。きつくせんぎをお願い申し上げつかまつる』

柱は竹、札は磨きのかかった樫板である。美しい仕上がりの立て札は、かな文字を多く用いて読みやすく書かれていた。読んだひとりが、同心組屋敷に駆けた。ほどなく六尺棒を手にした中間《ちゅうげん》と役人とが駆け付けた。

「南町奉行所同心、坂野欽吾《きんご》である。なんの騒ぎだ」

同心の声で野次馬がふたつに割れた。正面に、ひとの縛られた松の木があらわれた。

「渡部《わたべ》ではないか。なんだ、そのざまは」

近寄る坂野に犬が吠え掛かった。すかさず中間が棒で犬を追い払おうとしたが、野次馬の目を気にして動きを止めた。

脇差を抜き払った坂野は、素早い動きで縄を切り落とした。

「わけは屋敷できこう。おまえらも一緒だ」

抜き取った立て札を中間に持たせた坂野は、三人を連れて組屋敷に引き返した。縄付きを引き立てるような歩き方だった。

蔵秀は五ツ（午後八時）の鐘のまえに岡本に顔を出した。仲居に案内された部屋には、すでに弥左衛門が座っていた。

「遅くなりました」

「そんなことはない。嬉しくてあたしが早かっただけだ。まず一杯やっていただこう」

「申しわけありません。酒はだめなんです」

「惜しいな、それは。猪之吉さんの寸志を祝いたかったが……こちらに茶をひとつだ」

仲居が急ぎ足で階段を降りた。

「去年の夏、亀吉の水をかわした身のこなしを見たときから、ただの定斎屋ではないと思っていたんだが」

弥左衛門が、すべてを呑み込んだというような笑いを見せた。

「三人を縛り上げたのはあなたかな？」

蔵秀は笑っただけで答えなかった。弥左衛門が手酌で盃を満たした。

「徳兵衛の話だと、豆腐の仕掛けも首尾よく進んでいるそうですな」

「はい。あらかた掛合いは終わりました」

「近頃、これほど酒を旨いと思ったことがない。下戸のあなたにはわるいが、今夜はゆっくりと飲ませてもらいますよ」

蔵秀が笑顔でうなずいた。

「勇ましい話もうかがいたいしね」

猪口《ちょこ》をあけた弥左衛門が真顔に戻った。

「あたしの古い馴染みが、商いのことで厄介ごとを抱えているらしい」

「……」

「一度、話を聞いてもらいたいのだが」

下から蒲焼のけむりが昇ってきた。

そこに、すいかずら

一

一月二十日に大寒入りした節気は、二月三日の節分翌日から、新しい節を迎える。正《しよう》徳《とく》五（一七一五）年二月四日の江戸は、立春そのものの穏やかな晴天で明けた。

日本橋楓川《かえでがわ》河岸の梅が、朝日のぬくもりを浴びて、つぼみを膨らませ始めた四ツ（午前十時）どき。海賊橋たもとの船着場に、三台の荷車が横付けされた。

荷車というには、拵《こしら》えが立派だった。

荷台には、樫板《かしいた》で囲いがされていた。厚み一寸（約三センチ）、高さ二尺（約六十センチ）の分厚い板は、漆が重ね塗りされており、陽を浴びて照り返るさまは、文字通りの漆黒である。

板の四面それぞれの真ん中には、『丸に抱茗荷《だきみようが》』の金紋が描かれていた。

車力《しやりき》は梶棒《かじぼう》にひとりと、後押しにひとり。さらに両側には守りがついている。一台の荷車に車力が四人。都合十二人が、揃いの股引《ももひき》、半纏《はんてん》姿で車を引いていた。

楓川はすぐ先で、江戸城からの大きな堀川と交わる。堀を東に流れれば、霊巌島《れいがんじま》新堀を経て大川にぶつかる。その水の便のよさが好まれて、楓川河岸には廻漕《かいそう》問屋と雑穀問屋が集まっていた。

問屋には老舗大店《しにせおおだな》の番頭や手代が、日々掛合いに集まってくる。ときには問屋の寄合に、大店のあるじが顔を出すこともあった。

問屋だけの寄合なら会所ですむが、得意客を招いての宴席には、見栄えのする酒肴《しゅこう》が入り用だ。それを受けたのか、貞享《じょうきょう》三（一六八六）年二月、河岸に近い日本橋音羽町に『常盤屋《ときわや》』という屋号の料亭が開業した。

屋号通り、庭には武蔵野の在から運んできた十本の老松が植えられた。が、常盤屋の紋は松ではなく抱茗荷だった。

豪勢な拵えの荷車は、常盤屋の荷を運んでいた。河岸まで半町（約五十メートル）も離れていないのに、船着場に着いたときには、三台の車を取り囲むようにしてひとが群れをなしていた。町の派手さで知られる日本橋界隈《かいわい》といえども、漆塗りの樫板囲いの荷車は、見かけたことがなかったからだろう。

車も大層な拵えだが、車力の身なりも半端《はんぱ》なものではなかった。

半纏は黒羽二重の別誂《べつあつら》えで、背中には常盤屋の紋が白く染め抜かれている。股引は厚手の紺木綿だが、わらじの紐は茶色の鹿皮《しかがわ》だ。

遠目にも作りの良さが分かったらしく、見物に集まった連中が、車力の身なりを指差していた。

「丸に抱茗荷てえのは、どこのお大尽なんでえ」

「おれの見当が違ってなきゃあ、蔵前の札差《ふださし》か、木場の材木屋てえところじゃねえか」

「ふざけんねえ。そんな見当なら、だれだって口にできるさ」

職人風の男ふたりのやり取りに、見物人たちがぷっと噴いたとき。

荷車の前に、一挺《ちょう》の宝泉寺駕籠《かご》が着けられた。駕籠舁《か》きの着ている半纏は、日本橋室町の駕籠宿、富田屋のものである。屋根つきの宝泉寺駕籠と富田屋の半纏を見て、見物人がまたどよめいた。駕籠は町駕籠の最上のもので、しかも富田屋を使えるとなれば、ごく限られた大店のあるじぐらいだ。群れになった連中の目が、駕籠に集まった。

駕籠舁きが、ひざまずいて戸を開いた。出てきた客を見て、ざわざわと騒いでいた見物人が静まり返った。

白無垢《しろむく》のような振袖を着た年若い娘が、陽を浴びて駕籠の外に立った。婚礼衣装ではないことは、娘の髪と帯を見ただけで分かった。

髪は二十年ほど昔にはやった、元禄島田だった。髷《まげ》の前に差されるかんざしが決め手となる、ぜいたくな髪型である。

娘は、鼈甲《べっこう》地に抱茗荷紋が透かし彫にされた上物を差していた。かんざし一本で十両。

裏店なら、親子四人が二年は暮らせる代物《しろもの》だ。かんざしの飴《あめ》色と見事な細工を見て、群れのなかほどからため息が漏れた。

黒地の帯には、金糸で鳳凰《ほうおう》の縫い取りがされている。着物の白と帯の金糸とが、いやでもひとの目を惹《ひ》きつけた。

駕籠から出てきたのは、常盤屋のひとり娘秋菜《あきな》である。秋菜の前に、十二人の車力が集まった。

「手筈《てはず》通りに、箱を積み替えてください」

指図を受けた車力たちは、軽くあたまを下げると、すぐさま動いた。

三台の荷車から、板囲いが取り払われた。大小取り混ぜになった、桐《きり》の箱があらわれた。大きな箱は、ひとつで荷台の半分を占めていたが、手のひらに載りそうな箱もあった。

車力ふたりが荷車につき、残りの十人が石段から船着場までの列を作った。十人目の車力の先には、一杯の大きな屋根船が舫《もや》われている。船の障子戸にも、渋い赤で抱茗荷紋が描かれていた。

小さな桐箱から順に、車力が手渡しを始めた。無駄のない機敏な動きだが、あたかも赤子にふれるかのように、手つきは気遣いに充ちていた。

六十四個の桐箱が手渡しされたあと、三台の荷車合わせて、十個の大箱が残った。いずれも、ひとりでは持ちきれない大きさだ。船着場と石段にいた車力たちが、荷車のそばに駆け戻ってきた。

ふたりが対をつくり、桐箱を運び始めた。大事に持ってはいるが、重さはさほどでもないらしい。車力たちは腕に力をこめるでもなしに、軽々と箱を運んでいる。

「なにを運んでやがるんでえ」

さきほどの職人のひとりが、相棒に問いかけた。問われた男は思いつきを口にしようとしたが、また笑われると思ったらしく、そのまま黙っていた。

「お人形さんじゃないかしら」

お仕着せ姿の女が、小声でつぶやいた。

「なんでえ、人形てえのは」

「大きな箱に、丸平大木《まるへいおおき》人形店と箱書してあるのが読めましたから」

大店の奥を任されている女中らしく、物言いがていねいである。

「人形が、あんなでけえ桐の箱にへえってるてえのかよ」

職人の口調は、女中の言い分に得心していなかった。

「うちのお嬢様も、同じような箱に入ったお人形をお持ちなもので、口にしたまでです」

心持をわるくしたような顔で言ったあと、女は人込みから離れた。七十四個の箱すべてが運ばれ終わると、ひとが散り始めた。

通りからすっかり人影が退《ひ》いたころ、障子戸を閉じた屋根船が舫いを解いた。三十人は乗れる大型船だが、船の桟敷《さじき》は桐箱で埋まっている。箱に取り囲まれるようにして、秋菜ひとりが座っていた。

大川に出たところで、棹《さお》から櫓《ろ》に変わった。船の走りが滑らかになったとき、船頭が茶を運んできた。春慶塗の茶托《ちゃたく》に、伊万里焼の湯呑みが載っている。純白無地の湯呑みには、桜湯が注がれていた。

「これでよろしかったんで？」

船頭が問うたのは、桜湯の按配《あんばい》である。秋菜は口をつける前に、湯呑みを見ただけでうなずいた。船頭は、安堵《あんど》の色を浮かべて出て行った。

ひとりに戻ったところで、秋菜は湯呑みに口をつけた。湯が注がれているのは、秋菜が常盤屋から持参した桜花の塩漬である。

「桜湯は、湯の沸かし加減が命です」

秋菜は五歳から、母親吉野に桜湯のいれかたをしつけられた。秋菜五歳の元禄十二（一六九九）年は、常盤屋開業から十四年目である。そのころには、常盤屋には桜花の塩漬が四瓶《かめ》もできていた。

貞享三年二月に、常盤屋は商いを始めた。

その年の春、桜の名所で名高い向島に出向いた初代女将《おかみ》は、供に持たせた籠《かご》を桜花で満たした。それを塩漬にし、翌年春から桜湯にして上客に振舞った。

塩の加減を工夫したことで、女将がいれた桜湯は、湯呑みの真ん中で桜が咲いた。赤穂《あこう》から取り寄せた塩を惜しげもなく使った塩漬の桜花からは、湯を浴びると、ほのかな甘さが漂った。

常盤屋の桜湯は、塩漬にするのも湯を注ぐのも、女将の仕事となった。常盤屋三代目女将となるはずの秋菜は、五歳からしつけられた。

屋根船は、常盤屋が檀家《だんか》総代を務める深川玄信寺《げんしんじ》に向かっていた。船着場で商家の女中が言い当てた通り、箱の中身はひな飾りである。

とは言っても、桐箱七十四箱に分納されたひな飾りには、総檜《そうひのき》の二階家が数軒は建てられるほどの費《つい》えがかかっていた。誂えたのは秋菜の父親、常盤屋治左衛門である。

秋菜四歳の元禄十一年に、治左衛門は商いがらみで、三万両という途方もない儲けを得た。そのカネの一割、三千両を投じて京の人形師に作らせたのが、いま屋根船で運んでいるひな飾りである。

誂えを頼んだのが元禄十一年。

京から招いた人形師が、江戸にとどまって仕上げ終えたのが、元禄十四年。人形師が下職に使った職人の数は、百人を超えた。

飾り付けは十人がかりで三日、仕舞うのは、五人で半月もかかる大仕事である。

飾る段数は四段。段の奥行きは五尺（約百五十センチ）、高さは四尺六寸（約百四十センチ）で、幅は三間五尺（約七メートル）もある。

四段すべてを飾るだけで、およそ二十畳。眺めて遊ぶには、倍の四十畳はいるという、桁違《けたちが》いのひな飾りである。

取りかかり始めに人形師が弾き出した見積もりは、千五百両だった。その額でも腰を抜かすような見積もりだが、治左衛門は顔色ひとつ動かさずに呑んだ。

当初見積もりより、仕事期間が大きく延びた。それに連れて、費えも増えた。治左衛門はいかほどカネが嵩《かさ》もうとも、一切文句をつけなかった。

仕上がったときには、三千両にまで膨らんでいた。

「娘が喜べば、それでいい」

秋菜の笑顔を見た治左衛門は、見積もり違いに文句をつけるどころか、かかわった職人全員に、金二両の祝儀を配った。

桜湯を膝元に戻した秋菜が、障子越しの陽に照らされている桐箱を見た。

屋根船の拵えも、板囲いの荷車も、揃いの半纏を着た車力十二人も、どれもが治左衛門と同じことをしているだけだった。

常盤屋にひな飾りが運び込まれたとき、治左衛門はそれを運ぶ船も車も、そして車力や船頭の半纏も、すべて別誂えにした。

秋菜はそのひな飾りを、深川に寄進しようとしている。父親から聞かされた通りの作法で運んでいるのは、せめてもの治左衛門への手向けだった。

箱を見ているると、なみだがこぼれそうになった。それを秋菜はこらえていた。

大きな船とすれ違ったらしく、横波を受けて屋根船が揺れた。

秋菜も揺れた。

たまっていたなみだがひと粒、膝に重ねた手に落ちた。

二

常盤屋治左衛門の祖父、三代目常盤屋治左衛門は、元和《げんな》六（一六二〇）年に伊勢熊野から江戸に出てきた材木商である。

屋号は料亭と同じ常盤屋で、熊野で三代続いた材木商だった。

元和六年に、幕府は諸大名に対して江戸城修築手伝いを命じた。三代目治左衛門は、藩主に求められて江戸に出てきた。江戸移住を決意していた治左衛門は、修築後も帰国しなかった。

何軒かの材木商も、治左衛門と同じように江戸に住み着いた。そして、京橋河岸で材木商を始めた。京橋は、江戸湾から材木を運び込むには格好の地の利だったからだ。

秋菜の父親は、寛文《かんぶん》十（一六七〇）年十月に、四代目治左衛門の長男として誕生した。四代目は商いに長じた男で、秋菜の父親が元服を祝った貞享元（一六八四）年には、一万二千両を蓄えるまでに身代《しんだい》を大きくしていた。

ところが同年十月に京橋から出火し、常盤屋は材木すべてを焼失した。火元は常盤屋とかかわりがなかったことで、咎《とが》めは受けなかった。が、四代目は材木商に見切りをつけて、日本橋音羽町で料亭を開業した。三百坪の空き地が得られたことと、付合いの深かった廻漕問屋から料亭開業を求められてのことである。

元手には事欠かなかった四代目は、普請にカネは惜しまなかった。元が材木商だけに、二階家に用いる材木をおごった。

屋号にちなみ、老松を庭に植えた。そして庭の片隅には畑を作り、料亭で出す野菜は自前の品を用いた。料理人は先代の在所から呼び寄せて、上方の味を供した。

四代目の商才に、料理の美味《うま》さが加わり、常盤屋は開業の貞享三年から大繁盛した。

四代目の連れ合いは、みずから桜花を集めに出かけて、それを桜湯に使った。

四代目が没した元禄六（一六九三）年に、秋菜の父親は二十四歳で五代目治左衛門を襲名した。材木商ではなく、料亭常盤屋の二代目あるじとしてである。

同じ年に、吉野を嫁に迎えた。十九歳で常盤屋に嫁いだ吉野は、祝言《しゅうげん》のふた月後に二代目女将に就いた。

二年後の元禄八年十月に、女児を授かった。料亭には、女児は大金星である。大喜びした治左衛門は畑の野菜にちなみ、赤子を秋菜と名づけた。

秋菜の誕生は、常盤屋に大きな幸運を運んできた。

年の瀬も押し迫った師走初旬の七ツ（午後四時）ごろ。ひとりの男が、ふらりと常盤屋に入ってきた。四十を超えたような年恰好に見えたが、目の光り方が際立って強い男だった。着ているのは、穴のあいた木綿の粗末なあわせである。しかし襟足に汚れはなかった。

男が玄関先に入ってきたのは、たまたま吉野が玄関先で下足番と話をしているさなかだった。

髷はよれており、月代《さかやき》にも剃刀《かみそり》があたっていない。顔色はわるくないが、あごには不精ひげが生えていた。

男の粗末な身なりを見て、下足番は追い払おうとした。それを吉野が止めた。

「なにかご用でございましょうか」

吉野の物言いには、男を見下すような調子はみじんもなかった。

「水をいっぱい恵んでくれませんか」

男は訛《なま》りのない江戸弁を話した。見かけとは裏腹に、声には張りがあった。

「お安いことです」

吉野はみずから奥に引っ込んだ。上がる前に、男を玄関のなかに招くようにと下足番に言いつけた。吹きさらしの玄関先では、あわせ一枚の男が寒かろうと思ってのことだった。

ほどなく仲居が、湯気の立っている湯呑みを盆に載せて運んできた。

「この寒空のなかで、水では身体にさわると女将が申しておりますから」

仲居が差し出した湯呑みには、桜湯が注がれていた。

男は両手で湯呑みを持ち、美味そうに飲み干して常盤屋から出て行った。

同じ日の六ツ半(午後七時)過ぎに、一挺の宝泉寺駕籠が常盤屋の玄関先に着けられた。

「どちら様のお成りでございましょう」

下足番が駕籠舁きにたずねた。この日に来るはずの客は、すでに全員が座敷に上がっていたからだ。

「紀文さんでやす」

駕籠舁きが口にした名を聞いて、下足番は飛び上がった。紀文と略して呼ばれる紀伊国屋文左衛門は、江戸で名を知らぬ者がいないという豪商である。

その大尽が、前触れもなしに常盤屋にやってきた。下足番は駕籠舁きに戸を開くのを待たせて、女将を呼びに駆け上がった。

吉野は落ち着いた足取りで、駕籠に近寄った。女将の姿を見て、駕籠舁きが宝泉寺駕籠の戸を開いた。

駕籠から出た紀文は、黒羽二重五つ紋の羽織を着ていた。羽織の下には、夕刻常盤屋で桜湯を飲んだときの、擦り切れたような木綿のあわせを着ていた。

髷は結い直されており、月代にも顔のひげにも、きれいに剃刀が入っている。さっぱりと身繕いがなされていたが、まぎれもなく一杯の水を欲しがった男だった。

「さきほどは、美味い桜湯をごちそうさまでした」

紀文が吉野に笑いかけた。

「お気に召しましたのでしょうか」

「もちろんです。扱いにも桜湯の味にも申し分がなかったゆえに、はやばやと裏を返しにきました」

派手な吉原遊びで名が通っている紀文は、常盤屋を花魁《おいらん》に見立てて「裏を返しにきた」と口にした。同じ花魁を、二度目に呼ぶときの言い方である。

紀文らしいしゃれと受け止めた吉野は、笑顔を崩さなかった。

「部屋はありますか」

「ございますが……前触れなしのお越しでございますゆえ、狭い十畳の座敷しかご用意できませんが」

「それで結構です」

紀文はこだわりなく常盤屋に上がった。そして、浜町に残っていた芸妓を総揚げした。使いを出して、浅草から幇間《たいこもち》も呼び寄せた。

十畳間がひとで溢れたまま、翌朝まで大騒ぎを続けた。

この夜だけで、紀文は五十両を遣った。

粗末な身なりで町を歩き、ひとの様子をうかがうのは紀文流の遊びだった。吉野はそんな紀文に、分け隔てのない好意を示した。それを喜んだ紀文は、吉原遊びのかたわらで常盤屋を大事に使い始めた。

初めて常盤屋で遊んだとき、紀文は二十八歳だった。秋菜の父親、五代目治左衛門より、わずか二歳年上なだけである。吉野とも、七歳しか違わなかった。

したたかな商人と呼ばれる紀文だが、常盤屋では年相応の若い遊び方だった。

「吉原でひどい金遣いをしているのは、商いの評判が入り用だからだ。ここに来たときだけは、あたしも素顔でいたい」

そう言いつつも、紀文は芸妓の総揚げを繰り返した。派手な遊びがしたいわけではなく、常盤屋にカネを落としたかったのだろう。

他の客がいる間の紀文は、騒がず、三味線も忍び音《ね》で弾かせるほどに気遣った。芸妓総揚げの騒ぎは、客が帰ってからのことである。

紀文が遊びにきたときは、治左衛門も座敷に顔を出した。二十代後半の若さで、ともに商いを切り盛りしているふたりは、さまざまな事柄で考えを同じにした。

治左衛門の先祖が材木商であったことも、ふたりのうまが合ったわけのひとつである。秋菜が生まれた年に、常盤屋は紀文という上得意を得た。そして翌元禄九年春に、紀文は三万両の儲け話を常盤屋に聞かせた。

常盤屋の庭の桜が、満開の花を散らし始めたころだった。

三

紀文が初めて常盤屋をおとずれたのは、元禄八（一六九五）年の十二月初旬である。その三月《みつき》手前の九月から、公儀は新しい金貨・銀貨の鋳造に着手した。

造られたのは大判・小判・一分金・二朱金の四金貨と、丁銀、豆板銀の銀貨二種である。公儀は『御改鋳《ごかいちゅう》』と、もっともらしい名称をつけた。しかし実のところは、金銀の中身を減らし、それまで通用していた慶長小判との出目《でめ》（差益）稼ぎが目的だった。

元禄の改鋳において、幕府は基準貨幣、小判鋳造に最も力を入れた。手にした重さに違和感をなくすため、小判の量目は減らさぬように気遣った。

慶長小判一枚の重さは、四匁《もんめ》七分五厘。元禄小判は四匁七分四厘九毛と、わずか一毛しか減ってはいない。町場の両替屋の秤《はかり》では、その差が量れなかったほどの僅差《きんさ》だった。ところが含まれる金の量は、慶長小判がおよそ四匁一分はあるのに、元禄小判は二匁六分八厘しかなかった。

幕府は慶長小判百枚から、元禄小判百五十枚を鋳造したのである。


改鋳が行われた翌元禄九年の三月二日。

紀伊国屋の手代が常盤屋をおとずれた。まだ玄関先に盛り塩もしていない、八ツ（午後二時）のことである。

敷石に散った花びらの掃除をしていた下足番は、すぐさま女将に取次いだ。

「こちら様の離れが使える日をうかがって参るようにと、あるじから言付かっております。明日から先で、いつならご用意願えますでしょうか」

紀文は常盤屋の特上客である。離れが使いたければ、客が帰ったあとの五ツ半（午後九時）以降なら、いつでも使えた。紀文は、夜更けから夜通し遊ぶのが常だったし、常盤屋もそれに応じてきた。

ところが手代は、わざわざ離れの空きを確かめにきた。わけがありそうだと察した吉野は、仲居に離れの埋まり具合を調べさせた。

「八日先の十日でよろしければ、なんどきからでもお使いいただけます」

手代は、その日でお願いしますとその場で答えた。何日と言われても受け入れるようにと、紀文から指図されていたようだ。

「十日は、七ツ（午後四時）に参ります」

「うけたまわりました。七ツでは、夕餉《ゆうげ》をお出しするには、いささか早いと存じますが、いかがいたしましょう」

まだ陽が残っているころに、紀文が常盤屋に来たことは一度もなかった。

「日暮れ前の桜を見たいと、あるじが申しております。十日は、格別の酒肴は調《ととの》えていただかなくても結構です」

手代は料理は不要と口にした。

その代わりに、この先は十日の客を受けないで欲しいという。旬日の十日は、どこの商家も商いの締めで忙しく、常盤屋の座敷もほとんどが空いていた。

「うけたまわりました」

手代が帰ったあと、吉野は十日の客は断るようにと帳場に言いつけた。

ひな祭りの三月三日から、江戸は天気に恵まれた。やわらかな日差しを浴びて、大川端の桜も、常盤屋に植えられた五本の桜も、八日には満開となった。

紀文がおとずれた三月十日には、風を受けた桜が花吹雪となるほどに、咲き方を競い合っていた。

離れに入った紀文は、あるじの治左衛門と向かい合わせに座った。三月十日の七ツは、まだ庭に陽が残っている。障子を開いた離れの座敷に、風に散った庭の桜が幾ひらも舞い落ちた。

花びらのひとつをつまんでから、紀文が口を開こうとした。その顔つきを見て、治左衛門が背筋を張った。

「このたびの御改鋳では、常盤屋さんも難儀をされていますか」

前置きも言わず、紀文が問いかけてきた。

「お客様からいただく元禄小判には、両替屋がいい顔をしません。それゆえ、いささか困ってはおりますが、それがなにか？」

「やはりそうですか」

治左衛門の問いには答えず、紀文は腕組みをして目を閉じた。

公儀は改鋳で巨額の出目を金蔵に納めた。しかし慶長小判と比べて、明らかに値打ちの下がった元禄小判は、だれもが受け取りを渋った。公儀は小判だけではなく、大判・一分金・二朱金のすべての金貨と、丁銀・豆板銀などの銀貨まで、それぞれの中身を減らしていた。

値打ちの下がった金貨・銀貨を腕力で通用させようとしたことで、江戸では二割近くも物の値が吊り上がった。

治左衛門は先代が創業した商いの誇りにかけて、酒席の値上げはしないできた。しかし仕入れ値が高くなり続けていることで、儲けが急ぎ足で薄くなっていた。

「治左衛門さんに念押しするのは失礼だとは思うが、これから話すことは、構えて他言しないでいただきたい」

紀文の口調が、年長者が目下の者を諭すような調子に変わっていた。

まだ三カ月少々の付合いでしかなかったが、紀文の気性に信を置いていた治左衛門は、きっぱりとうなずいた。

「御上が御改鋳に踏み切られたわけは、綱吉様が望んでおられる作事を賄《まかな》うためです」

「賄うためとは……御公儀の御金蔵には、何百万両もの小判が蓄えられているでしょう。紀文さんの言われることが呑み込めません」

治左衛門がわずかに語調を強めた。

家康が江戸を開府したとき、幕府の金蔵には五百万両余の金が収められていた。

徳川幕府の歳入は八百万石である。このなかから半分の四百万石を、幕閣および旗本などへの俸給に充てた。ゆえに将軍家の取り分は、四百万石程度だった。

領民との配分は四公六民が定めである。

四百万石は表向きの石高で、実収入は百六十万石。この大部分が将軍の私用、大奥などの費えに用いられ、国事に使えるカネは僅《わず》かな額に限られていた。

その一方で、公儀は江戸町民からは税を徴収しないままに、まつりごとを行った。行政の原資を徴収しないまま、江戸町民の暮らしを守ろうとした幕府は、開府百周年を目前にした元禄八年の御金蔵には、百万両強しか残せていなかった。

「治左衛門さんもご承知の通り、いまの将軍綱吉様は、生類憐《しょうるいあわれ》み令を敷かれました」

野犬にはほとほと手を焼いている治左衛門が、深く何度もうなずいた。うなずきながら、なぜ紀文が離れにこだわったかが分かった。

話の中身は、到底他人には聞かせられない事柄である。立ち聞きされるのを本気で恐れているなら、紀文はおのれの屋敷に治左衛門を呼びつければすむことだ。それをせずに常盤屋に出向いてきたということは、それだけ治左衛門を信じているからだろう。そんなことを思い巡らせつつ、治左衛門は紀文の話に聞き入っていた。

「このたび綱吉様は、途方もなく大きな野良犬小屋を、中野村に普請されています」

「野良犬の小屋を、ですか」

治左衛門は、思わず相手の言葉をなぞった。それほどに、野良犬小屋普請は驚きだった。

「柳沢様からうかがった話では、犬の餌代だけでも、日に数十両もかかるとのことです」

柳沢様とは、老中柳沢吉保である。吉保と紀文が近いということは、江戸中の噂《うわさ》になっていた。が、紀文が老中の名を口にしたのは、この日が初めてだった。

「われわれには及びもつかない無駄遣いですが、将軍様を諫《いさ》めることは、柳沢様にもできません」

「そうでしょうね……」

治左衛門がため息混じりの答え方をした。

「御公儀のカネが底を尽きそうだとご案じになった柳沢様が、言葉はわるいが、濡れ手で粟《あわ》をつかもうとして編み出したのが、このたびの金銀御改鋳です」

公儀の目論《もくろ》みは、見事に図に当たった。

のちの時代に新井白石は、元禄改鋳で公儀が手にした出目は、およそ五百万両にもなったと記している。

「多くのひとから文句が出ていますが、ことは柳沢様の目論み通りに運んでいます」

「ご金蔵が日ごとに膨らんでいる、ということですね」

料亭を切り盛りする治左衛門は、わけを聞かされたあとの呑み込みが早かった。

相手の答え方に満足したらしく、紀文が膝をずらして間合いを詰めた。

「元手ができたことで、綱吉様は再来年の元禄十一年に、寛永寺に根本中堂をお造りになると決められました」

「根本中堂とは……都の延暦寺にあるという道場のことでしょうか」

「よくそれをご存知ですね」

紀文が心底からの驚き顔を見せた。

「先代が都に詳しかったものですから。それで綱吉様は、延暦寺と同じようなものを普請されようと?」

「さらに大きな普請をお考えです」

紀文はふところから半紙を取り出した。

「長桁《ながけた》二十三間五尺、横梁《おうりよう》十八間、高さ十七間の絵図が、すでに仕上がっています。これの普請には、途方もないカネが投じられることになるでしょう」

風が座敷に流れ込んできた。口を閉じた紀文が、庭の桜に目を移した。

花吹雪となって舞い散っていたひとひらが、紀文の湯呑みに舞い落ちた。

四

元禄九(一六九六)年七月二十一日。夏日が照りつける八ツ(午後二時)過ぎに、常盤屋の畑地奥に普請していた三十坪の平屋が仕上がった。紀文の頼みを聞き入れた治左衛門が、三月下旬から造らせてきた家屋である。

人目を惹かぬように、外見《そとみ》は納屋風の拵えである。野菜が植えられた畑地と納屋とは、まるで違和感がない。平屋の絵図は、紀文がみずから描き上げていた。

三月十日に常盤屋の離れをおとずれた紀文は、御改鋳の顚末《てんまつ》を治左衛門に聞かせたあとで、ひとつの相談事を持ちかけた。

「元禄十一年に仕上げ終える寛永寺の根本中堂は、普請の差配をあたしが担《にな》います」

紀文が言い切った。筆頭老中との親密さを聞かされた治左衛門は、紀文の話を信じた。

「材木代だけでも、百万両に届くでしょう。それに職人達の手間賃やらなにやらを加えたら、ざっと二百万両の請負となります」

百万両だの二百万両だのという金額を、紀文はさらりと言ってのけた。常盤屋は充分に繁盛している料亭である。それでも紀文が遊ばない限りは、日に百両を超える商いはまれだった。

月に二千両、年で二万四千両を超えれば上々の商いである。仕入れを惜しまない常盤屋は、粗利が四割稼げれば上首尾と言えた。

下足番や下働きまで加えた奉公人は六十人。その給金が、年に千二百両見当である。他の料亭に比べても、相当に高い給金を払う常盤屋は、奉公人が骨身を惜しまずに働いた。

屋敷の修繕、庭の手入れ、自前で持っている屋根船の掛りなど、給金以外の払いがおよそ二千両である。これだけの費えを払っても、年に二万四千両の商いがあれば、常盤屋は充分に身代を保つことができた。

ところが紀文は百万両という、桁違いの金高を口にした。治左衛門は、あらためて材木商の豪気さを思い知りながら話を聞いた。

「あたしは御公儀の作事を幾つも請け負ってきましたが、これほどのものは初めてです。普請の大きさから言っても、紀伊国屋だけでは手に余ります」

治左衛門の前では紀文も見栄を捨てたのか、手に余るとあけすけなことを口にした。

「ついては、常盤屋さんに折り入っての頼みがあります」

立ち上がった紀文は、離れの障子戸を閉じた。次第に夕闇が迫り来る座敷で、紀文は明かりもつけず、一刻《いっとき》(二時間)近くかけて、思案を治左衛門に話し続けた。

寛永寺は東叡山円頓院《とうえいざんえんどんいん》の山号を有する、天台宗の関東総本山である。元和八(一六二二)年に、天海僧正が江戸城鎮護を祈願したことで、幕府から上野台地の一部を拝領した。

東叡山は、関東の叡山をあらわす山号で、寛永寺の名は、創建年号の寛永にちなんで付けられた。

徳川綱吉は、孝行を重んずるとともに、ことのほか信心深い将軍である。かねてより綱吉は、将軍家と深い寛永寺に延暦寺よりも大きな根本中堂を建立《こんりゅう》することを夢見てきた。

それを受けた幕閣たちは、金銀改鋳という奇策を用いて、建立の費えを捻出《ねんしゅつ》した。そして正保《しょうほう》三（一六四六）年生まれの綱吉の、五十歳を祝賀するという名目で、根本中堂建立の言上書《ごんじょうしょ》を差し出した。

夢の実現を、寵臣《ちょうしん》柳沢吉保から示された綱吉は、見積もりを質《ただ》しもせずに作事進行を許した。綱吉からの朱印を手にした吉保は、紀文が治左衛門に聞かせた通り、二百万両を超える作事差配を、紀伊国屋文左衛門にゆだねた。

「材木の手配りから作事差配の一切を、駿府《すんぷ》の松木新左衛門に任せます」

その新左衛門の仮住まいを、常盤屋の畑地に普請して欲しいというのが、紀文の頼みごとだった。

根本中堂落成まで、二年の長丁場である。商売敵にさとられないためにも、紀文は新左衛門の動きを隠しておきたいと言った。

「常盤屋さんなら、あたしがここに顔を出しても、いぶかしく思う者はいないでしょう。なにしろあたしは、遊び好きで通っていますから」

話を始めてから、紀文が初めて笑った。

「それにこちらであれば、年中飛脚が出入りしても、だれもなんとも思いません。しかも常盤屋さんは、楓川のすぐそばだ。船を使えば、足の便もすこぶるよろしい」

紀文は隅々にまで気を配って、おのれの思案をまとめていた。

治左衛門は、ためらうことなく紀文の頼みを引き受けた。聞けば聞くほど、大事のほどが察せられた。そんな秘事を、紀文は隠さずに治左衛門に聞かせた。

熱い話しぶりは、紀文の特技だった。

とはいえそれは、見せかけの技ではない。おのれが是と確信したことを、相手にも正味で呑み込んでもらいたいとの、身体の芯から湧き出てくる熱意に包まれた特技だった。

こんな大事を明かしてもいいと断じたほどに、紀文は相手を信じていた。

なればこそ、筆頭老中と昵懇《じっこん》であるがゆえに、かなった話だとまでも明かした。

紀文にここまでの決断をさせたのは、治左衛門が放つ商いへの正直さとしたたかさを、肌身に感じたからだ。

これが相手から感じられるか否かを、紀文は一番大事な判断基準としていた。

常盤屋の客筋子細は、すでに聞き込んでいた。文句なしの極上客ばかりと知ったあとも、それだけで治左衛門を評価したわけではない。

互いにまだ三十路《みそじ》手前ながら、身の丈を遥かに超えた商いを切り盛りしている。

それを続けられるのは、内に抱いた大望の確かなことと、先を見る眼力のふたつだと紀文は確信していた。

そして治左衛門にはそれがあると、紀文は見抜いていた。

江戸開府から百年を控えたいま、世の中は日々、大きく前へと進んでいる。

巨大な時代の波を乗り越えるに欠かせぬのは、大望と眼力……が紀文の座右の銘である。

治左衛門にはふたつが備わっていると、紀文は判じた。

他方、治左衛門も紀文の、ときに老中すら利用するやり方にも眉をひそめなかった。しないどころか治左衛門も、根本中堂の作事には気を惹かれていた。

いかなる建造物となるか。

材木商だった先祖の血が治左衛門の身の内で、抑え切れぬまでに沸き立っていた。

長桁二十三間五尺（約四十三メートル）。

横梁十八間（約三十三メートル）。

高さ十七間（約三十一メートル）。

これほどの堂は、江戸中の社寺を思い返しても治左衛門には心当たりがなかった。

根本中堂の屋根を見上げてみたい……。

紀文の頼みを引き受けたとき、治左衛門はわれ知らずに顔を上気させていた。

駿河の松木新左衛門は、七月晦日《みそか》に到着した。あらかじめ知らされていたらしく、楓川の夕風が流れ来る前に、紀文が常盤屋に顔を出した。駿河からの三人に、紀文と治左衛門とが加わり、日暮れ前から酒席が設けられた。

場所は納屋である。

平屋普請にかかわる職人は、すべて紀文が手配りした。見た目は納屋だが、土間に入ると見事な座敷が目の前にあらわれた。

なにより先に目につくのは、二十畳広間の真ん中に据えられた、幅八尺（約二百四十センチ）・奥行き四尺（約百二十センチ）の大きな卓である。卓の脇には、これも幅が六尺（約百八十センチ）はある簞笥《たんす》が置かれていた。

絵図を広げる卓と、それを仕舞う簞笥である。これらはいずれも、深川三好町の指物職人が丹念に仕上げたものである。卓は厚さ五寸（約十五センチ）の樫の一枚板で、二十貫（約七十五キロ）の重さがあった。

仕事場に使う二十畳広間の奥に、三人の居室がそれぞれ四畳半で普請されている。仕事場も居室も、きちんと天井板が張られていた。

部屋の造りは立派だが、土間には小さな流しと水がめがあるだけで、へっついがない。三食すべてを、常盤屋が賄うがゆえのことだった。

「男三人では、火の始末が大変ですから」

土間からへっついを除いたのは、吉野の思案である。材木商にとっても、火事はなによりも怖い。紀文は文句なしに、吉野の申し出を受け入れた。

隅々まで行き届いた平屋だが、根本中堂落成のあとは取り壊すというのが、紀文と治左衛門との決め事である。

酒を酌《く》み交わしながら、治左衛門は複雑な思いで造作を見ていた。

「仮小屋にしては、立派な造りでしょう」

治左衛門の胸中を汲《く》み取ったような調子で、紀文が話しかけてきた。

「ここまで見事な造りだとは、思案のほかでした」

「常盤屋さんさえよろしければ、作事を終えたあとは好きに使っていただいて結構です」

紀文は七十三両も投じて拵えた納屋を、ただで差し出すと言った。その物言いには驕《おご》りがまるでなく、心底からの感謝を治左衛門に伝えていた。

「ありがとうございます」

治左衛門の礼にも気持ちがこもっていた。

八月に入ると、納屋では男三人が忙しく働き始めた。夜明けから日暮れまで、陽の明かりのある間は、だれかしら客が納屋をたずねてきた。

夜になれば、行灯《あんどん》ではなく、明るい百目蠟燭《ろうそく》が何本も灯された。二十畳間は昼間のように明るかったが、外に灯が漏れないように、明かり取りは厚い布でおおわれた。

紀文は五日ごとに顔を出した。入るのは玄関からだが、座敷を素通りして納屋に向かった。そしてときには夜明かしもした。

仕事のはかどり具合が知りたくてたまらない治左衛門は、なにかと口実を見つけては納屋をおとずれた。駿河の三人衆は治左衛門を喜んで迎え入れ、細かに進み具合を聞かせた。

元禄十(一六九七)年一月に、根本中堂の雛形《ひながた》が仕上がってきた。絵図をもとにして、橋場の職人が三十分の一に縮めて拵えた雛形である。それが納屋に運び込まれた夜は、紀文よりも治左衛門のほうが喜び勇んだ。

元の高さが十七間もある建物の雛形である。三十分の一といえども、屋根のてっぺんまでは高さが三尺(約九十センチ)を超えていた。

治左衛門が雛形に見とれたこの夜から一年余りが過ぎた、元禄十一年二月九日。紀文が請け負った、根本中堂の造営が始まった。

五

元禄十一(一六九八)年八月一日は、過ぎ去ろうとしていた夏が引き返してきたような残暑となった。

明け六ツ(午前六時)の鐘で、江戸中の町木戸が開かれる。いつもの日であれば、木戸開きを待っているのは、早起きの担《かつ》ぎ売りか、仕事場に早出をする職人ぐらいだ。

ところがこの朝は大川端の各町で、裏店の住人たちが木戸の前に群がっていた。

「どうなってるんでえ、番太郎はよう」

「まだ寝てるんじゃねえか。おめえが行って、野郎を叩き起こしてこい」

夜明け前から木戸前に並んでいる血の気の多い連中が、鐘が鳴る前から騒いでいた。日本橋本石町《ほんこくちょう》の鐘が、短い捨て鐘を打ち始めたところで、木戸番小屋から番太郎が起き出してきた。

「てめえ、いつまで寝てやがるんでえ」

大川の東と西との町々で、同じような毒づきが番太郎にぶつけられていた。

この朝、根本中堂落成に先立って、永代橋が開通した。木戸の前に群がっていたのは、ひとより先に橋を渡りたい連中だった。

五ツ（午前八時）を過ぎたころ、吉野と四歳になった秋菜を連れて、治左衛門も永代橋を西から東に渡った。

永代橋は、架橋作事の始まりごろから江戸中の評判を集めた。橋が架かれば、霊巌島と佐賀町とが地続きで結ばれることになる。

「この橋が架かれば、嵐の日でも富岡八幡様にお参りができるというもんだ」

霊巌島の隠居が、歯の抜けた顔を崩して喜んだ。

「それはあっしもおんなじでやしてね。気がせいてるときにゃあ、一気に駆け渡れるてえのがありがてえんで……」

隠居の相手をしていた、深川の大工が応じた。こんな会話が大川の両岸で毎日のように交わされながら、八月一日の朝を迎えた。

どれほどの数のひとが、永代橋の仕上がりを待ち焦《こ》がれていたかは、治左衛門も肌身に感じていた。それをわきまえていながら、渡り初めの人込みに、治左衛門は吉野と、まだ四歳の秋菜を伴った。

永代橋に用いたのは、根本中堂の余材である。中堂作事に格別の思いを抱える治左衛門は、家族三人で渡り初めをしたかった。

元禄十年一月に、橋場の職人が拵えた根本中堂の雛形は、三月に入ると将軍家から紀文の手元に戻ってきた。材木手配りと作事段取りを、より確かなものにするためである。

雛形は柱一本にいたるまで、建立される中堂をあらわした拵えだった。絵図だけでは分からない細部の造りも、雛形を見ればよく呑み込めた。

治左衛門は暇さえあれば納屋をおとずれて、雛形に見とれた。松木新左衛門が苦笑いするほどに、治左衛門は入れ込んでいた。

「それほど気になるなら、中堂普請に治左衛門さんも一枚噛《か》んだらどうですか」

紀文がこれを切り出したのは、元禄十年の七月下旬だった。

「一枚噛むとは、どういうことでしょう」

紀文に言われたことが得心できない治左衛門は、ひたいの汗を拭いながら問いかけた。

「これから、最後の材木仕入れに入ります。その費えの一部を、治左衛門さんも負ってみませんか」

紀文は仕入帳を治左衛門に見せた。熊野と木曽から買い集める材木の詳細が記されており、一番後ろに仕入れの締めが書かれていた。

金二十五万七千三百十八両也。

金高を見て、治左衛門は息を呑んだ。常盤屋の商いとはひとけた違う金高が、目に突き刺さったからである。

「これだけのカネを、紀文さんはひとりで用立てられるということですか」

「まさか……世間が取り沙汰するほど、あたしは大尽ではありません」

こだわりなく笑う紀文の目は澄んでいた。

「駿河の新左衛門さんが応分に負ってくれたからこそ、ここまでの大仕事を引き受けることができました」

買い求めた材木は、すでに百万両を超えていると紀文は続けた。

公儀とは、見積もりの半金が前払いで、残りは落成当日という取り決めだった。仕入れを終えた材木代が百万両を超えてはいたが、紀文は半金の百万両をすでに受け取っていた。

元々が大尽であるだけに、仕入れのカネに詰まっているわけではない。しかも駿河の豪商、松木新左衛門が紀文と組んでいる。

この先たとえ百万両が入り用になったとしても、ふたりの財力を合わせれば乗り越えられただろう。

紀文が一枚嚙まないかと勧めたのは、それだけ治左衛門を大事に思っていたからだ。

「ぶしつけな問い方になりますが、治左衛門さんは一万両の都合がつきますか？」

問われた治左衛門は、それぐらいならと即座に答えた。

「熊野と木曽の山元とは、材木が熱田湊《みなと》に集められたところで支払う約定です。治左衛門さんにその気があるなら、八月十五日までに一万両を調えてください」

「分かりました。間違いなくその日までに、用意させてもらいましょう」

蓄えの半分近いカネだったが、治左衛門は迷いも見せずに応じた。

元をたどれば、材木商の血筋である。治左衛門は料亭の切り盛りしか知らなかったが、先祖の商いは父親から何度も聞かされていた。

うまく材木が運ばれてくれれば、相場次第では何十倍もの儲けが出る。しかしひとたび海が荒れて材木が流されたりすれば、一夜にして潰れることもある。

それが材木商の醍醐味《だいごみ》だと治左衛門に話した先代は、目の奥が光っていた。火事に遭って見切りをつけた父親だが、没するまで根は材木商だったのだろう。

いまの治左衛門は、先祖の血が熱く騒いでいた。しかしそれは大きな儲けを望んでのことではない。雛形が示している、見事な根本中堂普請にかかわる喜びが、血を沸き立たせていた。

元禄六年に先代から常盤屋を受け継いで、丸四年が過ぎていた。その間、一度も味わったことのない気持ちの高ぶりだった。

「紀文さんが、材木の仕入れにあたしを一枚嚙ませてくれるそうだ」

聞かされた吉野は、心底からの笑みを浮かべて、治左衛門の背中を押した。

材木が尾張熱田湊から廻漕されてくる九月に、江戸は何度も野分に襲われた。京橋の堀に浮かべた丸太が、何十本も大川に流される騒ぎが起きた。

堀に浮かべた丸太が流される嵐である。海はさらに激しく荒れ狂った。

治左衛門は、ただの一度も紀文に廻漕の様子をたずねなかった。料亭のあるじとしての矜持《きょうじ》もあったが、材木はかならず届くと信じ切っていたからだ。

材木は届く。案ずることはない。

野分のさなかに、治左衛門は夢のなかで先代の励ましを聞いた。それを支えに、泰然として吉報を待った。

夢は正夢だった。

他の材木商が散々な目に遭っているなかで、紀文が仕立てた廻漕船団は、ただの一本も流失させることなく、江戸湾まで運んできた。

親船から海に放り投げられた丸太が、川並（いかだ乗り）の手でいかだに組まれてゆく。そのさまを、治左衛門は自前の屋根船から見守った。

すべての材木が荷揚げされたのは、木枯らしが吹き始めた十一月二十七日のことである。この日は客が帰った五ツ半（午後九時）から、離れで盛大な祝いをした。

秋菜が紀文と口をきいたのは、この夜が初めてだった。

長さ百二十間（約二百二十メートル）を誇る永代橋の評判は、その恩恵を大きく受ける両岸の住民にとどまらず、江戸中のひとが取り沙汰した。

「橋の真ん中に立つと、西には富士山が見えるそうじゃないか」

「富士山だけじゃねえ。御城の石垣まで、はっきりめえるぜ」

橋を渡った男は胸を反り返らせて、わけしり顔で講釈を続けた。

「そもそも、あの橋ができたのは、もうじき仕上がる寛永寺さんの根本中堂の、材木が余ったからだてえんだ」

「なんだい、余った材木というのは」

「知らねえんなら、黙って聞きねえ。根本中堂は、高さと横梁とが、どっちも十七間（約三十一メートル）もあるてえ代物だ。余った丸太だけで橋のひとつが架かったとしても、だれも驚かねえてえことさ」

講釈を聞いた連中は、翌日の仕事場で同じ話を仲間に聞かせた。

永代橋が開通したのは、まだ夕涼みが楽しめる八月一日である。仕事を終えた職人たちは、長屋に帰るなり、路地に縁台を引っ張り出した。そして昼間に仕入れた、橋と根本中堂とのかかわりを肴《さかな》に、安酒をやり取りした。

元禄十一年九月三日に、寛永寺根本中堂が見事に仕上がった。晴れ渡った空が、そびえ立つ中堂の介添え役だった。

同じ日の夕刻七ツ半（午後五時）に、紀文が常盤屋をおとずれた。ふたりは納屋ではなく、離れの座敷で向かい合った。二年前の三月と同じ形である。

あのときは庭に桜吹雪が舞い散っていた。

九月のいまは、コオロギが夜を待たずに鳴き始めていた。

「これが治左衛門さんの元手分です」

紀文が差し出したのは、日本橋の本両替、大坂屋振出しの為替切手である。大坂屋は公儀の勘定も取り扱っていた。

金一万両也の金高が、為替の真ん中に太い筆文字で書かれている。

「それと、こちらが常盤屋さんの儲け分です。どうぞ金高をあらためてください」

元手分のわきに、同じ一万両の為替切手三枚が並べられた。

「これは？」

治左衛門の顔色が変わっていた。

「三万両が治左衛門さんの儲けです」

「まさか、そんな……」

ものには驚かないつもりでいた治左衛門が、あとの言葉を失っていた。

「あたしも新左衛門さんも、充分に儲けを出しました。常盤屋さんも、遠慮は無用です」

紀文の言葉と、虫の音とが重なった。

六

九月四日は、前日を上回る晴天で江戸の朝が明けた。空はどこまでも青くて高く、ひときれの雲も見当たらない。

治左衛門は六ツ半（午前七時）に日本橋を出て、上野寛永寺に向かった。前日落成した、根本中堂を見るためにである。吉野と秋菜を伴う気でいたが、こどもの熱が高かった。

「夜の冷え込みで、風邪をひいたのかもしれません」

吉野はこどもと残ることになり、供をつける道のりでもないと判じた治左衛門は、ひとりで常盤屋を出た。まだ三十路手前の治左衛門の歩みは速く、四半刻《しはんとき》（三十分）も経ぬうちに神田川に架かる和泉橋を渡っていた。

ここから寛永寺までは、大名の中屋敷や下屋敷が塀を連ねる一本道である。行く手の東側には、藤堂和泉守中屋敷の塀が見えた。高さ一丈五尺（約四メートル半）の塀は、家臣の長屋を兼ねている。その塀の屋根瓦に、秋の朝日が差していた。

商家の連なった日本橋本通りとは、まるで異なった眺めである。しかも大名屋敷前の道は、まだ早朝ということもあり、ほとんどひとが歩いていない。ひとの代わりに、数匹の野良犬が通りの真ん中を歩いていた。

伊勢津藩三十二万石の藤堂屋敷は、通用門にも朝から門番が立っていた。治左衛門の先を歩いていた野良犬が門番の足元に近寄り、片足を上げた。

手にした六尺棒で犬を追い払おうとしたところに、治左衛門が通りかかった。治左衛門と目が合ったことで、門番は慌てて棒をおろした。治左衛門は見ぬふりをして通り過ぎた。

お犬様は大名屋敷でも変わりはないのか。

げんなりした治左衛門は、足を急がせて藤堂屋敷を通り過ぎた。高い塀が消えて、町の眺めが大きく広がった。そして、前方に寛永寺の杜《もり》が見え始めた。

ここから寛永寺までは、まだ半里（約二キロ）は離れている。しかし杜を押しのけるようにして立つ、根本中堂の屋根が見えた。高さ十七間の建物は、眺めのなかで図抜けていた。

治左衛門は足を止めて、根本中堂の遠景に見とれた。

一年にわたって、雛形で見続けた優雅な屋根の実物が、半里先に見えている。まだ低い朝日が、屋根瓦を斜めから照らしていた。日の差している瓦と、まだ浴びていない瓦とが、遠目にはまだらに見えた。

あれほどの建物作事に、あたしも一枚嚙むことができたのか……。

治左衛門は、紀文と出会ってからの日々を思い出した。そして、ひとの縁《えにし》の妙味を嚙み締めた。

思い返しの中で、一万両を分担したいと聞かせたときの、吉野の顔が浮かんできた。

あのときの一万両は、常盤屋の蓄えの半分に相当した。それを材木仕入れに遣いたいと聞かされた吉野は、まばたきもせずに受け入れた。

「常盤屋の明日に向けて架ける、大橋も同然のお話です」

女将の目に常に宿されている潤いに、いまは治左衛門が初めて見た力強さが加わっていた。

「金高などお気になさらず、存分にお進めください」

吉野のひとことで、治左衛門は最後の迷いが吹っ切れた。

吉野が後押ししてくれたがこそ、三万両もの儲けを手にできた……これに思い当たった治左衛門は、さらにもうひとつ、大事なことを思い出した。

秋菜の誕生からほどなく、紀文さんが常盤屋をおとずれてくれた……。

一万両の分担は、おのれが決めたことだと治左衛門は思っている。しかし、そこに至る道筋のかなめどころには、吉野と秋菜が立っていた。それに思い至った。

根本中堂をもう一度遠目に見た治左衛門は、日本橋に向けてきびすを返した。

初めて堂の下から屋根を見上げるのは、吉野と秋菜と一緒だと決めたがゆえだった。

ここまで来たとき以上に、足取りが速くなっていた。途中で折り返したにもかかわらず、治左衛門は晴れ晴れとした顔つきだった。

九月五日の朝五ツ（午前八時）に、松木新左衛門たち三人は駿河へ帰国することになった。それを送り出す宴席が、四日夜に設けられた。

紀文は二晩続けて常盤屋に顔を出した。

大きな儲けをもたらしてくれた、新左衛門たちの帰国である。吉野と秋菜も、あいさつに顔を出した。熱はまだ下がってはいなかったが、秋菜はしっかりした口調で、紀文と新左衛門とに礼を伝えた。

「初めて常盤屋さんに顔を出したときには、まだ生まれたばかりでしたのに。もう四歳ですか……」

紀文が秋菜の成長を、感慨深げに口にした。

「秋菜ちゃんは、あたしと治左衛門さんとの縁結びをしてくれたのかもしれませんね」

「あたしも同じことを思っていました」

紀文の言ったことを受けて、治左衛門はおのれの思案を話し始めた。

「このたびの大きな儲けを遣って、こどもにひな飾りを作ってやろうと思っています」

「それはいい思案じゃないですか」

まだひとり者でこどものいない紀文が、目を細めて膝を打った。

「どうせ拵えるなら、江戸で一番……いや、日本一のひな飾りになさったほうがいい。あたしの知り合いに、名の通った人形師がいますから、明日にでも顔つなぎしましょう」

紀文は、わがことのように大乗り気だった。

「僭越《せんえつ》ながら、あたしにもそのお祝いを手伝わせていただきたい」

駿河の新左衛門までが、話に割り込んできた。

「ひな飾りには、細々とした細工物がつきものです。権現（家康）様がまだ駿河におられたころから、御用達指物師として城に出入りしていた職人の弟子筋が、いまは江戸にいます。書付を残しておきますから、一度おたずねください」

男三人が、秋菜のひな飾り思案で大いに盛り上がった。そして紀文は、そのまま常盤屋に泊った。

一夜明けた五日。

五ツ立ちの松木新左衛門一行を送り出したあと、紀文は治左衛門を連れて深川門前仲町の人形師をおとずれた。

人形師の名は、大木平蔵。元禄二年に京から江戸に出てきた男で、都では公家屋敷に出入りしていた。苗字が名乗れるのは、公家御用達であったからだ。

「これからは、ますますお武家はんが偉《え》ろうならはるやろう思います。ええお得意先も、江戸に集まるやろと思いましてなあ」

上方言葉をしゃべりつつも、大木は江戸で勝負をする気でいた。すでに五十路《いそじ》に差しかかっていたが、立ち居振舞いはしっかりしている。

治左衛門は、ひと目で平蔵に惹かれた。

「費えのほどは問いませんので、日本一のひな飾りをお願いします」

注文主でありながら、治左衛門はこだわりなくあたまを下げた。言われた平蔵が思案顔になった。

「日本一いわれても、なにが日本一やらをいうてもらわんと……」

「全部が日本一ということです」

紀文がわきから口添えをした。

「大きさも拵えも、どれをとっても、世にふたつとないひな飾りです。及ばずながら、あたしも治左衛門さんの手伝いをさせてもらう気でいます」

紀文が手伝うとは聞いていなかった治左衛門は、目を見開いてとなりを見た。紀文がしっかりとうなずいた。

「おひなさん飾るのは、どんな部屋をおもうておられますんや」

平蔵に問われて、治左衛門はすぐには答えが出なかった。部屋の大きさまでは、考えていなかったからだ。

「人形師やったら、だれもが日本一のものをつくりたい思います。もちろん、あたしもそう思いますんやが、部屋の大きさをいうてもらわんことには、人形の大きさが決められまへんやろ」

「お公家さんは、どれほどの広さに飾られますんでしょう」

座り直しながら、治左衛門が問うた。

「一番大きなもんで、ざっと二十畳間はおましたなあ……」

「それぐらいなら、造作もないことだ。倍の四十畳でもいいぐらいです」

答えたのは紀文だった。

「新左衛門さんたちが使っていた、あの納屋を人形屋敷に造り直しましょう」

「あっ、その手があったか……それはなによりの妙案です」

治左衛門が大きな拍手《かしわで》を打った。

「四畳半の部屋三つを打《ぶ》ち抜きにすれば、三十畳に広がります。それで足りなければ、普請しなおせばいい」

紀文から妙案を示された治左衛門は、四十畳に飾るひな人形が欲しいと申し出た。

「それはまた、たいそうなもんやなあ」

平蔵が考え込んだ。が、目はすでに輝き始めていた。

そのあとは話が調子よく運び、大枠の思案が定まった。

平蔵ひとりでは手に余る仕事になる。京から腕利きの人形師を呼び寄せる。

人形造りには、少なくても一年半から二年はかかる。

飾り物はすべて、本物同様に使える物を拵える。その仕事は、松木新左衛門の書付にある指物職人に頼む。

人形の衣装には京の西陣織を用いる。

飾り段は四段。段の大きさ、人形の種類、飾り物の種類など、拵えの詳細一切を平蔵に一任する。

費えは見積もりを超えても受け入れる。

これらのことを、治左衛門はすべて呑んで話がまとまった。

平蔵がその場で口にした胸算用は、千五百両という、途方もない費えだった。

治左衛門は眉ひとつ動かさずに呑んだ。

「念押しするようですが、千五百両を大きく超えるやもしれまへん。よろしおすな?」

「結構です」

手付の五百両は、翌日六日に届けるということで話がまとまった。

人形師の宿を出た紀文と治左衛門は、永代橋を渡った西詰で別れることになった。

治左衛門は日本橋音羽町へ、紀文は京橋へ、である。

「納屋の普請は、あたしに任せてください」

人形屋敷を祝いに贈るという申し出を、治左衛門はありがたく受け止めた。

橋のたもとで、ふたりは南北に別れた。

翌日、治左衛門は手付金五百両の為替切手を用意した。しかし、この日には届けられなかった。

九月六日の昼前に、新橋南鍋町《みなみなべちょう》から火が出た。晴れ続きで乾いていた空気が、火に勢いを与えた。

火事は見る間に燃え広がり、千住《せんじゅ》までの三百二十六町を焼き尽くした。さいわいにも、紀文の住む京橋や、常盤屋のある日本橋は火を免れた。

落成したばかりの、根本中堂は焼け落ちた。

七

元禄十四（一七〇一）年二月三日の節分昼過ぎに、大木平蔵が羽織袴《はおりはかま》の正装で常盤屋をおとずれた。

「明日が立春で、日柄がよろしおす。ひな飾りは、明日の四ツ（午前十時）に納めさせてもらいます」

ひな人形は、三年がかりで仕上がった。元禄十一年の火事さえなければ、一年は縮めることができただろう。

平蔵の元を初めておとずれた翌日に、大火事が起きた。紀文が命がけで差配した根本中堂を、猛火があっけなく焼き尽くした。

材木手配から落成まで、二年のときと、二百万両ものカネを費やした建物が、わずか一刻のうちに形を失った。

火の恐ろしさを目の当たりにした紀文は、京橋から深川に商いと住まいの両方を移した。

治左衛門には、それができなかった。

三百坪の地所なら、深川には幾らでもあった。倍の敷地を望んだとしても、難なく手に入っただろう。しかし、楓川河岸あってこその常盤屋である。多くの得意先が日本橋から浜町にかけて集まっていたし、治左衛門当人が音羽町を気に入っていた。

移住はかえりみなかったが、火事への手立てはしっかりと講じた。なにより先に打った手は、蓄えのほとんどを駿河町の本両替に預けたことである。こうすれば、火事に遭っても安心であったし、盗賊に怯《おび》えることもなかった。

本両替に預けたのは、四万八千両である。年に五厘（二百四十両）の手数料を受け取ったうえで、本両替はこのカネの預かりを引き受けた。

大店の多くは、火事に強い土蔵を拵えていた。根本中堂が焼けた火事をきっかけに、治左衛門も庭に蔵を拵えることにした。が、それは金蔵ではなかった。

「壁の厚さ次第で、土蔵は普請代が大きく変わります。常盤屋さんは、どのような蔵をお望みでございましょうか」

江戸の蔵作事の半分を請け負っている熊平屋の手代は、壁土と扉の見本を示しながら、どの拵えにするのかと問うた。

「どんな火にあぶられても、中の物が燃えない蔵にして欲しい」

治左衛門がつけた注文は、これだけである。しかしそれは、熊平屋には一番きつい注文付けだった。

「壁の厚みを増せば、蔵のなかに火が回りにくくなるのは請け合えます。しかし、絶対になかが焼けないとは、お引き受けいたしかねます」

手代はきっぱりと断りを口にした。

「それも道理だが、あたしは蔵の中身をどうしても守りたい」

治左衛門と手代は、半刻もこのことで談判を続けた。そして落としどころとなったのが、壁の厚み一尺五寸（約四十五センチ）の土蔵だった。

作事に二年三カ月。

屋根までの高さは、地べたから二丈（約六メートル）。腰巻（屋根と壁とのつなぎ目）は三重の漆喰《しっくい》仕上げ。土壁一尺五寸。蔵の内側は二階建て。一階と二階の仕切り板にも、土をかぶせて漆喰仕上げとする。蔵の扉は鉄。

作事請負金額は、千六百七十三両。

これが熊平屋の見積もりだった。治左衛門はその場で受け入れた。

土蔵の壁は、土がしっかり乾き切ってから塗り重ねてゆくのが手順である。二年三カ月の工期は妥当なものだった。

治左衛門は土蔵の普請を焦《あせ》らなかった。蔵に収めるのは、大木平蔵に発注したひな飾りがおもな品であったからだ。

常盤屋先代は、什器《じゅうき》と軸にはカネを惜しんでいなかった。離れには、雪舟の軸がかけられている。器は伊万里焼と漆器である。什器と軸とを合わせれば千両の桁になる。もしものときにはこれらを焼失しても仕方がないと、治左衛門は肚《はら》をくっていた。日常使うものを、蔵に収めることはできない。

しかしひな飾りは別である。

年に一度飾り付けて、秋菜がよろこべば治左衛門には満足である。どのような仕上がりになるかは分からないが、世にふたつとない拵えを頼んであった。

二年三カ月を要して仕上がる蔵の普請代が、千六百七十三両。ひな飾りは、おそらく二千両を超えると治左衛門は胸算用していた。

土蔵よりも値が高い、ひな飾り。

利に厳しい大店の商人には、及びもつかない所業に映ることだろう。しかしひな飾りの費えを稼ぎ出した元は、秋菜だと思っている治左衛門は、幾らかかろうとも気にも留めなかった。

ひな飾りを火事で失わないように……。

治左衛門の思いは、これに尽きた。音羽町から移らないと決めた限り、娘のひな飾りを守るためには、頑丈な蔵普請しかなかった。

元禄十四年の一月に、ひな飾りに先駆けて蔵が仕上がった。

ひな飾りは元禄十四年の立春の日に、荷車三台に載せて運ばれてきた。

門前仲町を出た桐箱は、佐賀町河岸まで車で運ばれた。船着場には、常盤屋の屋根船が待っていた。そこから海賊橋たもとまでは船を用い、陸《おか》にあがったあとは三台の荷車で常盤屋まで運んだ。

人形の到着を、治左衛門は紋付姿で迎えた。

飾り一式を納めた桐箱が七十四個。奉公人たちも総出で出迎えた。この日のために新調した、真新しいお仕着せを着てのことだった。

人形屋敷は、紀文が普請を終えていた。

平屋であることと、外見が納屋風であるのは同じである。しかし、なかの造作すべてが一新されていた。土間が大きくなっており、焚《た》き口が三つのへっついが据えつけられた。流しも大きくなっており、煮炊きができるように調理道具も備わっていた。

四十畳の広間に続いて、四畳半の小部屋がふた間構えられている。厠《かわや》も、人形屋敷のなかに拵えた。土間と座敷を広げるために、紀文は畑を十坪ほど潰していた。

新左衛門が仕事場に使っていたときとの際立った違いは、土間から座敷までの高さを五寸（約十五センチ）低くしたことだ。秋菜が招くこどもの背丈を考えてのことである。

それまでの座敷は、こどもには高すぎた。

秋菜のために、紀文はもうひとつ気配りを見せていた。人形屋敷の裏手に植えた桃の木である。毎年花を咲かせる丈夫な木を、紀文は三本植えていた。

ひな飾りが到着した二月四日は、常盤屋の庭では梅がつぼみを膨らませていた。桃には、まだ時季が早かった。

七十四個の桐箱は、ひとまず常盤屋の離れに積み重ねられた。どの箱にも『丸平大木人形店』の箱書がされている。平蔵が、公家諸家に出入りしていた当時からの屋号だ。

箱書を見た治左衛門は、二年前の寄合を思い出した。

秋菜のひな飾り誂えを思いつくまで、治左衛門は大木平蔵に限らず、人形師のことはなにも知らずに過ごしてきた。

平蔵に誂えを頼んでから、四カ月が過ぎた元禄十二年一月。前年九月の火事騒動がやっと落ち着いたことで、料亭仲間の寄合が催された。その席で治左衛門は、大木平蔵の名を口にした。

「丸平大木のことですか？」

となりに座っていた、両国橋西詰の料亭折り鶴のあるじが、場に不似合いな甲高い声で問いかけた。

「大木さんをご存知ですか」

「この稼業にいながら、丸平大木を知らないほうがどうかしています」

折り鶴があきれ顔を見せた。

多くの料亭では、玄関や客間に季節ごとの人形を飾っている。出自が材木商の先代は、人形ではなく、香木で季節感をあらわした。人形師の知識が治左衛門になくても、無理はなかった。

「丸平の箱書があれば、値打ちがひとけた上がるといわれています。よほど顔の利くひとが、常盤屋さんをつないだんでしょうなあ」

折り鶴のあるじの口調には、隠し切れないやっかみが含まれていた。

平蔵は、治左衛門が箱を開く前に帰って行った。三千両もの費えが投じられた人形である。本来であれば、ひとつずつ箱から取り出して、客に仕上がりを確かめさせるところだ。

ところが平蔵は、内裏雛すら取り出して見せることもせずに帰った。それほどに、仕上がりには自信を持っていたのだろうし、平蔵の矜持のあらわれともいえた。

ひな飾り一式とは別に、ふたつの箱が治左衛門に手渡された。

ひとつは漆塗りの文箱である。なかには、目録が納められていた。

取り出した目録を膝元に置いた治左衛門は、いまひとつの箱のふたに手をかけた。なにも箱書がされていない桐箱である。ふたを取ると、なかにはうぐいす色の薄葉紙《うすようし》が詰まっていた。

書画骨董品《こっとうひん》を傷めぬようにくるむ紙である。

薄葉紙二十〆、二千枚也。

箱書と同じ筆文字で、中身が書かれていた。

「桐箱の数は当たったか?」

「七十四個と、旦那様の膝元のふたつです」

車力のかしらが、間《ま》をおかずに答えた。

「数は目録通りだ」

立ち上がった治左衛門は、積み重ねられた桐箱を見渡した。

「このまま、裏手の平屋に運んでくれ」

十二人の車力たちが、桐箱を運び始めた。常盤屋の紋が染め抜かれた、黒羽二重の半纏を着ている。陽を浴びて、極上物の黒羽二重が艶々《つやつや》と光っていた。

八

常盤屋の庭と畑地とは、竹囲いで分けられている。だいこんを採り終わった畑の畝《うね》には、まだ作物が植えられていない。

二月二十日の四ツ(午前十時)前。春に向かいつつある陽が、土だけの畝と、畑地に建てられた人形屋敷の萱葺《かやぶ》き屋根を照らしていた。

ひな人形の初飾りは、この日の朝四ツからと決まっていた。治左衛門、吉野、秋菜の三人で深川の富岡八幡宮に参詣し、日柄を定めてもらってのことだった。

初めてひな人形が見られる秋菜は、嬉しくて夜明け前に起き出した。そして吉野をせっついて、五ツ（午前八時）過ぎには髪を桃割れに結ってもらった。

四ツにはまだ間があったが、待ち切れない秋菜はひとりで先に納屋に向かった。さりとて両親を差し置いて土間に入ることはせず、陽の当たっている畑で、日向《ひなた》ぼっこをして待っていた。

治左衛門と吉野は、四ツの鐘が鳴り終わったところで納屋にやってきた。

日ごとに春めいてはいるが、土間にはまだ冬の名残が居座っている。暖をとるための火鉢がふたつ、座敷の隅に置かれていた。

四十畳間の壁際には、奉公人たちの手で、すでに四段のひな壇が造られている。明かり取りから差し込む陽が、壇に敷かれた毛氈《もうせん》の緋色《ひいろ》を際立たせていた。

ひな壇の幅は三間五尺（約七メートル）。その真ん中に秋菜が座っている。治左衛門と吉野が、こどもを挟んで座った。

座敷に詰めた奉公人の一礼を受けてから、治左衛門が目録を開いた。飾り付けの始まりである。

「内裏雛一対、四箱……」

「ございます」

治左衛門が読み上げると、即座に奉公人が桐箱を開いた。内裏雛だけで、桐箱が四箱である。男女のひな人形が、それぞれ箱をひとつ。三個目の箱には『上畳』と箱書がされている。ふたを取ると、青々とした畳が出てきた。

形は人形に合わせて小さく縮められてはいるが、拵えはまぎれもなく畳である。畳縁には錦が用いられていた。

四箱目は『褥《しとね》』だった。上畳の上に敷く、綿入の敷物である。表は唐綾《からあや》で、赤地錦の縁が四方に差し回されている。二枚の褥は裏にも絹を用いて、本物と同じ細工がなされていた。

緋毛氈の敷かれたひな壇は、奥行きが五尺（約百五十センチ）もある。上畳と褥は、段の奥行き半分を占める拵えである。小さなこどもなら、そのまま座れそうな大きさだった。

対の内裏雛は、都にござる帝もかくやと思わせる、優雅な顔である。西陣織の衣装が、人形をこのうえなく雅《みやび》やかに装っていた。

治左衛門もこの朝初めて、平蔵の拵えた内裏雛と、その飾り用具を目にした。七十四個の桐箱のうち、わずかに四箱を開いたのみである。それなのに、拵えの見事さにすっかりこころを奪われていた。

目録によれば、ひな人形と、その飾り用具だけで十三箱となっていた。

無地金六曲雛屏風《びょうぶ》　一双一箱。

三人官女　一揃一箱。

子供五人囃子《ばやし》　一揃一箱。

随身　一対一箱などなど。

箱が開かれるたびに、奉公人からため息が漏れた。大木平蔵に三千両の代金を支払ったのは、常盤屋のだれもが知っていた。五人囃子のこども一体の代金が、生涯の給金を上回るかもしれないのだ。

褥一枚が幾らになるのか。

六曲金屏風一双で、長屋の店賃数十年分に相当するのではないか。

ひな人形にまつわる十三箱だけで、平屋造りの家なら、いったい何軒が建てられるのか。

思うまいとしても、下世話なことに思案が走ってしまうのだろう。ため息を漏らすのも、無理はなかった。

十三箱を飾り終わったときは、すでに昼を過ぎていた。

「ていねいに飾ってもろうたら、人形たちも喜びます。奉公人はんらに手つどうてもろても、丸二日はかかるやろ思います」

納めの帰り際に、平蔵はこう言い置いた。

飾り始めてみて、平蔵の言ったことは大げさではなかったと、治左衛門は知った。

昼餉《ひるげ》は、納屋のへっつい開きとなった。

秋菜のひな飾りを祝って、あずきがゆが調えられた。かゆを食べ終わったあとのへっついには、甘酒の大鍋が載せられた。

三月三日には、秋菜の手習い仲間を招いてのひな祭が催される。かゆと甘酒は、その日に備えての試しでもあった。

陽がかげり始めた七ツ（午後四時）に、ひな壇の雪洞《ぼんぼり》に蠟燭《ろうそく》が灯された。人形飾りの雪洞とはいえ、五十匁《め》蠟燭が灯せる大きなものだ。木枠は春慶塗の仕上げで、紙は別漉《べっす》きの美濃薄紙である。

この雪洞一対だけで、十五両。小さな細工物だけに、常盤屋が客間で使う本物の雪洞に比べて、十倍の高値である。極上品の春慶塗雪洞でも、二両はしなかった。

造花の桜、橘《たちばな》も見事な拵えである。

花びらのひとひらずつが、別染めの絹で作られている。雪洞の明かりに照らし出された桜は、春に咲く本物よりも桜らしく見えた。

すべてを飾り終えるには、二月二十三日の昼までかかった。平蔵の見積もりは、飾り段取りまでも内輪に過ぎた。

空になった桐箱と、人形をくるんでいた薄葉紙は、ふた間の四畳半に片付けられた。三間五尺幅のひな壇四段が、細部まで手を抜かずに拵えられた細工物で彩られた。幅広いひな壇の半分以上を占めるこれらの什器類は、いずれも大名の婚礼道具を模したものである。

「どれも、本物同様につこうてもらえます」

平蔵は拵えの確かなことを請け合った。その言葉には、いささかの間違いもなかった。間違いがないどころか、仕上げの見事さを、平蔵はごく内輪に口にしただけだった。飾りを見て、治左衛門はそれを思い知った。

碁盤は樫の木目を活かして作られている。盤面の墨線は、手で触ると盛り上がっているのが伝わってきた。碁石は黒が那智黒《なちぐろ》で、白は薩摩《さつま》のはまぐりから削り出したものである。盤を石で打つと、パシッと乾いた音を発した。

遊び道具は碁盤のほかに、将棋盤と双六《すごろく》盤とが拵えられていた。もちろん将棋には駒が、双六には駒とサイコロが備えられていた。

どの道具も、遊びたければ本物同様に楽しむことができる。碁石、将棋の駒、双六の駒とサイコロは、なくしたときのことを考えて、それぞれ一組の予備までが用意されていた。

大名の乗物、公家の牛車《ぎっしゃ》は、いずれも漆塗りの金蒔絵《きんまきえ》仕上げである。蒔絵は、公家御用達の蒔絵師が、一年がかりで描いたものである。京で仕上がったあと、平蔵は駕籠を仕立てて江戸まで運ばせた。公家御用達の人形師ゆえに、成し遂げられたことだろう。

文机に載った硯《すずり》も筆も墨も、すべて本物同然である。机の端には、料紙に短冊までが置かれていた。

そしてすべての什器には、抱茗荷の金紋が鮮やかに描かれていた。

三月三日を見はからったかのように、紀文の植えた桃が花を咲かせた。この朝早くに治左衛門は、咲き加減のよい枝を五本手折り、桃の花でひな壇の両端を飾った。

秋菜は日本橋大店の女児、十七人を招いた。いずれも、乳母が供をしてくるこどもばかりである。

畑地に建つ納屋に案内されたとき、どの乳母も顔をしかめた。ところが土間に一歩を踏み入れるなり、だれもが腰を砕きそうにして驚いた。

乳母たちは、お招き返しの手土産を持参していた。多くは干菓子や白酒のたぐいである。納屋の拵えとひな飾りを見たあとでは、土産を差し出すのに気後れしたような顔を見せた。

それをうまくさばいたのは、ひとあしらいに長《た》けた、常盤屋の仲居たちだった。互いに、お店の奉公人同士である。乳母に気まずい思いをさせぬように、手土産をありがたく受け取った。

この日のひな祭は、いわば秋菜のお披露目である。娘の晴れ姿を見たくて仕方のない治左衛門だが、納屋に入るのはご法度だと吉野に戒められていた。

それでも我慢のできない治左衛門は、明かり取りの外から様子をうかがっていた。

吉野にきびしくしつけられている秋菜は、三千両のひな飾りを前にしても、驕った振舞いには及ばなかった。

あずきがゆと甘酒とを、秋菜は仲居と一緒になって客に運んだ。その姿を見て、座敷の隅で待っている乳母たちが、感心したような目を見交わした。

こどもたちへの振舞いに用いた器も、平蔵が納めたひな飾りの一部である。多くの来客にも応じられるように、椀・皿・箸《はし》などを載せた会席膳は、二十客が調えられていた。

こどもたちが常盤屋を出たのは、七ツ（午後四時）を過ぎていた。

乳母たちは早く帰るようにとせっついたが、どのこどもも納屋から出るのを渋った。

雪洞の明かりがはっきりと分かるようになったころ、いやいやをしながらこどもが帰り支度を始めた。

吉野と秋菜は、常盤屋の玄関先で招待客と乳母とを見送った。吉野が用意した引き出物は、室町二丁目の小間物屋永妻屋で選んだ、赤い珊瑚の髪飾りだった。

何人かのこどもは、それを髪に差して帰って行った。

手習い仲間がひな飾りに陶然となって見入っていたことが、秋菜にはたまらなく嬉しかった。こどもながらに、治左衛門が途方もないカネを人形造りに費やしていると、わきまえていたからだ。

だれもが、内裏雛の衣装に見とれた。五人囃子の鼓や笛が、ほんとうに鳴るのを知って目を丸くした。

「鉄漿《おはぐろ》の道具までついている……」

大名の嫁入り道具に触れた子が、歓声をあげた。仲間が驚けば驚くほど、秋菜はこれを誂えた父親の愛情の深さを知った。

ひな飾りの片付けには、翌日からふたりの奉公人があたった。

飾り道具の一点ずつを、薄葉紙でくるみ、桐箱に納める。飾り付けよりも、片付けのほうが、数倍のときを要した。

三月十四日に、播磨《はりま》赤穂藩主浅野長矩《ながのり》が、殿中において吉良《きら》義央《よしなか》に刃傷《にんじょう》に及んだ。騒動はその日のうちに江戸中に知れ渡り、武家も町民も、その話を声高に交わした。

常盤屋の納屋だけは、その騒ぎから取り残されていた。片付けにあたる奉公人ふたりは、日暮れまで黙々と飾り物を薄葉紙でくるんでいた。

九

宝永七（一七一〇）年の正月で、秋菜は十六歳になった。

「今年からは、より厳しいお師匠さんについて、踊りと三味線のお稽古をつけていただきましょうね」

雑煮を祝いつつも、吉野は娘にわざときつい物言いをした。秋菜は照れ笑いのような、助けを求めるような顔を治左衛門に向けた。

治左衛門は空咳をして、椀の餅を口に運んだ。母娘《おやこ》のやり取りには、加わりたくなかったのだろう。

十五歳を過ぎたあたりから、秋菜は日ごとに美しさを増していった。きれいどころを見飽きているはずの紀文が、盃を膳に置いたまま、見とれたほどである。

昨年秋口には、紀文は本気になって、幕閣に名を連ねる武家長男との縁談を勧めた。

「いかに紀文さんのお話でも、それだけは受けるわけにはいきません」

厄年を翌々年に控えた治左衛門は、相手を気遣いながらも誤りを与えぬ口調で断った。

治左衛門は秋菜に婿《むこと》取りをする気である。

そのことは、吉野も秋菜も承知だった。常盤屋を継いで三代目女将になることが、秋菜に定められた道のりだと、母も娘もわきまえていた。

それゆえに、吉野は秋菜の芸事稽古に厳しくなっていた。

踊り、三味線、茶の湯に生花。

これを修めるのは女将のたしなみであると、吉野は初代女将にしつけられていた。祝言から間もなく二代目に就かざるを得なかった吉野は、走りながらの稽古を続けた。その苦しさが分かっているだけに、秋菜には早くから身につけさせておきたかったのだろう。

ところが秋菜は、稽古に身が入らなかった。

いずれは三代目に就くとはわきまえていたが、その日はまだまだ先だと思い込んでいるようだ。

そんな娘を案じたらしく、吉野は元旦の祝い膳でことさらきついことを口にした。

「あなたからも秋菜をたしなめてください」

真顔の吉野を見て、治左衛門が居住まいを正した。

「町奉行を務められたお旗本の次男様が、婿入りをしてもいいといわれたそうだ」

「紀文のおじさまのお話でしょう？」

治左衛門の話を秋菜が引き取った。

「紀文さんは、もうお前に話したのか」

「今月の二十日にお見合いをしてみないかって……暮れにこの話を聞かされたときは、おとうさまもご一緒だったのに」

「そうだったかなあ……」

治左衛門が薄くなってきた髪に手を当てた。秋菜が笑いかけると、治左衛門も笑顔で応じた。娘をたしなめるように頼んだ吉野だけが、わずかに眉根を曇らせていた。


秋菜の見合いを二日後に控えた、宝永七年一月十八日の昼九ツ半（午後一時）。神田柳原から出火した。朝から吹き荒れていた強い北風にあおられて、火はまたたく間に日本橋にまで燃え広がってきた。

「慌てなくてもいい。客間の軸と漆器だけは蔵に運びなさい」

日本橋一帯の半鐘が、どこも擂半《すりばん》を打ち鳴らしているなかで、治左衛門は深みのある声で奉公人に指図を下した。そしてみずから刺子《さしこ》半纏に着替えると、風向きと火の勢いを見定めようとして庭に立った。

火勢は、治左衛門の読みを大きく超えていた。神田川のあたりから、火の粉が弾ける音が聞こえてくる。それに重なるようにして、焦げ臭いにおいが鼻をつくようになった。

吉野も秋菜も、火事装束である。

「大事な身の回りの品を屋根船に載せて、深川の紀文さんをたずねなさい」

「あなたはどうなされるのですか」

吉野の顔がこわばっていた。

「たとえ火が防げなかったとしても、常盤屋の行く末を見定めるのはあるじの務めだ。危ないことはしないから、案ずることなく紀文さんのところで待っていなさい」

渋る母娘を、治左衛門は常盤屋から無理やり追い出した。

吉野たちが出て行って四半刻（三十分）を過ぎたころ、常盤屋の庭に火の粉が舞い落ち始めた。昼火事のため、火の勢いがいまひとつ分からないでいたが、火の粉を浴びて治左衛門は肚をくくった。

蔵の前では、奉公人たちが目を血走らせて什器を運び込んでいた。

「そこまでにしなさい」

蔵のなかで治左衛門が大声を発した。

奉公人の動きが止まった。

「火を避けるのはむずかしそうだ。おまえたちも、すぐさまここから逃れなさい」

治左衛門が指図しても、だれも蔵から出ようとしない。目の前に立っていた女中の背中を、治左衛門は力任せに押した。女中が蔵から押し出された。

「あとの者も、さっさと出るんだ」

治左衛門が大声で怒鳴った。その声で、やっと奉公人が動いた。

ひとり残った治左衛門は、蔵の奥に仕舞われている七十四個の桐箱を確かめた。そして蔵を出て、錠前をかけた。

庭に立つと、目をあけているのがつらくなるほどに、煙が流れてきた。火の粉も方々から飛んでくる。

なんとか火から逃れられないか……。

ここまで、万にひとつの望みを託していた治左衛門だったが、火の粉の凄《すさ》まじさを見て諦めた。

諦めると、肩が落ちた。

うなだれたまま、畑地のわきを通って納屋の前に出た。

ひとの気配のしない四十畳座敷は、その広さがむなしく見えた。なにごともなければ、この座敷で秋菜が見合いをするはずだった。秋菜には、どこよりも人形屋敷での見合いを望んでいたからだ。そして三月には、十回目のひな飾りが、座敷をにぎわすはずだった。

その夢が潰えた。

秋菜に代わり、この納屋の最後を見届けてやろう……治左衛門はそう決めた。

しかし迫り来る火勢は、治左衛門の想いをあざわらうかのように、強さを増している。

「旦那様、ご一緒に逃げてください」

下足番が刺子半纏の袖を、力いっぱいに引っ張った。なすすべもなく、治左衛門は納屋をあとにした。

宝永七年の火事で、常盤屋は丸焼けになった。人形屋敷も焼け落ちた。

しかし治左衛門は素早く立ち直った。

「いつまでも、焼けたものを悔やんでいても仕方がない」

火事に遭った翌日には、治左衛門は先を見る目つきになっていた。

焼け跡始末が片付いたのは、奇《く》しくも立春の日であった。

「それにしても、治左衛門さんが普請させた蔵は見事なものだ」

一面が焼け野が原になった音羽町に立って、紀文が感心したようにつぶやいた。

常盤屋の蔵は、壁を焦がしただけで中の品は無傷で残った。一尺五寸の壁土が、日本橋界隈を焼失させた猛火から、ひな飾りを守り抜いた。

このことが、治左衛門を大きく元気づけた。ひな飾りの無事が、常盤屋にいい縁起をもたらせると確信できたがゆえのことだった。

治左衛門が気落ちしていないことを見て、紀文がだれよりも喜んだ。

「材木の手配りから普請まで、一切をあたしが請け負います」

常盤屋再建を紀文が引き受けた。

常盤屋の蓄えは、七万両を超えていた。治左衛門は、焼失した建物を上回る拵えにして欲しいと頼んだ。畑地わきの、人形屋敷普請も申し添えた。

「前と同じように、納屋の普請はあたしから秋菜ちゃんへの進物にさせていただきたい」

十六歳になった秋菜を、世の中でただひとり、紀文だけがちゃんづけで呼んでいた。

旗本次男との縁談は、常盤屋が立ち直るまでは見合わせることになった。事情が事情だけに、常盤屋も旗本もそれを了とした。

紀文は常盤屋普請を、宝永八年の二月末までには仕上げると請け合った。そして深川冬木町に、治左衛門一家の仮住まいを用意した。

紀文の屋敷には幾らでも空き部屋があったが、治左衛門の体面を重んじてのことだった。

秋菜はことあるごとに、常盤屋の普請場をおとずれた。屋根船は無事だったことから、天気の思わしくない日は船で出向いた。

普請のはかどり具合を見続けているうちに、秋菜は大工の貞次郎が気になり始めた。

背丈は五尺三寸（約百六十センチ）で、秋菜より一寸ほど高かった。深川黒江町の裏店からの通い大工で、歳は当時二十七歳だった。日焼けした顔と、太い腕に厚い胸板をした貞次郎は、秋菜がこれまで見たことのない類《たぐ》いの男だった。

常盤屋の三代目女将として育てられてきた秋菜は、職人と口を利く折りなど、ここまで皆無だった。

格別になにを話すわけでもなかったが、普請場で貞次郎を見かけると、秋菜の胸がときめいた。貞次郎もおなじらしく、秋菜を見かけたら、かんなを使う手つきが勢いを得た。

さりとて、行く末が実る想いではない。それをわきまえているだけに、秋菜は息苦しくなった。

吉野にも治左衛門にも気づかれなかったが、紀文は秋菜の想いを見抜いていた。

「こればかりは、あたしも口添えのしようがない」

宝永八年一月初旬には、常盤屋があらかた仕上がり、あとは指物職人や左官の仕上げとなった。紀文が秋菜の想いを言い当てた翌日、普請場から貞次郎の姿が消えた。

秋菜も淡くてほろ苦い想いにふたをした。

一月十八日から、屋根瓦の職人が入った。火事で丸焼けになってから、丸一年目のことである。

「一年でここまで来ることができた。あとひと息で音羽町に帰ることができる」

治左衛門は屋根普請が始まったことを、大いに喜んだ。父親の嬉しそうな顔を見て、秋菜は貞次郎への想いに、もう一度しっかりとふたを閉じた。

一夜明けた、宝永八年一月十九日。

八ツ（午後二時）過ぎに、日本橋和泉町から出火した。霊巌島まで燃え広がった火は、仕上がり目前の常盤屋をふたたび灰にした。

「大事なものを、玄関先に残してしまいました」

治左衛門と一緒に、屋根普請の進み具合を見ていた吉野は、虚《うつ》ろな目をしてこれを口走った。そして治左衛門の手を振り切って、煙の中に飛び込んでいった。

治左衛門はすでに火となっていた玄関に吉野を追った。四、五歩を駆けたところで、いきなり立ち止まった。

目は吉野でも燃える屋敷でもなく、虚空を見つめている。あたかも、この場にはいない秋菜を想っているかのようだった。

が、ふうっとひとつ深い息を吐いたあとは、目と足とに力が戻った。

治左衛門は落ち着いた足取りで、吉野を追って火の中に入った。焼け跡には、重なり合ったふたりの骨が残されていた。

十

深川玄信寺の縁側に座った秋菜は、車力たちが運び込む桐箱を静かに見詰めていた。

ここに来る途中の屋根船のなかで、秋菜はなみだをこぼした。人目がなかったがゆえに、こぼれるままにした。

いまは大勢のひとが、ひな飾りのことで立ち働いている。それで気が張っている秋菜は、あらたななみだをこらえることができていた。

ひな飾りは、亡父治左衛門が、秋菜のために拵えたものだ。その次第は、治左衛門と吉野がともに没したあとで、紀文から何度も聞かされた。

「秋菜ちゃんがこころに想うひとがいれば、あたしがどんな仲立ちでもする」

秋菜が伴侶《はんりよ》を得ることが親への供養《くよう》だと言って、いつも紀文は話を締めくくった。

ひな飾りが、本堂の隅に積み重ねられていた。それを見ていると、なみだがこらえきれなくなりそうで、秋菜は庭に目を移した。

もう一度、常盤屋を始めるだけの蓄えは治左衛門が残してくれている。しかし、両親を一度に失った痛手から立ち直れなくて、秋菜は二度目の火事から四年を、ひとりで過ごしてきた。

蔵は、二度目の火事からもひな飾りを守ってくれた。が、とても飾る気にはなれなかった。なにをしていても、どこにいても、秋菜は無傷で残っているひな飾りを思った。

そして治左衛門を思い出した。

この四年間は、蔵に仕舞ったままのひな飾りに、縛り付けられたような暮らしだった。

「手元からひな飾りを放さない限り、秋菜ちゃんは立ち直れないぞ」

今年の正月、紀文は肚を決めたような顔で秋菜を諭した。どれほど秋菜がひな飾りを大事に思っているか、だれよりも分かっている紀文が、あえてそれを口にした。

聞かされた当初は耳をふさいでいた秋菜だが、次第に紀文の言い分が呑み込めた。

あれだけのひな人形を誂えておきながら、治左衛門は投じた費えのことを口にしなかった。

「嫁ぎ先でも、三月に飾ることができれば何よりだが……」

秋菜を見詰めながら、うかつにもこれを口にした。

女将あっての料亭である。

秋菜が外に嫁ぐことなどあり得ないのは、治左衛門とて百も承知だった。

それでいながら、なんとしても、このひな人形を嫁入り道具として嫁ぐという、あり得ない日を想い描いたのだろう。

吉野には想像の埒外《らちがい》のことを、治左衛門はつい願ってしまった。その直後、おのれの了見違いを深く恥じて、すべての言葉を封じた。

「秋菜ちゃんの拵えを上回るひな人形は、世にふたつとないだろう」

治左衛門の代わりに、紀文が自慢をした。大尽ではあっても、紀文は成り上がり者である。人形造りと蔵の普請にどれほどの大枚を投じたか、あけすけに金高を口にしたりもした。

それを耳にすると、治左衛門は眉根を曇らせた。何千両かかっていようが、治左衛門にはカネのことは考えにはなかったからだろう。

娘のためにしたことを、カネに置き換えられるのを心底から嫌っていた。

その思いを察したあとは、紀文は費えの話を口にしなくなった。

おとうさまが望んだのは、ひな飾りではなかった。ひな飾りを見て喜ぶ、あたしの顔が見たかった……。

飾りもせずに仕舞っていることが、なによりも哀しいに違いない。おとうさまの供養には、あたしがもう一度、お雛さまを飾る気になること。そして……。

あとに続く言葉を、そのときは胸の奥底に押しとどめた。それでも、父親の気持ちを汲み取ることができたと感じて、ふさいでいた秋菜の気持ちが軽くなった。

玄信寺の住持に相談を持ちかけたところ、寺で預かってもいいといわれた。

「年に一度、本堂に飾って檀家のみなさんにご披露いたしましょう。それが治左衛門殿と吉野殿への、なによりの手向けでござろう」

秋菜は住持の申し出を受け入れた。そして、治左衛門が迎えたときと同じ作法で、ひな飾りを深川に運んだ。

白い振袖を着たのは、ひな飾りの嫁入りだと思ったからである。

さまざまなことを思い返しているとき、陽がかげった。立春の暖かさが急ぎ足で退いた。身体に震えを覚えた気がした秋菜は、なんの気なしに本堂前の庭を見た。

すいかずらが庭の隅に植えられていた。

真冬の雪に遭っても葉をしぼませないことで、忍冬《すいかずら》の名が付けられている。

正月から何度も大雪が降った。その雪と、真冬の寒さをくぐりぬけたすいかずらの葉は、陽がかげったというのに元気な緑色を見せていた。

見るともなしに見た庭である。

物思いを繰り返していなければ、すいかずらに気づかなかった……。

冬が去り、春の入口で秋菜は忍冬に出会った。それも、ひな飾りを寄進にきた菩提寺《ぼだいじ》の庭で、である。

秋菜は静かに立ち上がった。

立ったあとも庭を見詰めていた。

そこに忍冬があったのは偶然ではない。両親が、わけても治左衛門が見せてくれたのだと、いまの秋菜は確信していた。

二度目の火事に遭ったあとから今日まで、秋菜は常盤屋再建には動いてこなかった。が、それは目に見える形では動いてこなかっただけである。

ただの一日とて、常盤屋と両親を思わぬ日はなかった。

無駄に過ごしていていいのかと、幾度も自分を叱りつけてもきた。

悶々とする日々の繰り返しで、心底気の晴れることなどなかったのだが……。

いま、忍冬の緑葉を目にできたことで、秋菜は熱い血の流れを身の内に感じた。

厳寒の凍えをも堪えてやり過ごし、時季を得れば白い花を咲かせる、忍冬。

花の名に当てられた「忍冬」の二文字こそ、これからの自分が負うべき責めだったのだと、深いところで呑み込めた。

親が示してくれた、そこにすいかずら。

秋菜の察しを了としてくれたのだろう。

あんなに分厚かった雲が切れて、庭に陽が戻っていた。

＊作中のひな飾り詳細は、宇和島市立伊達博物館史料に基づきます。

猫もいる

一

寛政元（一七八九）年九月十三日の江戸は、夜に入っても雨がやまなかった。

日本橋青物町の雑穀問屋八木《やぎ》仁《じん》商店では、この日、先代三代目八木仁右衛門《じんえもん》の一周忌法要が執り行われた。精進物だけの膳だったが、料理番を入れての席は、先代の思い出が何人もの口で語られて大いに盛り上がった。

現当主四代目仁右衛門は、今年が厄年である。亡父一周忌法事の手前の八月初旬に、仁右衛門は深川富岡八幡宮と深川不動尊で、おのれの厄除《やくよ》け祈願を行った。当たると評判の易者にも見てもらった。

先代が没した昨年九月以来、商いに幾つも障《さわ》りが生じた。それゆえ仁右衛門は、神仏の加護や、易者の見立てをあてにする気になっていたのだ。

一両ずつの寄進をはずんだことで、厄除け祈願はおごそかに、かつ念入りに執り行われた。大きな守り札も授かった。

易者にも一両を支払った。ひとり五十文が相場の易者には、百倍に近い見料である。筮竹《ぜいちく》に算木《さんぎ》、さらにはサイコロまで使って易断した。

「子宝には恵まれておらんじゃろ」

見立ては図星を射ていた。仁右衛門は居住まいを正し、あとの易断を真正面から受け止めた。

「向こう一年、いかなる殺生も禁物じゃ。さすれば子宝に恵まれるやも知れぬ」

商いの行方を見立ててもらうつもりが、思いがけない易を聞かされた。が、まるで見ず知らずの易者にずばり見抜かれたことで、仁右衛門は信じる気になった。

一周忌法要を終えた夜の四ツ半（午後十一時）過ぎ。床《ゆか》の下から聞こえてくる猫の鳴き声で、仁右衛門と、内儀の友乃《ともの》がともに床《とこ》から起き上がった。

雨戸をあけると、小雨が降り続いていた。猫の鳴き声が、縁側の真下から聞こえてきた。

仁右衛門は行灯《あんどん》の火を、蠟燭《ろうそく》に移して手に持った。床の下を照らすと、三匹の子猫が身を寄せ合って鳴いていた。

蠟燭の火で照らされても、逃げようともしない。仁右衛門には、三匹とも逃げる気力もなさそうに見えた。

ところが、仁右衛門が手を伸ばして一匹をつかもうとしたら、他の二匹が小さな前足をあげて爪を立ててくる。

「こどもたちが、ばらばらにされると思っているんです。三匹いっしょに引き寄せてあげてください」

友乃の言った通りだった。

三匹を両手で引き寄せたら、子猫たちはおとなしくなった。

虎が一匹に、三毛が二匹。顔も鳴き声もそれぞれ異なる三匹が、縁側で寄り添っている。寒いのか腹が減っているのか、三匹の身体が小刻みに震えていた。

二

仁右衛門は犬好きである。

飼い犬はいないが、あるじに忠実な犬の話を仲間内の寄合で幾度となく聞かされた。会が終わるのを、料亭の庭先でおとなしく待っている犬も、何度も見た。

友乃は猫が好きだった。

仁右衛門より十歳年下の友乃は、十七で八木仁に嫁いで、すでに十五年が過ぎている。

嫁ぐ前は、二匹の猫を飼っていた。が、婚家先の義父母も連れ合いも、猫が好きではなかった。それでも飼いたいと言えば、だれも反対はしなかっただろう。それだけ友乃は大事にされていた。

しかし子宝が授からぬ身で、猫を飼いたいとは言い出せなかった。舅《しゅうと》、姑《しゅうとめ》、連れ合いのだれも、友乃を責めたりはしなかった。それが正味であると分かっているだけに、友乃はなおさらつらかった。

先代は、仁右衛門が不惑を迎えた二年前に隠居し、義母ともども母屋から離れへと移った。友乃はなにかと離れをおとずれて、縁側の日溜《ひだま》りで義父母の相手をした。

ときおり、離れの庭に野良猫が忍び込んできた。あたりに気を配り、隙のない足取りで庭を歩く猫だが、友乃にはなぜか気を許した。

友乃が手を差し出すと、素直に寄ってくる。撫《な》でられると、心地よさそうに喉《のど》を鳴らした。舅はそれを黙って見ていた。

「飼いたければ遠慮はいらない……」

臨終の床で、先代は友乃に言い残した。が、夫と姑が好きではないと知っている友乃は、猫のことは言い出さなかった。

そんな八木仁の母屋の床の下に、それも先代の一周忌法要の夜に、三匹の子猫が迷い込んできた。

三

「幾らなんでも三匹は多すぎる。せめて一匹にしてくれないか」

かわいそうだとは思ったが、友乃は仁右衛門の言い分にも得心できた。

ひと晩だけ手元において、残る二匹は晴れた日に、どこかへ……。

こう決めたものの、ひと晩とはいえ、名無しのままでは不憫《ふびん》だった。

虎猫はトラ。残る二匹の三毛は、タヌキに似た顔の猫をタヌ、ちょろちょろ動いて落ち着かない猫をチョロと名づけた。

あまり本気で名づけると、別れがつらいと思ったからである。

一夜明けた十四日も雨だった。さらに十五日も曇りで、放すに放せない。

「晴れたら、二匹はどこかよそに……」

仁右衛門は但し書きつきで、三匹を手元におくことを受け入れた。

十六日は朝から晴れた。

その気持ちのよい晴天が、友乃には恨めしそうだった。約束は約束だが、どの猫もかわいい。捨てる二匹を選び出せぬまま、日暮れを迎えた。昼前から寄合に出て行った仁右衛門も、間もなく帰ってくる。

どうすることもできず、思案に詰まっているところに、血相の変わった仁右衛門が帰ってきた。

「猫はどうした」

連れ合いの形相の凄《すご》さに、友乃は口がきけなくなった。

「捨てたのか？」

嘘《うそ》のつけない友乃は、力なく首を振った。

「そうか、まだ捨ててはいなかったか」

仁右衛門が畳に座り込んだ。血の気の戻った顔には、安堵《あんど》の色が浮かんでいた。

この日の朝早く、蔵前の札差《ふださし》八十八人に対し、公儀は棄捐令《きえんれい》を発布した。武家の俸給、米を売りさばくのが札差である。始終金詰りの武家は、米を担保に札差から、俸給を大きく上回る借金をしていた。

武家の息の根が止まるのを案じた公儀は、借金棒引きを札差に言い渡した。それが棄捐令である。札差たちは、百万両を大きく超える貸し金を帳消しにされたのだ。

その噂《うわさ》で江戸中が大騒動になった。

「札差は、生き死にの瀬戸際に追い込まれるだろう。そうなれば、江戸の景気が冷え込むのは間違いない」

仁右衛門はきっぱりした口調で、これから先で生じそうな難儀を友乃に聞かせた。

「そんな折りにうちにきた猫は、親父様が遣わした守り神かもしれない。浅はかな振舞いに及びそうだったわたしを、ようこそ踏みとどまらせてくれた……」

仁右衛門があたまをさげた。過ぎた十五年のなかで、初めてのことだった。

八木仁で飼われ始めた猫は、友乃が名づけた通りの育ち方を始めた。

チョロはいっときもじっとしていない。姿が見えないと、庭か床の下を走り回っている。

タヌは逆で、ほとんど寝ている。起き上がるのは、餌を食べるときと用足しぐらいだ。チョロがじゃれつくと、うるさそうに追い払う。寛政二年の正月には、鼻の周りの黒さが一段と濃くなり、さらにタヌキに似てきた。

トラは飼われ始めて半年を過ぎた春先から、ネズミを獲《と》り始めた。獲物をくわえたトラが、毎日のように仁右衛門の膝元にぽとりと落とす。その都度、母屋では下男を呼びつける大きな手が叩かれた。

静かだった母屋の暮らしを、三匹の猫がひっかき回した。ときには仁右衛門が眉根を曇らせたが、おおむね笑っていた。

「トラたちのおかげで、おまえの顔に笑みが絶えなくなりましたね。商いの厳しいいまこそ、主《あるじ》の笑顔は大切です」

母親に言われるまでもなく、仁右衛門はそのことを強く感じていた。ときおり店に顔を出す主が、いつも泰然としていることで、奉公人たちは大いに安堵している。そして、厳しいなかでも、商いは伸びていた。

夫婦の間の話が、猫をはさんで大いに弾む日々が続いている。笑い声も絶えない。ことによると、親父様は猫を守り神ではなく、うちのこどもとして……。

タヌを撫でながら、仁右衛門が胸のうちでつぶやいた。それが聞こえたのか、膝に乗ったタヌが薄目をあけた。

閻魔堂の虹

一

雨はすでに四日も降り続いていた。

一昨日の端午の節句も、今年はあいにくの雨にたたられた。夜明けから降り続いている。今日は五月七日、梅雨の真っ只中だ。

雨の日の昼前は、客もこなくて手持ち無沙汰だ。雨で人通りが少ないのをいいことに、店番の弥太郎は大口をあけてあくびをした。

隣に寝そべっていた飼い猫のタマも、弥太郎に調子を合わせてあくびをした。

「雨で出られなくて、おまえも退屈しているらしいな」

弥太郎はタマのひげを触ろうとした。今年で八歳になるタマだが、いまだに弥太郎には気を許していない。手が伸びてくるなり、敏捷に立ち上がって店先からいなくなった。

「まったく、愛想のないやつだ」

ぼそりとこぼした弥太郎から、またもやあくびが漏れた。拍子のわるいことに、口を開いているところに、隣家の下駄屋の娘、おみのが通りかかった。

「まあ……」

おみのは呆れ顔を残して通り過ぎた。

ふうっと、弥太郎から今度は吐息が漏れた。

今年で二十歳になった弥太郎は、年ごろの娘を見ると、つい格好をつけてしまう。おみのに格別の思いがあるわけではないが、なんといっても十七歳の娘盛りだ。

その娘《こ》に、あからさまな呆れ顔を見せられたのだ。漏れた吐息は深かった。座り直したときには、わずかに肩も落ちていた。

そんな弥太郎をからかうかのように、タマが軽い足取りで戻ってきた。貸本屋閻魔堂《えんまどう》の店先には、タマが寝そべる小さな座布団が敷かれている。

前足を伸ばし、大きく身体に伸びをくれてから、タマは座布団にうずくまった。

「おまえは気楽で、いいご身分だぜ」

嫌味を言われても、タマはひげ一本動かさない。猫を見詰めた弥太郎は、五日前の八ツ（午後二時）下がりを思い返した。

タマにかかわりのある出来事だった。

二

五月二日は、朝から気持ちよく晴れていた。夏の入口の陽差しは、四ツ（午前十時）を過ぎると、ぐんぐんと勢いを増した。正午を回り、八ツに差しかかったころには、地べたが随分と焦がされていた。

店先で通りを見ていたタマは、足の裏に熱さを覚えたのだろう。トコトコとした足取りで、土間に入ってきた。そのタマを追うようにして、お店《たな》の女が閻魔堂に入ってきた。

「ごめんください……」

店番の弥太郎がいないために、女は遠慮気味な声で呼びかけた。その声を聞いて、土間を歩いていたタマが立ち止まった。

八年飼われていても、弥太郎にはなついていないタマが、女を振り返った。タマにはめずらしく、人懐こい顔で女を見ている。

「かわいい」

女は土間にしゃがみこんで、右手を差し出した。近寄ったタマは、女の手に顔をくっつけた。

弥太郎が奥から顔を出したのは、まさにそのときだった。

かつて一度も自分には見せたことのない仕草を、女に示している。むっと頬《ほお》を膨らませて、タマを睨《にら》みつけた。その気配を察して、女が弥太郎のほうに振り向いた。

「ごめんなさい、勝手なことをして」

飼い主に断りもなく、タマを撫《な》でているのをこころよく思っていない……弥太郎の仏頂面を、女は取り違えた。

素早く立ち上がった女は、深くあたまを下げた。

「そんなわけじゃないんです」

弥太郎は慌《あわ》てて、女に愛想のよい顔を見せた。

タマを撫でていたのは、門前仲町の小間物屋桔梗《ききょう》屋の奥付き女中だった。

「お嬢がなにか、絵草子を読みたいと言うものですから」

弥太郎の胸が高鳴った。

桔梗屋の娘は、仲町小町と呼ばれるほどの美形で通っていた。弥太郎は間近に見たことはなかったが、その娘が読みたいというのだ。

貸本を通じて、ことによると桔梗屋の娘と近づきになれるかもしれない……。

そう思っただけで、気が昂ぶった。

「これが一番のおすすめです」

入荷したばかりの新刊絵草子を、女中に手渡した。

『猫の災難』

表紙には、三毛猫が描かれていた。

三

雨降りのなか、七日の八ツ（午後二時）下がりに女中は絵草子を返しにきた。

「お嬢は、とてもおもしろかったと喜んでおいででした」

「そうですか。喜んでくれましたか」

弥太郎の目尻が大きく下がっていた。

「並んでいるご本を、見せていただいてもいいですか」

「どうぞ、どうぞ」

弥太郎は目いっぱいに愛想よく答えた。今日も借りてもらえれば、より一層、桔梗屋の小町娘と近づきになれると思ったからだ。

土間の書棚を女中が見ている間に、弥太郎は返されてきた『猫の災難』を片付け始めた。

返ってきた絵草子は、渋紙に包まれていた。雨に濡れても大丈夫なようにとの、返す者のこころ遣いである。

本をめくると、どの頁にもきちんと鏝《こて》があてられていた。めくったしわを伸ばしている。さすがは大店《おおだな》のお嬢だ、しつけが違う。

返ってきた本を手にして、弥太郎はさらに桔梗屋の娘に深い好意を抱いた。それはもはや、恋慕と言ってもよかった。

四

降り続く雨は、そのあとも一向にやむ気配を見せなかった。

タマは、身体を濡らすのがことのほかきらいである。

大好物のアジの干物がぶら下がっていても、下に水溜りがあるとあきらめる。うっかり足を突っ込んだりして、跳ねた水で身体を濡らすのがいやだからだ。

雨降りは、タマの天敵だった。そんな雨がはや五日も続いていた。

タマの機嫌が、わるいのなんの……。

閻魔堂の店開きは遅い。貸本屋という商売柄、早朝からの来店などはありえない。店の雨戸を開くのは、永代寺が四ツ（午前十時）の鐘を撞《つ》き始めてからである。

刻《とき》を報せる鐘は、最初に三打、捨て鐘を打つ。そののち、刻の数だけ本鐘を撞くのだ。

弥太郎が雨戸を開き始めるのは、四ツの捨て鐘が鳴り終わってからがお決まりだった。

土間に外の光が差し込むと、タマは店先に置かれた座布団にうずくまった。弥太郎が店番を始めると、不意に顔をあげる。そして大口を開き、弥太郎にあくびを見せつけるのが、タマの日課だった。

ところが雨降りが続いているいまは、あくびの代わりに、ふううっと、もの凄《すご》い剣幕で鼻息を吐く。

「なんだよタマ。脅かすんじゃないよ」

弥太郎に八つ当たりをして凄むのが、タマの新しい日課となっていた。

五月十二日の四ツ半（午前十一時）過ぎ。座布団にうずくまっていたタマが、だしぬけに『フウウッッ』と息巻いた。

いつも以上に鼻息が荒い。毎度のことながら、弥太郎はビクッとしてタマを見た。

「まったく、おまえってやつは」

弥太郎が声を尖《とが》らせた。いつものタマなら、短く凄んだあとは、さっさと座布団にうずくまった。ところがこの日は、前足を低くして身構えたままだった。

「なにが気に入らないんだよ」

猫に文句を言っているさなかに、ひとりの娘が閻魔堂に入ってきた。真っ赤な蛇の目と、同じ色味の高下駄を履いている。

絵草子本二冊を、風呂敷にも包まず手に持っていた。表紙を濡らした雨が、小さなしみを拵《こしら》えている。

まだ昼前だというのに、頬にも唇にも、玄人女のような化粧がなされていた。とはいえ身なりはどう見ても、大店のお嬢そのものだ。

手にしている雨具も着ているものも、上物なのはすぐに分かった。しかし真っ当なお嬢は、いま土間に立っている娘のような、派手な化粧はしない。

身なりのよさと、濃い化粧のちぐはぐさに戸惑い、弥太郎は声をかけるのをためらった。

「あなた、店番でしょう?」

娘は見た目の若い歳とは不釣合いな、権高《けんだか》な物言いをした。

「あっ……そうですが」

弥太郎は口ごもった。娘は相手を見下すような薄笑いを浮かべて、弥太郎に近寄った。

タマがフウウッと凄んだが、娘にはまるで通じない。猫にフンと鼻でわらってから、弥太郎に本を突き出した。

「こんな、こども騙《だま》しの御伽噺《おとぎばなし》じゃなしに、もっとあからさまに描いている本はないの」

娘が突き出したのは、過日、桔梗屋の女中がお嬢のためといって借りて帰った二冊である。降り続く雨に濡れて、女中は風邪をひいた。二日間も寝込んでいるために、お嬢みずから閻魔堂に足を運んできたらしい。

事情を聞かされた弥太郎は、思い描いていた仲町小町との、あまりの違いに絶句した。

「あなた、あたしの言ったことをちゃんと聞いてるの？」

返事をしない弥太郎に焦《じ》れて、娘は尖った物言いをぶつけた。弥太郎がわれに返った。

「あからさまな話って、なんのことですか」

「あなた、そんなことも分からないの」

お嬢とも思えないような、舌打ちをした。

「男と女の秘め事に決まってるじゃない」

白粉《おしろい》のにおいをまきちらし、あけすけな物言いをするお嬢に弥太郎はしぼんだ。

タマは大あくびを娘にぶつけて、座布団から立ち上がった。

板葺《いたぶ》き屋根を打つ雨音が、一段強くなった。

五

座布団にうずくまっていたタマが、いきなり立ち上がった。そして身軽に土間に飛び降りると、戸口に向かってトコトコと歩いた。

小降りだが、雨はまだやんではいない。

「どこに行く気だよ。まだ降ってる……」

弥太郎の言葉の途中で、桔梗屋の女中が入ってきた。弥太郎には無愛想の限りを見せつけるタマが、甘えた声でニャアと鳴いた。

「嬉しいわ。待っててくれたのね」

しゃがんだ女中が差し出した手に、タマは頬ずりをした。その刹那、陽差しが土間に差し込んできた。

わずかな間に一気に雨が上がり、雲に隠れていた五月の陽が戻ってきたようだ。

女中が着ているのは、粗末な木綿物のお仕着せである。しかし差し込んだ陽を浴びて、格子柄が鮮やかに浮かび上がった。

立ち上がると、土間の照り返しが女中を下から照らした。紅だすきの色味が際立った。

「先日は無理なお願いを申し上げたみたいで」

女中があたまを下げた。桔梗屋の娘は、欲しい本がなくて『吉原細見《よしわらさいけん》』を借りて帰った。女中が返しにきたその本には、またもやきれいに鏝があてられていた。

「これからも貸してくれますか」

「あなたがきてくれるなら、いつでも」

弥太郎は弾んだ声で応じた。

タマが女中の足元で、ニャアニャアと。

閻魔堂の屋根上には、虹がかかっていた。

井戸の茶碗

一

麻布《あざぶ》茗荷谷《みようがだに》は、町名が示す通り谷底の町である。四方を坂に囲まれており、大雨が続くと町の下水ドブから雨水が溢れ出た。

すぐに水が出る地形が嫌われて、この町には武家屋敷も大尽の家も建っていなかった。金持ちや武家は、坂を登った先の六本木や飯倉に屋敷を構えていた。

茗荷谷の谷底には、簡単に建て替えができる長屋ばかりが群れをなしていた。長屋の住人は通いの職人、日傭取《ひようと》り、担《かつ》ぎ売りなど。大儲けとも大金持ちとも無縁の者ばかりだ。

しかしカネはなくても、住人は真っ直ぐに前を見て暮らしていた。

「坂の上のお大尽連中は、住めば都てえことを知らねえんだ」

「まったくだ。朝から晩まで、お天道さまをまるごと浴びてられる長屋なんぞは、江戸中探したってここしかねえのによう」

住人が自慢する通り、この町には陽をさえぎる屋敷も、葉の茂った庭木も大木もない。ゆえに季節を問わず、夜明けから日没までこの町には陽光が降り注いだ。

他町の者は麻布茗荷谷と律儀に呼ぶが、この町の住人は「谷町《たにまち》」と詰めた。日当たりがよくないのは、長屋の通り相場である。ところが谷町に建つのは存分に陽光を浴びられる長屋なのに、地形のわるさゆえ店賃《たなちん》は他の町よりも安かった。

職人が口にした通り、谷底ながら住めば都なのだ。町全体で二十棟もある長屋は、どこも引っ越す者はほとんどいなかった。

屑屋の清兵衛も茗荷谷の住人のひとりである。

「麻布茗荷谷なんてえ長ったらしい呼び方だと、温気《うんき》の時分には腐っちまうぜ」

ゼニはないが、腹に隠し事もない。

見た目通りの通い職人と、家族持ちの担ぎ売りに挟まれて清兵衛は暮らしていた。

間口が九尺（約二メートル七十センチ）で奥行きが二間（約三メートル六十センチ）。江戸のどこにでもある九尺二間《けん》の棟割り長屋だ。

差配人の名にちなみ、清兵衛が暮らす長屋は寅《とら》右衛《え》門店《もんだな》と呼ばれていた。

天保十二（一八四一）年十月八日、明け六ツ（午前六時）過ぎ。寅右衛門店の路地には、今朝も夜明けから朝日が届いていた。

「とっつあん、起きたか？」

三軒長屋の一番手前に暮らす大工の圭太郎が、清兵衛の宿に声を投げ入れた。

「いま、おもてに出るところだ」

枯れた声で応じた清兵衛が、腰高障子戸を開いた。手には素焼きの湯呑みと総楊枝《ふさようじ》を持っている。総楊枝の先端には粗塩がまぶされていた。清兵衛の歯磨き道具だ。

清兵衛は角張った歩みで真っ直ぐに歩いて井戸端に立った。先回りをした圭太郎は、すでに井戸水を桶に汲《く》み入れていた。

澄み切った井戸水は、朝日を浴びてキラキラと輝いた。井戸は深さが三丈（約九メートル）もある深井戸だ。

谷底に流れ込んできた水は、谷町の地べたの底に溜まった。深い地下で長い時を経て、水は汚れを落として美味《うま》さを加えた。

谷町の井戸水は、どこも美味いことで知られている。中でも夏場の寅右衛門店の井戸は、冷や水売りが費《つい》えを払って汲みにくるほどに冷たくて美味かった。

十月八日の今日は玄猪《げんちょ》の日である。

江戸ではこの日がコタツ開きだ。玄猪を過ぎたあとは二十四節気の大寒まで、日に日に寒さを募らせた。

水仕事にもひとしお冷たさを感じ始める玄猪のころだが、寅右衛門店の井戸は違った。冬場は、手をつけていたくなるほどにぬるさが心地よく感じられた。

「とっつぁん、コタツは出したのか？」

圭太郎の問いには答えず、清兵衛は顔を真下に向けた。この姿勢で水を吐けば、地べたに向かって直角に水が落ちるからだ。

総楊枝で歯を磨いたあと、清兵衛は五度も口すすぎを繰り返した。口の中に塩の味を感じなくなったあとも、さらに二回すすぐのが清兵衛の決まりだ。

「まったく、とっつぁんてえひとは……」

念入りな口すすぎに圭太郎が呆れ声を出すのも、毎朝のお約束だった。

清兵衛と一緒に口をすすいだあと、圭太郎は連れだって長屋を出ていった。先月下旬から仕事先が飯倉片町の武家屋敷になっていたからだ。

屑屋が生業《なりわい》の清兵衛は、紙屑とボロを買って回る町が決まっていた。

清兵衛が仕える親方は、高輪台町の達磨の鈍次《どんじ》だ。白金《しろかね》村から品川までの紙屑とボロを一手に仕切る鈍次の下で、清兵衛は白金一帯を任されていた。

谷町から白金に向かうには、飯倉の坂を越えて行く。

普請場に向かう圭太郎は、坂上まで連れだって歩いた。角張った生き方の清兵衛にげんなりの顔を拵《こしら》えながらも、圭太郎は深い尊敬を抱いていた。

この時季に朝日が昇るのは飯倉の坂上である。真っ直ぐな生き方を信条とする清兵衛と肩を並べて、朝日に向かって坂を登るのは願ってもない一日の始まりだった。

「行くぜ、とっつあん」

「分かってる、急かすんじゃない」

塩枯れた声で応じた清兵衛は、股引《ももひき》、半纏《はんてん》姿で出てきた。濃紺の半纏の背中には達磨が染め抜かれている。鈍次配下の屑屋が羽織る半纏だ。

竹の籠《かご》を背負うと、半纏の背は見えなくなる。それを承知で清兵衛は毎晩、床に入る前に鏝《こて》を当ててしわを伸ばした。

今朝も半纏の背はピシッと伸びていた。

戸口に吊してある籠をおろした清兵衛は、伸ばした右腕を背負い紐に通した。利き腕から先に通すのが清兵衛の流儀だ。

背中に籠を回してから、左腕を差し入れた。籠の上部が真っ直ぐになるように肩をゆすり、両腕をぐるぐる回した。

「でえじょうぶだ、籠は曲がってねえぜ」

圭太郎のひとことを聞いてから、清兵衛は一歩を踏み出した。

道具箱を肩に担いだ圭太郎が横に並んだ。

圭太郎の道具箱も、真っ直ぐになって肩に載っていた。

二

清兵衛が清正公《せいしょうこう》前に差しかかったとき、泉岳寺の方角から五ツ（午前八時）の鐘が流れてきた。

麻布一ノ橋のたもとには夜明けから昼過ぎまで開いているうどん屋がある。清兵衛は毎朝そのうどん屋で腹拵えをしてから、商い場所の白金に向かった。

そして清正公前で五ツを聞くのが、朝の決まり事のひとつだった。

屑屋は晴れた日に限っての稼業だ。雨降りでは、せっかく買い集めた紙屑もボロも濡れてしまうからだ。

清兵衛は暑さ寒さにかかわりなく、五ツを清正公前で聞いた。山門近くにいても、泉岳寺の鐘が鳴らないときは足踏みをして鳴り始めるのを待った。

なにごとによらず清兵衛は、自分で定めた通りを守るのを生き方としていた。

清正公とは最正山覚林寺《さいしょうざんかくりんじ》のことだ。

宗旨は日蓮宗で安房小湊《あわこみなと》の誕生寺に属する古刹《こさつ》である。

寺には加藤清正当人が描いたという自画像一幅のほか、清正が朝鮮征伐時にかぶった兜の内にこめられた釈迦《しゃか》如来像、朝鮮国より軍事を申し送られた書簡なども収められていた。

ゆえに覚林寺は清正公と呼ばれた。

いつも通りに山門前で五ツを聞いた清兵衛は、満足げな歩みで辻を折れた。ここから先が清兵衛の縄張りである。

歩みを止めて大きく息を吸い込み、ゆっくりと吐き出した。商い始めのひと声を発する前の、大事な深呼吸だ。

晴れてはいても玄猪の日の朝である。吐き出す清兵衛の息は、白く濁って見えた。

「くずいいい〜〜、おはらいいい〜〜」

枯れてはいるが、響きはよかった。

物売りも屑屋も、声の響きの善し悪しが商いの出来を決めた。濁った声では屋敷の塀内や長屋の路地奥まで届かないからだ。

屑屋には大きな声は無用である。

人目をはばかって紙屑やボロを売りに出す客も少なくない。屑屋に無用のひとの気を惹《ひ》くことなく、入り用の客には離れていても定かに声を届ける。

清兵衛はこの技に長《た》けていた。

清正公前を南に折れたあとは、売り声を発しながらゆるい坂道を登った。

坂道とは幾本もの小道が交差していた。

歩みを加減しながら、清兵衛はゆるい坂を登った。足取りが速すぎると、客が外に出てきたときには通り過ぎてしまうからだ。

「くずう……」

言いかけた途中で清兵衛は売り声を引っ込めた。前方左手の小さな辻に、ひとりの娘が立っていた。

朝日を背負っており、顔は定かには見えなかった。が、背を伸ばした立ち姿には、長屋の女房とは違う気品が感じられた。

身なりは木綿のあわせで、上物ではなかった。柄も色味も地味である。しかし見た目の汚れは皆無だ。

洗い張りまではしていないだろう。が、まめに洗濯しているのを清兵衛は見抜いた。木綿物から洗い立て特有の香りが漂い出ていた。

そんな清楚な感じの娘だけに、立っている場所が不似合いだった。用もなしに、こんな娘《こ》が立っている場所ではなかった。

屑のご用がありそうだ……。

察しをつけた清兵衛は、声を引っ込めたまま近寄った。屑屋を呼び止めることを、周りに知られたくないだろうと判じてのことだ。

清兵衛の見当は図星だった。

「おそれいりますが、お立ち寄りいただけますか？」

微風に響く風鈴のような声音だった。

「へいっ」

小声で答えた清兵衛に軽く会釈をした娘は、先に立って歩き始めた。

小道は南に向かってゆるく曲がっていた。朝の光が娘のうなじを照らし始めた。

着ているあわせは、何カ所も継ぎ接《は》ぎがされていた。しかし共布はひとつとしてなく、柄も色味も違っていた。

清兵衛が買い取るのは紙屑のみで、古着は扱わない。それでも屑屋という稼業柄、太《ふと》物《もの》の古着は見慣れていた。

遠慮のない裏店の女房連中からは、幾度となく古着を押しつけられていたからだ。

そんなときの木綿の生地はくたびれており、染め色もほとんど落ちていた。

娘が着ているのも木綿だった。しかも継ぎ当てだらけだ。しかし当て布の選び方が秀逸で、継ぎ部分は元からの柄のように見えた。

長く着続けてきたあわせだろうが、古さを感じさせない手入れのよさに、娘の人柄のほどが表れていた。

長屋ではついぞ見かけることのない、育ちとしつけのよさ。

それが滲み出ている後ろ姿に見とれるようにして、清兵衛は後ろを歩いていた。

案内されたのは竹垣の平屋だった。冠木門《かぶきもん》もないが、武家の住まいだと感じた。

その見当もまた図星だった。

娘と入れ替わりに、総髪を後ろで束ねた男が出てきた。着流しの長着に綿入れを羽織っていたが、武家の気配が漂い出ていた。

「屑がたまったでの。引き取ってもらおう」

「ありがとう存じます」

背負っていた籠をおろした清兵衛は、秤《はかり》を手に持った。

「こちらさまは今朝の口開けで、しかも初めてのお客様ですので、精一杯値をよく買わせていただきます」

重さを量ったあと、清兵衛は首から吊した財布を取り出した。一文銭六枚を数えたあと、さらに一枚を積んだ。

「量りましたところ六文でございますが、いまも申し上げました通り、今朝は特別でございますので」

清兵衛は一文銭七枚を客に差し出した。

客は相好を崩して清兵衛を見た。

「わしはこの家に土地の子を集めて、手習いを教えておるでの。五日も経てば、これぐらいの屑は溜まる」

紙屑を売り慣れている客は、清兵衛のつけた七文をまことに高値だと喜んだ。

「これからは十日ごとに顔を出しますので、どうかてまえにお取り置きを願います」

「承知した」

きっぱりと請け合ったあと、客は清兵衛をその場に待たせて奥に引っ込んだ。戻ってきたときは手に仏像を持っていた。

「そなたの正直な商いぶりが気に入ったゆえ、この仏像を売り渡そう」

二百文なら買っても損はないだろうと告げて、客は清兵衛に仏像を手渡した。

「お待ちください」

受け取った仏像を、清兵衛は客に返そうとした。声がうわずっているのは、それほどに清兵衛が慌てていたからだ。

「てまえはこの手の品にはまるで目が利きませんので、一切、取り扱わないことにしております」

紙屑とボロしか扱わないので、買い取りは勘弁してほしいと清兵衛は頼んだ。

「そなたの言い分は分からんでもないが、二百文なら損はさせぬはずだ」

ぜひにも買い取ってほしいと、客は言葉を重ねた。

清兵衛はそれでも買い取りを拒んだ。

「値打ちのある物を安く買い取ったりしたら、お客様にご損をかけることになります」

買値以下でしか売れなければ、自分の目利きのなさに腹が立つと清兵衛は訴えた。

「いやいや屑屋さん、この仏像は我が家に古くからある品だが、さほどの値打ち物ではない。さりとて二百文なら、そなたに損をさせはせぬはずだ」

客は仏像をもう一度持たせようとした。が、清兵衛は受け取りを強く拒んだ。

「目利きのできない品は扱わないことで、今日までこの生業を続けてまいりました。なにとぞご勘弁を願います」

清兵衛は客の目を見詰めて頼んだ。が、あたまを下げはしなかった。

仏像を押し戻された客は、深呼吸をしてから清兵衛に目を戻した。

「わしは千代田卜斉《ぼくさい》と申す者だが、見ての通りの浪人者での。昼はいまも申した通り、近所の子に手習いと素読を指南いたし、夜は辻にて売卜《ばいぼく》をすることで暮らしの費えを手にしてきたが……」

卜斉は三度咳をしてから話に戻った。

玄猪が近づくにつれて、夜の冷え込みがきつくなった。売卜の客待ちの身に凍えがからまりつき、風邪をひく羽目になった。

薬の処方を頼みたいのだが、手元に薬代はない……卜斉は、またひどく咳き込んだ。

父親を案じて、娘が戸口に顔を見せた。色白の顔が眉の濃さを引き立てていた。

出てこようとする娘を、卜斉は手を振って払った。

「初めて会ったそなたに恥をさらしたが、委細はそんなところだ」

「分かりました、買わせていただきます」

清兵衛は卜斉の後の口を封じた。

屑屋稼業ひと筋の清兵衛だけに、ひとの目利きには長けていた。貧しいながらも筋を通して生きている卜斉に、これ以上余計なことを言わせたくなかったのだ。

「ひとまず二百文で買い取りましたあと、てまえの親方に引き取ってもらいます」

二百文以上の値がつけば、その儲けを山分けにしましょうと卜斉に持ちかけた。

「それは断じて無用だ」

今度は卜斉が強い口調で拒んだ。

「幾らでそなたが売りさばこうとも、わしにはかかわりがない。儲けはそなたのものだ」

「それでは買い取りはできません」

卜斉に負けぬ強い口調で応じたあと、清兵衛は腰に吊した巾着《きんちゃく》を取り外した。百文通用の緡《さし》を何本も収めた巾着である。

紐をゆるめて口を開き、百文緡二本を取り出した。

「それでは二百文でお預かりします」

卜斉に二本の緡を渡し、代わりに仏像を受け取った。買い取った紙屑を籠に入れて、その上に仏像を載せた。

籠が揺れても、買い取った品を傷めない気遣いである。

手早く籠を背負った清兵衛は、卜斉があれこれ言い出す前に敷地を出た。

戸口に立った娘は、感謝を込めて清兵衛の後ろ姿に辞儀をした。

うなじの産毛が陽を浴びて輝いていた。

三

仏像を紙屑の上に置いた籠を背負い、清兵衛は細川家下屋敷の長屋塀に差しかかろうとしていた。

土地の者は細川家下屋敷を「椎の木屋敷」もしくは「忠臣蔵屋敷」と呼んでいた。

椎の木屋敷の呼び名は、屋敷内に二十数本も植えられている椎の大木にちなんでいた。

秋を過ぎると椎は実を落とした。それを拾い集めるのは、長屋塀に暮らす勤番若侍の特権とされた。

強火にのせた焙烙《ほうろく》で椎の実を炒れば、硬い皮が弾ける。皮に守られた乳白色の実は、脂に富んでいて甘味もあった。

滋養豊かな椎の実は、白金村の雑穀問屋が高値で買い取った。白金村には野生の椎の木は数少なかったのだ。

椎の実を売りさばいて得るカネは、下屋敷の重役も目をつぶる勤番若侍の余禄だった。

小遣いを手に入れた勤番家臣は、そのカネを地元白金村で遣った。商人たちはそれを喜び、細川様の椎の木屋敷と呼び習わした。

忠臣蔵屋敷と呼ばれるのは、大石内蔵助《くらのすけ》を始めとする十七名が、この下屋敷にて切腹で果てたがゆえだ。

細川家当主は、見事に主君の仇を討った十七名を手厚く遇した。公儀から横やりが入っても藩主は耳を貸さず、十七名を厚遇した。

「細川の殿様は大したお方だ」

土地の住人たちは、敬意を込めて忠臣蔵屋敷とも呼んでいた。

広大な細川家下屋敷は、屋根付き白壁の塀で囲まれている。高さは一丈半（約四メートル半）もあり、塀の内側は勤番藩士が起居する長屋となっていた。

十月八日の四ツ（午前十時）前。清兵衛は細川家下屋敷の長屋塀下を歩いていた。

屋敷の正門に向かって、ゆるい上り坂である。玄猪の日でも、四ツどきの陽には勢いがあった。

清兵衛が背負った籠にも、陽は惜しみなく降り注いでいる。紙屑の上に鎮座した仏像は、陽光を浴びて鈍い照り返りを放っていた。

「くずういい～～」

長屋塀下で清兵衛は売り声を発した。

下屋敷の勤番藩士の大半は、さしたる任務を負ってはいない。剣術稽古と書道稽古が日課も同然だった。

書道稽古では多くの反故紙《ほご》が出る。それを買い取ろうとして、屑屋は長屋塀下で売り声を発していた。

清兵衛が三度目の声を出したとき、長屋塀上部の小窓が開かれた。

「おい、屑屋」

一丈半の上から降ってきた声には、若侍特有の張りがあった。

「へいっ」

笠をかぶったまま、清兵衛は塀の上部を見上げた。

「そのほうの籠の中で鈍く光っておるのは、いったいなんだ？」

卜斉から買い取った仏像が、若侍の目にとまったようだ。

清兵衛は担いでいた籠をおろし、仏像を手に持った。

「これでございますか？」

「おう、それだ、それだ。ここから見ると、仏像のように見えるが」

「その通りでございます」

清兵衛は仏像を掲げ上げた。こんなに重たかったのかと、掲げ持って初めて気づいた。

「仏像はなにで出来ておるのだ？」

「持ち重りがしますので、木じゃないことは請け合いますが、なにで出来ているかは分かりません」

「木でなければ陶器か？　それとも銅で出来ておるのか？」

「さあ、どうでしょうなあ」

清兵衛が駄洒落を飛ばすと、若侍は小窓から半身を乗り出した。

戦《いくさ》が生じたときは、長屋に詰めた勤番家臣が真っ先に敵と対峙することになる。塀の小窓は敵を弓で射るための穴で、身を乗り出す造りではなかった。

無理に半身を出した若侍は、一丈半の上でふうっと息を吐き出した。

「おれはゆえあって仏壇のようなものを拵えたが、拝む的がない。なにか仏像でもあればと探しておったところだ」

気に入れば買い取ると言い渡したあと、若侍は長い紐にくくりつけたザルを下ろした。

長屋を出て通用門まで回り道をするのが面倒ゆえ、ザルに仏像を入れろと指図した。

若侍の実直な物言いをよしとした清兵衛は、言われるまま仏像をザルに載せた。

引き上げたザルから仏像を取り出した若侍は、気に入ったらしく声を弾ませた。

「これはよい……大層煤《すす》けておるが、仏像の顔が柔和でよい」

手に持った若侍は、仏像を上下に振った。

「なにやらゴトゴトと音が立つが……腹籠《はらごも》りとはまことに縁起がよい」

若侍はさらに声を弾ませた。

仏像などの胎内に観音像や経典などを納めてあるものを腹籠りという。

「気に入ったゆえ買ってつかわすが、この仏像は幾らだ?」

問われた清兵衛は、上から見下ろしている若侍の目を見詰めた。

「じつはその仏像は、二百文でお預かりした品です。二百文以上であれば、幾らでも結構です」

千代田卜斉がわけあって売りに出した仏像だと、ありのままを明かした。

若侍は莞爾《かんじ》として笑みを浮かべた。

「欲のない、その言い方が気に入った」

高く買い取りたいが、まだ椎の実拾いが始まる前で持ち合わせが少ない。三百文でいいかと、清兵衛に問いかけた。

「三百で買っていただければ、百文儲かります。先様と五十ずつ分けられますので、それで結構でございます」

仏像は三百文で売れた。

「これ、良助」

買い取った若侍は、すぐさま下男を呼び寄せた。

「金だらいを塩で清めたあと、ぬるま湯をたっぷり注ぎ入れてここに持ってきなさい」

指図を受けた良助は、間をおかずにぬるま湯を張った金だらいを運んできた。

若侍は仏像を湯に浸けて、両手でていねいに洗い始めた。上にしたり下向きにしたりで、しばらく洗い続けているうちにズブッと音が立ち、仏像の底に穴があいた。

いぶかしげな顔になった若侍は、仏像を持ち上げようとした。

ドボンッ。

仏像の中の包みがたらいの湯に落ちて、大きな音が生じた。

拾い上げた包みを開くと、なんと小判の束が出てきた。

「良助！」

武家とも思えぬ差し迫った声で下男を呼んだ。駆け寄った良助に、若侍は小判の束を差し出した。

「腹籠りではなく、小判を抱え持っていた」

何両あるか数えろと言いつけられた下男は、一枚、二枚とていねいに数えた。

三度、数え直して五十両だと判明した。

「三百文で五十両を手に入れるとは、大変な大儲けでございますなあ」

下男が感心顔を拵えた。

「バカを申すな」

若侍は強い口調で下男を叱りつけた。

「わしは仏像は買ったが、小判を買った覚えはない。了見違いを申すな」

先祖伝来の仏像を売り払うとは、よほど暮らしに詰まっているに違いない。一刻でも早くこの小判を届けてやれれば、大いに暮らしの助けになるはずだ……。

表情と口調に、生き方の根底をなす武家の矜持《きょうじ》すべてが顕れていた。

他所から盗んだ品ではない。真っ当な手続きを経て、屑屋から買い取った仏像である。並の町人なら……否、武家とて下男が口にしたように、大儲けできたと手を叩く者は少なからずいるだろう。

しかしこの若侍は、二本を佩《は》く身が負うべき生き方の責務が背骨を貫いていた。

太くて濃い眉と、漆黒の黒目。

身分はまるで違えども、あの正直清兵衛と同一線上を歩む者ならではの証《あかし》だった。

なにか案じごとでもあるのか、その太い眉の両端が下がり気味となった。

「仏像を売り払った御仁も、買い取った屑屋も、どこのだれか皆目見当がつかぬ」

どうしたものかと若侍は吐息を漏らした。

小窓から差し込む光を受けた仏像は、鈍く穏やかに光っていた。

「屑屋という稼業は他の商人と同じで、定まった得意先を持っているものです」

世事にうといがゆえ思案顔を拵えた若侍に、下男は屑屋講釈を始めた。

「四、五日過ぎれば、またこの近所の得意先に紙屑が溜まります。それを買い取るために、ここのお窓下を通りかかるでしょう」

「さようか！」

若侍はあぐらを組んだ膝を打った。

「ならば四日も五日も待つことはない。明日の朝から、長屋下を通る屑屋の検分を始めるぞ！」

一本気な若侍の声は、イノシシのような勢いで窓から飛び出した。

正しいと確信したことは、身分差の壁を越えてでも突き通してきた若侍だ。

仏像の胎内から出てきた金子《きんす》は、元の持ち主に返すのが道理……この言い分には、なんらの疵《きず》もなかった。

が、これを売りに来た屑屋が、果たして長屋下を再び通るものなりや……

先に横たわった難儀を思い、意気軒昂なあるじとは裏腹に、下男は深い吐息を漏らした。

四

季節は清兵衛もかくやの律儀さで移ろっていた。

玄猪の日を境目として、江戸の朝夕は一気に冷え込みを増した。

「昼間の暖かさに油断をして、昨晩《ゆんべ》はうっかり薄手の掻巻《かいまき》だけで寝たものだから」

十月九日の朝は、江戸の方々でご隠居たちが鼻水をかんだ。夜のきつい冷え込みに、身体が調子を崩したのだろう。

清兵衛はまだ四十三だが、隠居連中よりもさらにひどい夜明けを迎えた。

「どうした、とっつあん。くたばっちまったのか?」

圭太郎は乱暴な声を投げ入れた。清兵衛が一向に出てくる気配を見せなかったからだ。

軽口のつもりで荒っぽいことを言ったが、それでも清兵衛の返事がない。ただごとではないと判じた圭太郎は、蹴破るようにして腰高障子戸を開いた。

清兵衛はひたいに汗を浮かべて横になっていた。

「身体が熱いのか?」

問われた清兵衛は、力なくうなずいた。

井戸端に飛び出した圭太郎は、口をすすいでいた隣家の女房に濡れた手拭いの用意を頼んだ。

「おれは秋天《しゅうてん》先生を呼びに行ってくる」

言い終わる前に圭太郎は駆け出していた。寅右衛門店の木戸前には、医者の板橋秋天が診療所を構えていた。

医は仁術を生き方とする医者で、なんどきに患者が駆け込んでも応対をしてくれた。医者代の払えない者には、当人の持てる技を使う仕事をさせて帳消しにした。

薬箱を圭太郎に持たせた秋天は、大股歩きで清兵衛の宿に入った。

ひたいに手をあてて熱を判じたあと、布団の上に身体を起こさせた。

「大きく口を開き、舌を出しなさい」

なにごとも一直線の清兵衛は、グエッと吐きそうになったほどの勢いで舌を出した。

「もう引っ込めてよろしい」

涙目になっていた清兵衛は、大きな息を吸い込み、舌を引っ込めた。

秋天は熱冷ましと風邪薬を調合して圭太郎に持ち帰らせた。

清兵衛は四日の間、床に伏せったあとで起き上がった。そののち二日は様子見をした。

「もう大丈夫だ、心配をかけた」

清兵衛が屑籠を背負えたのは十月十五日の朝となった。

圭太郎の仕事場は変わっておらず、この朝も肩を並べて飯倉に向かう坂道を登った。

ひとたび仕事に戻ったあとは、いつも通りに動かなければ気が済まない清兵衛である。うどん屋で腹拵えをしたのも同じだったし、清正公前では五ツの鐘を聞いた。

しかし清正公前を曲がったあとの清兵衛は、いつにない動きをした。得意先回りはせず、細川屋敷坂下の茶店に向かったのだ。

玄猪の日の夜に身体の調子を崩した清兵衛は、六日も仕事を休む羽目になった。

その間の様子を仲間から聞きたくて、得意先回りをうっちゃってまで茶店に急いだ。

縁台には屑屋仲間が四人、青物売り・竿竹売り・ザル売り・タマゴ売りがひとりずつ、いつもの顔ぶれが揃っていた。

「六日も顔を見せないで、いったいどうしてたんだよ清兵衛さん」

青物売りの信次が真っ先に声をかけた。

圭太郎と同い年の信次は、清兵衛より二十歳も年下である。大きく年が離れていたが、信次は兄のように清兵衛を慕っていた。

真っ直ぐな気性に強く惹かれている信次は、青物の仕入れに難儀をすることもあった。

「だいこんもにんじんも、清兵衛さんを真似して曲がったモノは仕入れねえんだ」

真っ直ぐ買いの信次とからかわれるのを自慢にするほどに、清兵衛を慕っていた。

「コタツに足を入れたまま、うっかり眠りこけてしまった」

熱々の焙じ茶をすすりながら、清兵衛は顚末《てんまつ》を話し始めた。

「明け方前に目覚めて、急ぎ掻巻に袖を通したんだが身体が冷えてしまって」

それで寝込んでしまった……きまりわるそうな顔で、清兵衛は茶をすすった。

「用心深い清兵衛さんが、なんだってコタツのなかで寝ちまったんでさ？」

「じつは玄猪の日に、嬉しいことがあったもんでねえ。その嬉しさをコタツのなかで味わい直しているうちに、ついつい……」

清兵衛は玄猪の朝の出来事を聞かせた。


千代田卜斉から預かった仏像が、細川屋敷の若侍に百文も高く売れた。儲けは折半という約束をしていたので、すぐさま引き返して五十文を届けた。

それは受け取れない、あれはあんたに売り渡した品だと、卜斉は五十文の受け取りを拒んだ。

「それは違います。わたしは儲けを山分けと申し上げたはずです」

押し問答をしているところに、娘が茶を運んできた。清兵衛は娘に問うた。

「父上は定かにはお断りなされませんでした」

娘は顔に笑みを浮かべて清兵衛を見た。それで卜斉も折れた。

つい先刻買い求めた紙屑は七文。それに比べて、仏像の儲け五十文は大金である。

「屑屋さん、かたじけない」

受け取った卜斉は、素直に礼を告げた。

立ち去るとき、娘は清兵衛が角を曲がるまで後ろ姿を見送っていた。

「しかし清兵衛さんは、紙屑とボロしか買わなかったんじゃねえんですかい？」

清兵衛の商いぶりを知り尽くしている信次は、いぶかしげな声で問いかけた。

「それはそうなんだが、千代田卜斉というご浪人の人柄に、強く惹かれたんだ」

「へええ……」

信次が素直に答えるのを聞いて、年配のタマゴ売りが湯呑みを縁台に戻した。

「清さん、正味のところは娘さんに気を惹かれたんじゃあないのかい？」

「ちげえねえ」

「まったく正直清兵衛も、ひとの子だったてえことさ」

物売りたちが勝手なことを言って盛り上がっていた。同業のふたり、平吉と甚兵衛は
こわばった顔を清兵衛に向けた。

「仏像を買われたお方は、この坂を登った先の」

平吉は細川屋敷につながる坂を指さした。

「細川様のお窓下ということかい？」

問われた清兵衛は深くうなずいた。

「そいつあ、大変だ」

平吉と甚兵衛が顔を見合わせた。

縁台に座した者の目が、ふたりに集まった。

五

坂道の登り口に立った清兵衛は、背筋を伸ばして深い息を吸い込んだ。屑買いに使う秤は、背負った籠に収めたままである。

売り声を出さぬように気をつけようと自分に言い聞かせながら、一歩を踏み出した。

つい今し方、茶店で平吉と甚兵衛から聞かされた話が、あたまのなかで渦巻いていた。

「仏像を売り渡した若侍は、血眼になって清兵衛さんを捜しているよ」

平吉は清兵衛が休んでいた日々に生じた出来事を、声の調子を変えて聞かせ始めた。

「お窓下で屑の売り声を発すると、たちまち小窓からお武家さまが身を乗り出すんだ」

かぶり物をとって素顔を見せろと、大声を投げ下ろした。屑屋は言われるがまま、笠をとって素顔を上に向けた。

「そしたら言うことがひどいんだ」

平吉が言葉を区切ると、あとを甚兵衛が引き継いだ。

「馬面の金兵衛さんが見上げたときには、そのほうに比べれば馬が丸顔だと……」

若侍の言い分には、信次が噴き出した。

甚兵衛は青物売りにひと睨《にら》みをくれてから、話を続けた。

「いまのいままでは、屑屋をからかってゼニのかからない遊びをしていると思っていたんだが、とんだ見当違いだったよ」

甚兵衛は顔つきを引き締めて清兵衛を見た。

「清さんが売った仏像は、相当な時代物じゃあなかったかい？」

清兵衛はこわばった顔でうなずいた。話が剣呑《けんのん》な方角に向かいそうだったからだ。

「これで合点がいった」

「火元は清兵衛さんかよ」

平吉も得心顔になっていた。

「合点がいったとは、どう合点がいったんだよ、甚兵衛さん」

「若侍は遊んでいたわけじゃない」

「清兵衛さんを捜していたんだよ」

甚兵衛と平吉が渡り台詞《ぜりふ》で答えた。

ますますわけが分からなくなった清兵衛は、平吉の腕を掴《つか》んだ。

「わたしに分かるように話してくれ」

「がってんだ」

平吉は茶で口を湿してから話し始めた。

「清兵衛さんが売った仏像は古すぎて、きっと首がとれたんだよ」

縁起でもないモノを売りつけたと、若侍は怒りを募らせた。あの屑屋、ただでは済まさぬとばかり、窓下を通りかかった屑屋を、片っ端から首実検を始めた。

「そんなわけで清兵衛さん、お窓下は黙って通り過ぎたほうがいいよ」

平吉と甚兵衛は、まるで見てきたかのように話した。病み上がりの清兵衛は、顔を引きつらせてうなずいた。


坂の途中で、背負っていた籠の帯がゆるんだ。立ち止まった清兵衛は籠をおろし、帯を引き締めた。担ぎ直すとき、いつものクセで秤を手に持った。

「くずうい〜〜、おはらいい〜〜」

秤を手にして一歩を踏み出したら、売り声が出てしまった。身体が勝手に応じたのだ。

「おい、屑屋」

長屋塀の窓から声が降ってきた。

「青だけええ〜〜」

慌てて売り声を変えた。

「なんだ、そのほうは。屑籠を背負っておるではないか。笠をとって顔を見せろ」

さらにきつい声が降ってきた。

観念した清兵衛は顔をさらした。

「おう、そのほうに間違いない」

若侍は声を張り上げた。

「下男を迎えに差し向けるゆえ、その場を動くな」

清兵衛は返事もできず、その場にへたり込んだ。

坂を下っていた犬が清兵衛に近寄り、股引のにおいを嗅いだ。なにを勘違いしたか、犬が後ろの片足を上げかけたとき。

「このバカ犬が」

下男が急ぎ足で寄ってきた。

犬はことに及ばず、清兵衛から離れた。

六

窓下でへたり込んだときとは別人のような足取りで、清兵衛は卜斉の宿を訪ねた。

「せっかくだが屑屋さん、まだ屑はさほどに溜まってはおらぬぞ」

前の訪れから七日しか経っていない十月十五日の九ツ（正午）前である。手習いの小僧たちも、昼飯で下がったのだろう。

卜斉のほかにはだれもいなかった。

「今日は屑ではなしに、別の話でうかがいましたので」

清兵衛は目元をゆるめた顔で話しかけた。

「娘は昼の支度を買いに不在での。茶も出せぬがよろしいか？」

「構いませんとも！」

ひときわ大声で答えてから、清兵衛は縁側に腰をおろした。そして巾着から半紙に包まれたかたまりを取り出した。

「なにとぞこれをお納めください」

「なにかの、その包みは？」

「千代田様の手で開いてください」

清兵衛は包みを押し出した。膝元の包みを手に持った卜斉は、いぶかしげな顔で半紙を開いた。

縁側に降り注ぐ陽差しを浴びて、小判が黄金色に輝いた。

「仏像のなかに収まっておりました小判で、五十枚あったそうです」

卜斉は射るような目で清兵衛を見ている。口に溜まった唾《つば》を呑み込んでから、清兵衛は小判の素性を話し始めた。

清兵衛を長屋に呼び入れた若侍は、下男に入り口の戸を閉めさせた。若侍と向き合った清兵衛は、懸命に身体の震えを抑えていた。

「わしは細川家の江戸勤番、高木作左衛門だ。過日、そのほうから仏像を買ったことを覚えておるな？」

「へい」

清兵衛は顔を伏せたまま答えた。

「ならば、そのほうに用がある」

若侍が立ち上がったとき、清兵衛は斬られるのかと身体を固まらせた。

若侍は清兵衛には近寄らず、手文庫を運んできた。開いたあと、畳に半紙を敷いて五十両の小判を二列に積み重ねた。

「この小判は、そのほうから買った仏像の腹に詰まっていたものだ。わしは仏像は買ったが、小判まで買った覚えはない」

仏像の持ち主に返してくれ……作左衛門は澄み切った目で清兵衛を見詰めた。

「ありがとうございます」

作左衛門の用向きに大きく安堵《あんど》した清兵衛は、畳に両手をついて礼を言った。

「年頃の娘さんがご一緒ですが、まことに質素なモノを召しておいでです」

五十両の大金が手に入れば、さぞかし喜ばれるに違いないと清兵衛は言葉を弾ませた。

「てまえは即刻、これを千代田様にお届けしてまいります」

作左衛門は、うむ、とだけ答えた。

半紙に包んだ五十両を巾着に仕舞い、立ち上がろうとした清兵衛を、作左衛門は呼び止めた。

「売り主が一角《ひとかど》の武家ならば、そのほうのように素直には喜ばぬだろう」

しかし先祖伝来の仏像を売り払うほどに、暮らしに詰まっている相手だ。上手に話を進めて、ぜひにも受け取ってもらいなさいと、作左衛門は言い渡した。

「高木様のおっしゃる通りのお方です」

山分けの五十文を届けたときでも、受け取りを拒まれて往生した。その次第を作左衛門に聞かせた。

「その御仁なれば、五十両を受け取らせるのはさぞや難儀であろうが」

作左衛門は目の光を強めた。

「断じてわしの元に持ち帰ってくるなよ」

五十両はわしにはかかわりのないカネだ。なにがあろうともここに持ち帰るな。

「もしもここに持ち帰ってきたときは、そのほうといえども手は見せぬぞ」

言い終えた作左衛門は、武芸練達の武家の眼光を放っていた。

一角の武家なら素直には受け取らないだろうが、うまく話を進めよ……。

作左衛門の言い分を思い出しながら、清兵衛は話を進めた。

卜斉はしかし、作左衛門の見立てを大きく上回る太い背骨が通っていた。

「高木殿が申された通り、先祖があとの者の行く末を案じて貯めてくれたカネだろう。しかし屑屋さん、わしはその仏像を売り払った不孝者だ。受け取る資格はない」

卜斉が拒む言葉を重ねているところに、娘が帰ってきた。陽を浴びた着物は、過日と同じ継ぎ接ぎの代物だった。

「千代田様が意地を通されるのは結構ですが、お嬢様の身にもなってください」

年頃になっても、晴れ着ひとつ誂《あつら》えることができないでしょうにと続けた途端、卜斉の顔色が変わった。

「無礼なことを申すでない」

論語の素読と、売卜の易断で鍛えた喉《のど》である。縁側に座していた清兵衛の腰が浮いた。

「このうえ申すならば、手は見せぬぞ」

作左衛門と同じ言葉で凄《すご》まれた。

途方に暮れた清兵衛は、清正公前に戻ってしゃがみ込んだ。

病み上がりの身で、とても商いを続ける気力はなかった。道ばたの岩に腰をおろしていた清兵衛の前に、大柄な男が立ち止まった。

「親方……」

清兵衛は言葉を詰まらせた。見る間に目が潤んだのは、前に立った男が達磨の鈍次だったからだ。

背丈は五尺八寸（約百七十五センチ）で、目方は二十三貫（約八十六キロ）の巨漢だ。

「わけがありそうだな、清さん」

清兵衛より三歳年下の鈍次は、さんづけで呼びかけた。

「そこの境内で話を聞こうじゃねえか」

鈍次は目方を感じさせない身のこなしで通りを渡った。

清兵衛も歩みに力が戻っていた。

話を聞き取った鈍次は、清兵衛と連れだって高輪台の宿に戻った。暦で調べたら、翌十六日が大安吉日だと分かった。

「あとはおれが預かっていいか？」

「お願いします」

清兵衛は大きな息を漏らした。親方に任せられたことで、安堵したのだろう。

一夜明けた十月十六日、鈍次は五つ紋の紋付きを着込み、極上物で知られた仙台平《せんだいひら》の袴《はかま》をはいた。

元禄時代、仙台藩藩主は京の織師を呼び寄せて、町の一角に織り場まで設けた。それが始まりとされる、袴の逸品である。

供の清兵衛に角樽《つのだる》を持たせた鈍次は、先に作左衛門の長屋に顔を出した。

「持ち帰ったら容赦はしないとうかがっておりますが、あえて小判を持ち寄りました」

鈍次は声音を抑えて話を進めた。

若い時分は臥煙《がえん》屋敷に入り、火事場で纏《まとい》を振っていた鈍次である。火と命のやり取りをしてもいいという肚《はら》のくくりが、いまも身体の芯に残っていた。

武芸練達の作左衛門は、鈍次の度量の大きさを見抜いたようだ。

「鈍次さんがそこまで言われるなら、おれはそれで結構だ」

長い談判にはならず、作左衛門は鈍次の申し出を受け入れた。

相手を鈍次さんと呼び、自分をおれと言ったところに、鈍次を認める想いがあらわれていた。

「高木様は細川家のご家臣だ。余計な見栄を張らずとも世間はお武家だと認めるが、浪人の千代田様は難儀だ」

下屋敷を出て坂道を下りながら、鈍次は口調を引き締めた。

浪人ながら武士を捨てずに生きている卜斉は、常に人目を気にしなければならない。

あれでも武家かと、陰口を叩かれぬためだ。

「主君から禄をいただく者なら、たかだか十俵取りの御家人でもだれもが武士だと思うだろうが、ご浪人さんは違う」

世間に武家だと認めさせるには、背骨を伸ばして生きていなけりゃあダメだ……そんな卜斉にカネを受け取らせるのは相当に難儀だと、鈍次は断じた。

「千代田様が清い人柄なのは、清さんの言う通りだろうが、受け取りを拒むのはそれだけじゃあねえ」

待ち受ける卜斉との談判を思い巡らせているのか、鈍次は坂を下り切ったところで息を吐き出した。

「あれが清さんたちが休む茶店かい？」

鈍次は前方に見えている茶店をあごでしゃくった。

「へい」

清兵衛の返事に威勢はなかった。

袴姿の鈍次は、胸を張って茶店に向かい始めた。卜斉宅に出向く前に、ひと息をいれようと考えたのだろう。

縁台が近くなったとき、八卦見が休んでいるのが分かった。肩からたすき掛けにした布袋には、易断道具が入っているらしい。

天眼鏡の長い柄が袋から飛び出していた。

「そうか、その手があったか！」

鈍次は両手を叩き合わせた。巨漢が思いっきり打ち合わせたのだ。

パシッ。

威勢のいい音に驚いたのか、八卦見は鈍次を見た。

羽織のたもとから銭入れを取り出した鈍次は、小粒銀二粒（約百六十七文相当）を摘み出した。

大股で八卦見に近寄ると、二粒を手渡した。

「おめえさんのおかげだ、見料代わりに収めてくんねえ」

歯切れよく告げたあとは、強い足取りで卜斉宅へ向かい始めた。

角樽を提げた清兵衛は、急ぎ足で追った。

「そなたがだれを伴ってこようとも」

卜斉は羽織袴姿の鈍次を見てから、清兵衛に目を戻した。

「昨日もきつく申した通りだ。断じてあのカネは受け取れぬ。用向きがそのことならば、もはや話すこともない」

帰れと言いたいのか、卜斉は腕組みをした。

「千代田様宅にうかがう前に、あっしらは清兵衛を伴いまして細川家の高木様をおたずねしました」

「先に高木殿を？」

卜斉は気分を害したような顔つきになった。が、鈍次は構わずに話を続けた。

「てまえは稼業柄、さまざまなお屋敷に出入りをさせていただいておりますが、高輪の高嶋善箭斎《ぜんやさい》様からも出入りのお許しを賜っております」

善箭斎は江戸在府の大名諸家から篤い信頼を得ている易断師である。

「昨日の清兵衛は高木様にも千代田様にも受け取りを拒まれて、途方に暮れておりました」

見かねた鈍次は名は出さず、住まいの方角だけを明かして善箭斎に易断を頼んだ。

「先に若侍殿を訪ねなさい。五十両を二十二両ずつと六両の三つに分けるがよろしい。仏像を売った御仁と買われた御仁に二十二両ずつ、残る六両はそなたの配下の者に駄賃として渡せば丸く収まる。明日は大安吉日で、日柄もよろしい」

善箭斎はこう易断したと、鈍次は神妙な顔で告げた。茶店の縁台に座していた八卦見を見て、その場で思いついたことである。

「なにとぞ千代田様にも、ご自身で易をみていただきたく、平にお願い申し上げます」

仙台平の袴も、善箭斎の見立てに従った身なりだと付け加えた。

辻で売卜する者から見れば、善箭斎は雲上人である。

善箭斎の易断がそれを言うならば、受け取るのもやむを得ない……卜斉は自分の筮竹《ぜいちく》と算木《さんぎ》を取り出すまでもなく受け入れた。

卜斉に二十二両を渋々ながらも受け取らせる口実を、鈍次は思いついたのだ。

「しかし元は高木殿のところから出た小判だ。ただで貰うのは気がひけるが……」

卜斉の顔がまた曇った。

「それなら千代田様、なにか形のあるものをてまえにお預けください」

元気を取り戻した清兵衛が前に出た。

「百両の担保《かた》に編笠一蓋《がい》と申します。お手元に余っている箸《はし》一膳。皿一枚で結構です」

気が変わらぬうちにと、清兵衛はせっついた。あごに手を当てて考えていた卜斉は、

立ち上がると台所から茶碗を手に持ってきた。

「我が先祖の代から使っておる茶碗だ。値打ちはないが、大層年季は入っておる」

「分かりました。これを高木様にお届けしてまいります」

話がまとまり、清兵衛は大いに安堵した。

茶碗は清兵衛がひとりで作左衛門に届けることになった。

「親方のおかげです」

清兵衛は辻で深い辞儀をした。

「首尾よくまとまって、なによりだ」

日だまりに立った鈍次の袴が、柔らかな陽を浴びている。縞柄を織りなす銀糸が光り輝いていた。

七

千代田卜斉から初めて紙屑を買ったとき、清兵衛は六文のところを七文にした。卜斉はわずか一文の高値を喜んだ。それほどに詰まった暮らしをしていながら、卜斉は自分が売った仏像から出たのが明らかな五十両なのに、受け取りを拒んだ。

細川家家臣の高木作左衛門は、下屋敷の江戸勤番家臣である。住まいは塀の内に構えられた長屋だ。

非番の日に遊びに出たくても、懐は寒い。それがあかしに清兵衛から仏像を買い入れるとき「椎の実の売却がまだゆえ、高くは買えぬ」と正直に明かした。

高木作左衛門もまた、貧乏家臣だった。

屑屋の清兵衛は谷町から白金村まで、毎日山谷のある道を出張ってきた。そして七ツ(午後四時)に親方の宿に向かい、その日に買い入れた紙屑とボロを納めた。

背負った紙屑籠一杯に買い付けた大商いの日でも、清兵衛の儲けはせいぜい百文だ。それでも月に二十日働けば、実入りは一貫五百文から二貫文になった。

寅右衛門店の店賃は月に三百文で、相場に比べれば安い。一貫五百文の実入りがあれば、ひとり身は充分に暮らせた。

卜斉も作左衛門も清兵衛も、実入りは限られていた。しかし貧乏を苦にはせず、胸を張って真っ正直に生きていた。

大金には縁のない三人の元に、五十両のカネが降ってわいた。人物がもしもカネに負けていたら「それは我がカネである」と、声高に叫んだに違いない。

ところがことは、我がカネとは正反対に運んだ。作左衛門も卜斉も、正味で受け取りを拒んだのだ。間に立たされた清兵衛は、途方に暮れて歩けなくなっていた……。

「カネに卑しいやからが大きな顔をしている昨今、まことにあっぱれな三人だろうが」

鈍次も一本気で義侠心に篤い男だ。三人に小判を受け取らせるのにいかに難儀をしたかを、鈍次は顔を崩して昔の臥煙仲間に話した。

男ぶりを売る臥煙たちは、話を聞いて深く感心した。

「それでこそ、ひとの上に立つ武家だぜ」

「正直者の屑屋もいい味じゃねえか」

臥煙たちは酒席でこの話を披露した。

臥煙は旗本がカネを出して養っているのが大半である。

「近頃にない、心地よき話だ」

臥煙から話を聞いた旗本は、親しい大名にこの話を聞かせた。

遠い元禄の昔、老中柳沢の指図を弾き返して、大石内蔵助たちを厚遇したのが細川藩主だ。その藩の家臣が登場人物のひとりである。

「細川殿の家臣は大したものだ」

称える声は、半月も経たぬうちに細川藩主の耳に届いた。

「このたびは趣向を変えて、下屋敷で野点《のだて》をいたそう」

藩主は野点を口実にして、みずから下屋敷に出向いた。そして野点の場に高木作左衛門を呼び寄せた。

作左衛門は卜斉から受け取った茶碗を藩主に見せた。

「先祖からの茶碗をそのほうに差し出すとは、千代田卜斉も見上げた者じゃの」

茶の湯は好きだが、道具の目利きはまるでできない藩主である。卜斉を称えたあと、茶碗を作左衛門に返そうとした。

「お待ちくださりませ」

藩主のわきに控えていた宗匠は、気が昂ぶっているのか甲高い声を発した。

「その茶碗、てまえに持たせてくださりますように」

藩主に命じられた作左衛門は、手にした茶碗を宗匠に渡した。

手触りを確かめたあと、陽にかざして仕上がりを吟味した。仕舞いには茶碗を唇にあてて、感触を確かめた。

「なにか、箱のようなものはござらぬか?」

問われた作左衛門は首を振った。

「屑屋は反故紙に包んで持参してきました」

作左衛門の返答を聞いても、宗匠は落胆しなかった。

「箱がなくてもこの茶碗は、井戸の茶碗に相違ございません」

宗匠は茶碗の由緒を話し始めた。

「室町時代の半ばまでは、茶碗は唐土《もろこし》からの伝来品が尊ばれておりました」

しかし茶人たちは唐土には飽きたらず、朝鮮の品に目を向け始めた。その朝鮮の茶碗のなかで、もっとも名品とされたのが井戸の茶碗だった。

「井戸の茶碗は、朝鮮の庶民が使う安物でした。釉薬《うわぐすり》の塗り方も雑で、ひとつとして同じ形はございません」

粗雑な安物であるがゆえに、茶人たちは井戸の茶碗に「わび・さび」の極意を見出した。

朝鮮の焼き物は技の上達が著しく、井戸の茶碗は二百年以上も前から焼かれていない。

「この茶碗はことさらに焼きが雑で、釉薬もまばらに塗られております。これこそが井戸の茶碗の神髄、世にふたつとない名品にございます」

宗匠の目利きを聞くなり、藩主は作左衛門から茶碗を召し上げた。その代わりに金三百両が下された……。

「そんな次第で、手元には三百両がある」

顚末を話し終えた作左衛門は、鈍次の前に二十五両包みを十二個積み重ねた。

四ツ（午前十時）過ぎに窓下を通りかかった清兵衛に、鈍次の宿まで案内させていた。

「殿から賜った三百両のうち、半金の百五十両はわたしが受け取る」

残る百五十両は、ぜひにも千代田卜斉殿に受け取っていただきたい……その口添えを作左衛門は鈍次に頼みに出向いてきたのだ。

肚の据わった男だが、さすがの鈍次も返答の言葉に詰まっていた。

作左衛門と鈍次は、ともに腕組みをしたまま、う～～むと唸り声を漏らすばかりだ。

「こうなったからには、高木様を千代田様に引き合わせるのが一番です」

清兵衛の物言いに迷いはなかった。

「高木様の人柄にじかに触れれば、千代田様もきっと得心されます」

鈍次よりも作左衛門よりも年長者の清兵衛である。物言いにも判断にも、年の功がはっきりと出ていた。

「清さんの言う通りかもしれねえ」

「いや、違います」

清兵衛は強い口調で言い返した。

「かもしれないではありません。わたしの目利きに曇りはありませんから」

いつもの仕事ぶりを取り戻した清兵衛は宿の外に出て、いつも通り屑籠を背負った。

そして作左衛門を後ろに従えて卜斉の宿に向かった。

道々、清兵衛は作左衛門にひとつのことを言い聞かせた。

「三百両の由来からすべてを、高木様がご自分で話してください」

てまえはひとことも口をききませんからと、作左衛門に言い渡した。

「顚末を話す高木様の生粋さが、千代田様のこころを動かします」

「うけたまわった」

作左衛門は歩みを止めて、強くうなずいた。

まさに清兵衛が見立てた通りの成り行きとなった。

「細川様から賜ったありがたき金子だ。大事に遣わせていただく」

正座の卜斉は、両手を膝に載せて答えた。

作左衛門はゆるんだ目で卜斉を見詰めた。

「粗茶でございますが、どうぞ一服を」

茶を運んできた娘の声が弾んでいた。

先の二十二両の一部を遣い、卜斉は娘に普段着を新調していた。紅色の珊瑚珠をあしらった銀のかんざしが、娘の髪を飾っていた。

年頃の娘に茶を供された作左衛門は、上気したような顔になっていた。

いまでこそ売卜の身とはいえ、卜斉とてかつては剣術奥義を極めたくて、日々修行を重ねていた。

娘に束の間注がれた若者の目に宿された、好意の兆し。それを見逃しはしなかった。

卜斉はいま一度、居住まいを正した。

「無礼を承知でおたずねいたす」

作左衛門を真正面に捉えて発した卜斉の声からは、抑えた気合いが感じられた。

「もしや高木殿には、国元に許嫁《いいなずけ》はおいでであられるのか？」

どの藩でも勤番侍は、単身で江戸に出るのが定めである。長屋のひとり住まいは、清兵衛から聞いて分かっていた。

「国元の母には早く身を固めろとうるさく言われておりますが、いまだ縁がなく」

語尾がかすれた作左衛門は、うつむいて茶に口をつけた。

「いま茶を運んできたのは、わしの娘で釉《ゆう》と申します」

十八の今日まで、婦女《おんな》ひと通りのことは仕込んできたと明かしたあとで、卜斉は作左衛門を見詰めた。

「百五十両の受取として、釉をそなたに」

湯呑みを手にしたまま、卜斉はあとの口を閉じた。

作左衛門も卜斉を見詰め返していた。

父の背後には、釉が座していた。

卜斉が唐突に言い出した言葉に、作左衛門も釉も胸の内では仰天していた。

確かな育て方をした娘を娶《めと》っていただきたいと、卜斉はあえて言わずに留めた言葉で告げていた。

後ずさりすることなく生きてきた作左衛門が、顔をわずかに上気させて言葉を失っていた。

清兵衛、作左衛門、そして父・卜斉。

真っ正直で不器用な生き方の三人が織りなす、極上の織物。それが仕上がるさまを、釉は至福の思いで見てきていた。

作左衛門への想いは、胸の内で膨らむばかりだった。しかし父を残しては嫁げないとの固いわきまえとの間で、板挟みとなっていた。

いま、卜斉の大きな背を後ろから見ている釉は、深い敬いと感謝の念に、優しく身を包み込まれていた。

秘めたる想いをおとうさまは、すべてお見通しであられたのですね……と。

卜斉の背に身を隠しながらも、釉の目元はほころんでいた。

場に横たわっている気配から、ふたりともに異存なきものと卜斉は確信した。

「高木殿の手で、ぜひにも釉に磨きをかけていただきたい」

卜斉の物言いには、娘を嫁に出す父親の覚悟がしっかりと息吹いていた。

ひと息をおいて、作左衛門は答えた。

「このうえの磨きなど、断じて無用です」

作左衛門は卜斉を真正面から見詰めていた。

「磨いたら、また小判が出てしまいます」

解説

末國善己

現役の時代小説作家の中で、市井人情ものの第一人者は山本一力である。と断じても異論は出ないのではないだろうか。

現在の活躍を知る読者は、著者が順調な作家人生を歩んできたと考えているかもしれない。ただ著者は、四十九歳だった一九九七年に「蒼龍」で第七十七回オール讀物新人賞を受賞するも同作はなかなか単行本に収録されず（中編集『蒼龍』の刊行は二〇〇二年）、デビュー作『損料屋喜八郎始末控え』が刊行されたのは新人賞受賞から三年後の二〇〇〇年だった。この間、著者は何度も担当編集者に書き直しを命じられ、大喧嘩をしたこともあったという。だが下積み期間が弾みとなり、二〇〇一年に刊行した『あかね空』で第一二六回直木賞を受賞、その後の活躍は改めて指摘するまでもあるまい。

作家人生の初期と同様に、著者の人生も波乱に満ちている。一九四八年に高知県で生まれた著者は、中学三年の時に上京し、新聞配達をしながら都立工業高校に通う。この時、都内最大の米軍の集合住宅だったワシントンハイツを担当し、アメリカ人との交流を通して英語力を身につけている。高校卒業後は、トランシーバー会社の品質管理、旅行会社の企画・添乗、広告制作会社の営業、コピーライター、デザイナー、制作会社経営、商事会社のマーチャンダイザーなど様々な職業を経験、小説家を目指したのは、事業の失敗で抱えた借金二億円を返済するためだった。

　新聞配達と同じく早朝から働く牛乳販売店を舞台にした『ずんずん！』、青春時代を題材にした自伝的な小説『ワシントンハイツの旋風《かぜ》』、江戸時代のツアーコンダクターといえる御師《おし》に着目した『いすゞ鳴る』、土佐（後の高知県）の漁師で漂流中にアメリカ船に救われ英語と最新の知識を学んで帰国したジョン万次郎の人生を追った『ジョン・マン』などは、著者が学校ではなく実社会で人生を学んだからこそ生まれた傑作といえる。その意味で著者は、作家になるまでの経験をバネにした吉川英治、山本周五郎、池波正太郎の系譜に連なる時代小説作家なのである。

　著者が作家生活を始めたのは、日本社会がバブル崩壊から始まる経済の長期低迷に苦しんだ時期である。不況を脱するため古いシステムからの脱却をはかった日本は、過度な競争社会になり、一度転落すると這い上がるのが難しくなっていった。ライバルに勝利するためなら多少の不正に手を染めても構わないという風潮が広がるなか、こうした時流に抗うかのように、著者は人が守るべき信義、家族や地域共同体の絆、人を思いやる人情を描き続けた。著者の作品が多くの読者を感動させたのは、時代が変わっても守らなくてはならない普遍的なテーマを追究したのはもちろん、義理人情は古い価値観と考える人も、心のどこかでそれらは捨てられないと思っているからのように思える。

本書『江戸人情短編傑作選　端午のとうふ』は、山本一力の数多い短編の中から傑作七編をセレクトした。収録作はおおむね発表順に並べたので、著者の作風の違いにも着目してほしい。


「騙り御前」


先代への恩義から札差・米屋《よねや》の相談役になった損料屋（現代でいえばリース会社）の喜八郎が、あくどい手段で事業の拡大を進める札差の伊勢屋と頭脳戦を繰り広げる『損料屋喜八郎始末控え』の一編である。

幕府が旗本、御家人に支払う俸禄米を現金に替えるのが札差だが、江戸後期になると生活に困窮する武士が増え、次回の俸禄米を担保に高利で金を貸すようになり、巨万の富を蓄えていた。札差への借金で苦しむ武士を救うため、一七八九年、幕府は札差に債権放棄を命じる棄捐令を出した。これで一件落着かと思いきや、巨額の損失を強いられた札差は貸し渋りに走り、新たな借金ができず生活に行き詰まる武士が増え、札差が豪遊を控えたため町に出回る金が減り不況になってしまったのである。

棄捐令による混乱を乗り切った伊勢屋は、経営難に苦しむ同業者の乗っ取りを目論み弱小の米屋に狙いを定めるが、喜八郎の登場で煮え湯を飲まされた。「騙り御前」は、雪辱を果たすため米屋を陥れる謀略をめぐらす伊勢屋と、その裏をかくべく奇策をめぐらせる喜八郎が、互いに相手を騙すためスケールの大きな仕掛けを用意するので、名作映画『スティング』を思わせる面白さがある。

棄捐令による不況は、政府の失策によるバブル崩壊に、弱体化した札差を買い叩こうとする伊勢屋は、経営危機に陥った日本企業を買い漁ったいわゆるハゲタカ・ファンドに重ねられていた。著者の時代小説は、常に新しいアイディアを考え、従業員と顧客の利益を第一に考える真っ当な商売をして金を稼ぐ人は称賛するが、汚い手段を使ったり、不正をしたりして金を儲ける者や、金にものをいわせて傲慢に振る舞う者は徹底して批判している。この原点は間違いなく、弱肉強食の社会を否定し、正しく生きる人たちを救う喜八郎である。

また著者の作品には、人情ものとして進むがラストにどんでん返しがある『大川わたり』、江戸版『ミッション：インポッシブル』ともいうべき『深川黄表紙掛取り帖』、正統的な捕物帳『長兵衛天眼帳』など、ミステリーの趣向を導入した作品が少なくないが、その源流も『損料屋喜八郎始末控え』と考えて間違いあるまい。

「菱あられ」

駕籠舁きの新太郎と尚平が活躍する『深川駕籠』の一編。

江戸に出てきた商家の手代・清吉が、駕籠屋に鬼子母神に行ってほしいと頼んだところ、雑司が谷ではなく入谷の鬼子母神に連れていかれたことが発端となる「菱あられ」は、東京の湾岸部にある青海《あおみ》でライブをするアイドルが、同じ東京でも山間部の青梅《おうめ》に間違えて行ったトラブルを彷彿させる（青海と青梅は直線距離で約五〇キロ離れ、公共交通機関を使うと約二時間かかる）。こうした勘違いは誰もが一度くらいは経験しているはずなので（清吉の場合は自分のミスではないが）、その絶望が身近に感じられるように思える。

清吉に同情し駕籠を探していた町内鳶の頭・辰蔵と口論になった新太郎は、八ツ（午後二時）までに清吉を雑司が谷まで運べるか賭けをすることになり、このタイムリミットがサスペンスを盛り上げていく。

新太郎たちは、上野寛永寺から根津権現、千駄木（観光地として有名な谷根千）を通って、柳沢吉保が作った六義園がある駒込あたりから小石川村（東京メトロ丸ノ内線の茗荷谷駅の周辺）へ向かい、そこから護国寺へ行くなど坂道が多い江戸の地理と町並みがリアルに描かれており、江戸の切絵図を眺めながら読むとより楽しめる。

「端午のとうふ」

第五十四回日本推理作家協会賞の短編部門の候補作（この時は受賞作なし）になった「端午のとうふ」は、定斎屋（夏の間だけ薬を売る行商人）の蔵秀、男装の絵師・雅乃、戯作者を目指す文師で算盤も得意な辰次郎、飾り行灯師・宗佑が、持ち込まれるトラブルを知恵と度胸で解決する『深川黄表紙掛取り帖』の一編である。

雑穀問屋・丹後屋は、それまで過ちなく商売をしていた手代の藤七が、取り引き先の平田屋から大豆を五十俵仕入れるところ、間違って五百の注文を出したため、大量の在庫を抱えてしまった。丹後屋の依頼を受けた蔵秀ら四人は、不要の四百五十俵分の大豆を処理する方法を考えることになる。

二〇一二年、京都教育大学の大学生協が、プリンを二十個注文するところ、パソコンへの入力ミスで四千個を誤発注してしまった。大学生協が学生たちに購買を呼びかけると、それがSNSで拡散されて無事に完売し、SNSのパワーを見せつけた騒動は大きく報じられた。蔵秀たちは、丹後屋の誤発注を江戸時代のSNSともいえる口コミを使って解決しようとする。「端午のとうふ」は二〇〇〇年に発表されており、著者の先駆性に驚かされるのではないか。

蔵秀たちのアイディアで大豆の誤発注事件は解決したかに思えたが、その先には大きな落とし穴が待ち受けていた。周到に張り巡らされた伏線を回収しながら二転三転する展開を作った終盤はミステリーとしても秀逸で、推協賞の候補になったのも納得だろう。ラストには心温まる幕切れが用意されており、謎解きと人情の融合も鮮やかである。

「そこに、すいかずら」

花をモチーフにした短編集『いっぽん桜』の一編。

物語は、常盤屋治左衛門が娘の秋菜のために京の名人形師に三千両で製作を依頼し、七十四の箱に分納され、飾り付けには十人で三日かかるという豪華な雛人形が船着き場に届く場面から始まり、この雛人形を軸に常盤屋の来歴と秋菜の人生が語られていく。

常盤屋は材木商だったが、父は火事で店が焼けたのを機に料亭に転業した。繁盛店になった料亭を継いだ治左衛門は、吉野と結婚し秋菜が生まれた。ある日、吉野の機転で豪商の紀伊国屋文左衛門と出会った治左衛門は、紀伊国屋が請負った巨大公共事業に投資し三万両を得た。その利益の一割を使い購入したのが、雛人形だったのである。

市井人情ものは清貧を重んじる作品も多いが、著者には本作のような豪商を取り上げた作品が少なくない。それは努力と商才で金を稼ぐことは悪ではないという、現実的な価値観から生まれたように思える。

バブル崩壊から始まる経済の長期低迷から抜け出せない日本では、企業はリストラや正社員を派遣社員に置き換えるなどで人件費を抑制し利益を出そうとした。その結果、貧富の格差が生まれ、少数の富豪と大勢の貧困層を生み出してしまった。金を稼いだからこそ謙虚になり、社会のために金を惜しみなく使い、夫婦で秋菜を厳しく教育し、秋菜は少女らしい反発を示しつつも親の想いに懸命に応えようとしている常盤屋一家に触れると、なぜ現代日本の富豪に尊敬されない人物がいるのかもよく分かる。

だが順調に見えた常盤屋も、終盤に思わぬ運命の変転に見舞われる。それでも新たな一歩を踏み出そうとする人間のドラマからは、勇気と希望がもらえるはずだ。

「猫もいる」「閻魔堂の虹」

著者の歴史エッセイ集『江戸は心意気』に収録された掌編小説である。二作とも猫が重要な役割を果たすので、猫好きには特にお勧めだ。

「猫もいる」は、雑穀問屋八木仁商店の夫婦の物語。四代目仁右衛門に嫁いだ友乃は猫好きだったが、夫は犬好き、義理の両親は猫が嫌いで、子宝にも恵まれなかったこともあり、猫が飼いたいと言い出せなかった。ところが、あることが切っかけで仁右衛門は母屋の床下に迷い込んできた三匹の子猫を飼うことになる。家庭も仕事も順調だった仁右衛門の人生が、子猫を飼うことでさらに円満になるところは、ペットを飼っている読者にはリアルに感じられるだろう。

「閻魔堂の虹」は、飼い猫のタマと貸本屋閻魔堂の店番をしている弥太郎を主人公にしている。ある日、弥太郎は、小間物屋桔梗屋の奥付き女中に、お譲さま用の本を貸した。返却された本は雨に濡れても大丈夫なように渋紙に包まれ、どの頁にもしわを伸ばすため鏝《こて》があてられていた。お譲さまらしい気遣いに好意を抱いた弥太郎だが、この淡い恋心は意外な形で破れてしまう。著者が悲劇の先に用意した意外な結末は、本当に大切なものは身近なところにあると気付かせてくれるのである。

「井戸の茶碗」

古典落語の人情噺をノベライズした『落語小説集　芝浜』の一編である。

屑屋の清兵衛は、美しい娘に呼び止められ、その父で浪人の千代田卜斉から仏像を二百文で買い取り、高く売れたら利益を折半する約束をした。その仏像を三百文で買った細川家の江戸勤番侍・高木作左衛門がぬるま湯で洗っていると、仏像の底に穴があき、中から五十両が出てきた。だが清兵衛も、卜斉も、作左衛門も五十両を受け取ろうとしない。易断で、卜斉と作左衛門が二十二両ずつ受け取り、残りを駄賃とすることになったが、卜斉が金をただではもらえないと言い出し、作左衛門は担保代わりに古いが価値はないという茶碗を預かることになった。だが、その茶碗がさらなる騒動を巻き起こすことになる。

著者は、登場人物の背景を詳しく描いたり、現代人に馴染みのない当時の風俗を丁寧に解説したりしているが、物語には大幅なアレンジは加えていない。登場人物全員が正直者で、正直ゆえに幸福になる本作は、著者の創作ではないかと思えるほど一力ワールドにフィットしている。その意味で本作は、著者が江戸の昔から連綿と続く人情ものの正統な継承者であると教えてくれるのである。

本書で著者に興味をもった方は、是非とも他の作品を読んでほしい。厳しい中にある優しさと、優しさの中の厳しさで重厚なテーマを描く傑作の数々は、人生をより豊かなものにしてくれるはずだ。

（すえくに　よしみ／文芸評論家）

［底本］

「騙り御前」（『損料屋喜八郎始末控え』 文春文庫）
「菱あられ」（『深川駕籠』 祥伝社文庫）
「端午のとうふ」（『深川黄表紙掛取り帖』 講談社文庫）
「そこに、すいかずら」（『いっぽん桜』 新潮文庫）
「猫もいる」（『江戸は心意気』 朝日文庫）
「閻魔堂の虹」（『江戸は心意気』 朝日文庫）
「井戸の茶碗」（『落語小説集　芝浜』 小学館文庫）

江戸《えど》人情《にんじょう》短編《たんぺん》傑作選《けっさくせん》
端午《たんご》のとうふ

朝日文庫

2022年4月30日　第1刷発行
2022年6月30日　第2刷発行

著　者　山《やま》本《もと》一《いち》力《りき》
編　著　末《すえ》國《くに》善《よし》己《み》

発行者　三宮博信
発行所　朝日新聞出版
〒104-8011　東京都中央区築地5-3-2
電話　03-5541-8832(編集)
03-5540-7793(販売)
印刷製本　大日本印刷株式会社

Published in Japan by Asahi Shimbun Publications Inc.
定価はカバーに表示してあります

ISBN978-4-02-265036-8

いのち

朝日文庫時代小説アンソロジー

朝井まかて／安住洋子／川田弥一郎／澤田瞳子／山本一力／山本周五郎／和田はつ子・著／末國善己・編

江戸期の町医者たちと市井の人々を描く医療時代小説アンソロジー。医術とは何か。魂の癒やしとは？　時を超えて問いかける珠玉の七編。

なみだ

朝日文庫時代小説アンソロジー

細谷正充・編／青山文平／宇江佐真理／西條奈加／澤田瞳子／中島　要／野口　卓／山本一力・著

貧しい娘たちの幸せを願うご隠居「松葉緑」、親子三代で営む大繁盛の菓子屋「カスドース」など、ほろりと泣けて心が温まる傑作七編。

情に泣く

朝日文庫時代小説アンソロジー　人情・市井編

細谷正充・編／宇江佐真理／北原亞以子／杉本苑子／半村良／平岩弓枝／山本一力／山本周五郎・著

失踪した若君を探すため物乞いに堕ちた老藩士、家族に虐げられ娼家で金を毟られる旗本の四男坊など、名手による珠玉の物語。《解説・細谷正充》

悲恋

朝日文庫時代小説アンソロジー　思慕・恋情編

細谷正充・編／安西篤子／池波正太郎／北重人／澤田ふじ子／南條範夫／諸田玲子／山本周五郎・著

夫亡き後、舅と人目を忍ぶ生活を送る未亡人。父を斬首され、川に身投げした娘と牢屋奉行跡取りの運命の再会。名手による男女の業と悲劇を描く。

江戸旨いもの尽くし

朝日文庫時代小説アンソロジー

今井絵美子／宇江佐真理／梶よう子／北原亞以子／坂井希久子／平岩弓枝／村上元三／菊池仁編

鰯の三杯酢、里芋の田楽、のっぺい汁など素朴で旨いものが勢ぞろい！　江戸っ子の情けと絶品料理に癒される。時代小説の名手による珠玉の短編集。

吉原饗宴

朝日文庫時代小説アンソロジー

菊池仁・編／有馬美季子／志川節子／中島要／南原幹雄／松井今朝子／山田風太郎・著

売られてきた娘を遊女にする裏稼業、身請け話に迷う花魁の矜持、死人が出る前に現れる墓番の爺など、遊郭の華やかさと闇を描いた傑作六編。